加缪作品

鼠 疫

La Peste

刘 方 译

上海译文出版社

用别样的监禁生活再现某种监禁生活，与用不存在的事表现真事同等合理。

——丹尼尔·笛福

第一部

一

　　构成此编年史主题的奇特事件于194-年发生在阿赫兰。普遍的意见认为，事件不合常规，有点离谱。乍一看，阿赫兰的确是一座平常的城市，是阿尔及利亚滨海的法属省省会，如此而已。

　　应当承认，这座城市本身很丑陋。看上去平平静静，需要费些时间才能察觉，是什么东西使它有别于各种气候条件下的那么多商埠。怎能让人想像出一座，比如，既没有鸽子，也没有树木，也没有花园的城市？在那里你既看不见鸟儿扑打翅膀，也听不见树叶沙沙作响，总之，那是个毫无色彩的地方。季节的变化只能在天上显现出来。只有清新的空气或小商贩从郊区带回的一篮篮鲜花可以宣告春天来临；那是市场上出售的春天。整个夏天，太阳像火一般烧灼着干燥之极的房屋，给墙壁盖上一层灰色的尘土；于是，人们只能在关得严严实实的护窗板的保护下过日子。相反，秋天一到，这里是大雨滂沱，泥泞遍地。晴朗的日子只在冬季姗姗来临。

　　要了解一个城市，较简便的方式是探索那里的人们如何工作、如何恋爱、如何死亡。在我们这个小城里，也许是气候的作用，那一切都是同时进行的，神气都一样，既狂热，又心不在焉。也就是说，人们在城里感到厌倦，但又努力让自己养成习惯。我们的同胞工作十分辛苦，但永远是为了发财。他们对商贸的兴趣尤其浓厚，用他们的话说，最重要的营生是做买卖。当然，他们也享受凡人的生活乐趣，他们爱女人、爱看电影、爱洗海水浴。然而，他们非常理智地把享乐的时间留给礼拜六晚上和礼拜天，一星期里别的日子，他们要尽心尽力去赚钱。黄昏时分，他们离开办公室，定时去咖啡店聚会，去同一条林荫大道上散步，或去自己的阳台。年轻人的欲求强烈而短暂，年龄大些的人有坏习惯也无非是参加球迷协会的活动、联谊会的宴席，去俱乐部靠摸纸牌的手气狂赌一番。

有人一定会说，那一切都不是我们这个城市特有的，总之，当代人全都如此。在今天，看见人们从早到晚工作，然后决定去玩牌、喝咖啡、聊天，以打发生活中剩下的时间，恐怕再没有比这更正常的事了。然而却有一些城市，一些地区，那里的人们会时不时臆想点别的事。一般说，这并不会改变他们的生活。但毕竟有过臆想，而有了这一点就永远比别的强。阿赫兰却相反，它似乎是个毫无臆想的城市，即是说，它是个纯粹的现代城市。因此，没有必要确切介绍我们这儿的人们如何相爱。男人和女人，要么在所谓的做爱中飞快地互相满足，要么双双安于长期的夫妻生活。在这两个极端之间，几乎没有折中。这也并不独特，在阿赫兰跟在其他地方一样，由于缺乏时间，也缺少思考，人们不得不相爱而又不知道在相爱。

在我们这个城市，更独特的是死亡时可能遇到的困难。不过，困难二字用得并不恰当，说不舒服也许更确切些。生病从来就是不愉快的事，但在一些城市、一些地区，你生病时会有人帮助你；在那些地方，人在生病时几乎可以听之任之。病人需要温馨，他喜欢有所依靠，这是非常自然的。然而在阿赫兰，极端恶劣的气候、大量的生意往来、毫无可取之处的环境、黄昏降临之迅速以及取乐的质量，一切都要求健康的体魄。在那里，连生病的人都倍感孤独，垂死的人就可想而知了，他像掉进陷阱一般困在几百堵热得噼啪作响的墙壁后边，而与此同时，全体居民都在电话上或咖啡店里谈票据、谈提单和贴现！大家即将明白，当死亡猝然来到一个乏味的地方，人在死亡时，甚至在现代生活条件下死亡时，可能会有怎样难受的感觉。

我指出的这几点也许可以使人对我们的城市有一个相当清楚的概念了。但任何事情毕竟都不应该夸张。需要强调的是，这个城市的市容和这里的生活面貌都很平庸。不过一旦养成了习惯，大家也不难打发日子。既然这个城市恰好对养成习惯有利，我们就可以说一切都还不错。从这个角度看，生活无疑算不上极有情趣，但我们这里至少见不到混乱。而且这里的居民坦率、讨人喜欢、勤快，总能赢得去那里旅行的人们适当的尊重。这个既不别致，又无树木，而且缺乏活力的城市，到头来竟仿佛能使人悠闲自在，总之，人们在那里可以沉沉地睡过去。然而，必须加上这点才是公正的：这个城市镶嵌在无与伦比的景色之中，它坐落在一个光秃秃的高地中央，高地四周是阳光灿烂的丘陵。城市前面是美不胜收的海湾。可惜此城是背对海湾建造的，因此，除非前去寻找，谁都不可能瞥见大海。

介绍到这里，谁听了都不难相信，我们的同胞无论如何也不可能预见这年春天会发生那些小事变，而那些小事变——我们后来才明白——正是笔者打算在此为之撰写历史的一系列严重事件的先兆。对某些人来说，这里发生的事情似乎十分正常，别的人却恰恰相反，认为那简直难以置信。但无论如何，一个写编年史的作者是不会考虑这些互相矛盾的看法的。他的任务仅仅是说："此事发生了。"只要他知道此事的确发生了，知道这与整个民族生死攸关，知道因此会有成千上万的目击者内心里认为他所讲之事真实无误。

此外，倘若他不曾有机遇去搜集一定数量的陈述词，倘若当时的形势未曾将他卷入他意欲详述的那些事件里，笔者（人们会及时认识他的）就几乎没有资格从事这个工作。正是这一点使他有理由做史学家所做的事。当然，史学家，哪怕是业余的，手头总有些文献。所以讲述这个故事的人也有他自己的资料：首先是他本人的证词，其次是别人的证词，因为他扮演的角色使他有可能搜集这段历史中所有人物的心里话，最后是终于落到他手里的文字材料。他打算在他认为适当的时候查考那些资料，并在乐意的时候加以利用。他还打算……不过，也许到了把评论和谨慎措辞抛在一边而最终讲述故事本身的时候了。对头几天的叙述需要作些细节描写。

4月16日清晨，贝尔纳·里厄大夫从他的诊所走出来，在楼梯平台上被一只死老鼠绊了一下。他当时把老鼠踢开，并没有特别留神，便走下了楼梯。但来到大街上，他突然想到这只老鼠不对头，便往回走，想提醒门房。老米歇尔先生的反应，使他更清楚地意识到他的发现有非同寻常之处。他原以为存在这只死老鼠显得有些奇怪，如此而已，但门房却认为出现死老鼠简直是奇耻大辱。再说，门房的态度斩钉截铁：这幢房屋没有老鼠。大夫向他保证说，二楼平台上就有一只，而且可能已经死了，说了也白搭，米歇尔先生依然信心十足。这幢楼没有老鼠，因此，这只老鼠准是谁从外面带进来的。总而言之，那是恶作剧。

这天晚上，贝尔纳·里厄站在大楼的走廊上掏自己的钥匙准备上楼进家，他看见一只硕大的老鼠突然从黑暗的走廊尽头爬出来，步态不稳，皮毛湿漉漉的。那小动物停下来，仿佛在寻求平衡，然后往大夫这边跑，又一次停下，原地转了个圈，轻轻叫了一声，终于扑到地上，从半张开的双唇间吐出血来。大夫沉思着看了它一会儿，上楼回到家里。

他思索的并不是那只老鼠。是老鼠咯出的血又勾起了他的心事。他的妻子已病了一年，明天要启程去一家山中的疗养院。他见妻子按照他的要求正躺在床上。看来她是在为旅行的劳累作准备。

"我感觉挺好。"她微笑着说。

大夫注视着在床头灯光下朝他转过来的脸庞。在里厄眼里，尽管她已经三十岁了，而且留着病痛的痕迹，但她的脸仍然跟少女时一样，也许是因为这微笑消除了其余的一切吧。

"你要能睡就睡吧，"他说，"女看护十一点来，我送你们去乘中午的火车。"

他亲了亲她微微潮湿的额头。她微笑着目送他走到门边。

翌日，即4月17日，八点，门房拦住经过他身边的大夫，指责一些恶作剧的人又把三只死老鼠放在走廊的中间。那些人准是靠大捕鼠器抓住它们的，因为老鼠们浑身是血。门房已在门口站了一阵，手里提着死老鼠的爪子；他在等待那些罪人说挖苦话时自我暴露。但什么也没有发生。

"噢，那些家伙！"米歇尔说，"到头来我准能抓住他们。"

里厄感到蹊跷，便决定从环城街区开始他的巡回医疗，因为他那些最穷困的病人都在这一带居住。在这些街区收垃圾晚得多，他的汽车沿着街区一条条笔直的尘土飞扬的街道往前行驶，车身紧挨着留在人行道上的垃圾桶。在他经过的一条街上，他数了数，有十二只死老鼠扔在残羹剩菜和脏布碎片当中。

他要诊治的第一个病人正躺在床上。房间临街，既是卧室，同时又是饭厅。病人是位西班牙老人，满脸皱纹，神态严峻。他面前的被子上放着两个盛满鹰嘴豆的锅。大夫进屋时，半坐在床上的呼吸急促的哮喘病人往后一仰，想重新缓过气来。病人的妻子端来一个盆子。

"哎，大夫，"在打针时，病人说，"它们都出洞了，您看见了吗？"

"没错，"女人说，"邻居捡了三只。"

老头搓搓手。

"它们出来了，所有的垃圾箱里都能看见。是饿的！"

后来，里厄随便在哪里都能听到类似的话，街区里人人都在谈论老鼠。诊治病人结束后，他回到家里。

"上面有您一份电报。"米歇尔先生说。

大夫问他是否见到过很多老鼠。

"哦，没有！"门房说，"我在监视呢，您懂我的意思。那些畜生不敢来。"

电报通知里厄，说他母亲翌日到达这里。她准备在生病的儿媳妇出门期间来这里照顾儿子的家务。大夫进屋时，女看护早已来到。里厄瞧见他的妻子略施脂粉，正穿着套裙站在那里。他对她微微一笑。

"这很好，"他说，"好极了。"

片刻之后，在火车站，他把她安置在卧车里。她看看车厢。

"对我们来说这太贵了，对吧？"

"需要这样。"里厄说。

"闹老鼠是怎么回事？"

"我不知道。有些奇怪，但会过去的。"

他随即快快地对她说，他请她原谅，本应该由他来照顾她，他对她太不关心了。她摇摇头，好像示意他不要说了，但他补充说：

"你回家时，一切都会好些。我们要从头开始。"

"是的，"她眼睛发着亮光说，"我们要从头开始。"

片刻过后，她背转身，透过窗玻璃看外面。月台上，人群熙熙攘攘，推来搡去。火车头的嘘嘘声传到他们这里。他叫她的名字，当她转过身来时，他看见她泪流满面。

"别这样。"他轻轻说。

泪水下重又绽出了微笑，但有点不自然。她深深吸了一口气：

"走吧，一切都会好起来。"

他把她紧紧抱在怀里。现在，他站在月台上，在窗玻璃的这面，他只能看见她的微笑。

"请你好好保重啊！"他说。

然而她听不见他说话。

在车站月台的出口附近，里厄碰上了预审法官奥东先生，他领着自己的小儿子。大夫问他是否出门旅行。这位高个子黑头发的法官一半像过去所谓的上流社会人士，一半像殡仪馆埋死人的人，他用和蔼的口气简短地回答说：

"我在等奥东太太，她专程看望我的家属去了。"

汽笛长鸣。

"老鼠……"法官说。

里厄朝火车的方向看了看，但又回过头来望望出口处。

"是老鼠，"他说，"这不算什么。"

此刻他记得最清楚的，是一个铁路搬运工人经过时腋下夹着一个装满死老鼠的盒子。

当天下午，里厄刚开始诊病便接待了一位年轻人，有人说他是记者，一早就来诊疗室了。他名叫雷蒙·朗贝尔。他身材矮小，双肩又厚又宽，面容显得刚毅，有一双明亮而聪慧的眼睛；他穿一身运动服式的衣裳，生活似乎很宽裕。他谈话直截了当。他为巴黎一家大报调查阿拉伯人的生活情况，想得到有关他们卫生状况的资料。里厄对他说，他们的卫生情况不妙。但他在进一步详谈之前想知道，这位记者是否能够说真话。

"那当然。"记者说道。

"我的意思是，您能不能对此情况进行全面谴责？"

"全面，不行，这一点应当说清楚。不过，我料想这样的谴责并没有什么根据。"

里厄不慌不忙地说，像这样的谴责的确可能没有根据，然而在提这个问题时，他只想知道，朗贝尔的证词能不能毫无保留。

"我只承认毫无保留的证词，所以我不能用我的有关资料支持您的证词。"

"这是圣茹斯特①的语言。"记者笑道。

里厄并不提高嗓门，说，是否是圣茹斯特的语言，他不知道，但那是一个对他生活的世界感到厌倦的人的语言，不过这个人和其他的人有同样的看法，而且决心在他这方面拒绝不公正，拒绝让步。朗贝尔耸耸肩，注视着大夫。

"我相信我理解您。"他最后说，同时站起身来。

大夫把他送到门边：

"我感谢您这样看待事物。"

---

① 圣茹斯特(1767—1794)，法国大革命时期雅各宾派的领袖之一。

朗贝尔似乎焦躁起来：

"好，"他说道，"我明白。原谅我打扰了您。"

大夫握住他的手说，眼下城里发现了大量的死老鼠，也许可以就这件事写一篇不寻常的报道。

"哦！"朗贝尔欢呼道，"我对这个感兴趣。"

十七点，大夫正为新一轮出诊走出家门时，在楼梯上碰见了一个还算年轻的男人，此人外貌敦厚，肥厚的面孔呈凹形，还有两道浓眉。大夫时不时在住这幢大楼顶层的西班牙舞蹈演员家里遇见他。这个名叫让·塔鲁的人在阶梯上专心地吸着烟，同时观察着他脚边的一只正在死去的抽搐着的老鼠。他抬起头，用灰色的眼睛冷静地、有点专注地看看大夫，向他问好并补充说，这些老鼠的出现是件怪事。

"是的，"里厄说，"但这事儿到头来会让人感到恼火。"

"在某种意义上，大夫，仅仅在某种意义上是这样。我们从没有见过类似的事，如此而已。但我觉得这事很有趣儿，确实很有趣儿。"

塔鲁伸手把头发往后掠了掠，又看了看已经一动不动的老鼠，接着对里厄笑笑，说：

"不过，大夫，说来说去，这只是门房的事。"

里厄正好看见门房站在大楼进口处旁边，背靠着墙，他那平时充血的脸上有一种厌倦的表情。

老米歇尔见里厄向他示意有新的发现，便对他说：

"没错，如今看见它们都是三两成群的。不过，别的大楼也都这样。"

看上去他又沮丧又不安，还无意识地搓着自己的脖子。里厄问他身体如何，门房当然不能说他身体不好，只不过感到有点不舒服而已。据他看来，是他的情绪在作怪。这些老鼠给了他当头一棒，等它们绝迹了，一切都会好起来。

然而，翌日，即4月18日，清晨，大夫从火车站接回母亲时，发现米歇尔先生的面容更难看了：原来从地窖到顶楼，十来只老鼠一个一个摆在楼梯上。邻近大楼的垃圾桶也装满了耗子。大夫的母亲听到这个消息倒并不吃惊。

"常发生这类事儿。"

她是一位身材矮小的女人，银发，黑眼睛显得很温和。

"贝尔纳，又看见你我真高兴，"她说，"老鼠的事一点儿不影响我的心情。"

他赞同她的看法。的确，有了她，什么事都显得很容易解决。

不过，里厄仍旧给市灭鼠处打了电话，他认识这个处的处长。处长是否听说过那些成群结队的老鼠在露天死去？梅西埃处长已经听说此事，而且在离码头不远的他的处里已经发现了五十来只。不过，他正在考虑这是否严重。里厄也不能决定这是否严重，但他想，灭鼠处应当管管此事。

"应当管，"梅西埃说，"但得有命令。如果你认为确实值得管，我就去设法弄到命令。"

"无论如何也值得试试。"里厄说道。

他的女佣适才告诉他，她丈夫干活的那家大工厂已收了好几百只死老鼠。

不管怎么说，我们的同胞大约就在这个时候开始担心了，原来从 18 日起，各工厂和仓库已清除了几百只老鼠尸体。在某些情况下，有人不得不结果那些垂死挣扎时间过长的老鼠的性命。然而，从城市的周边地区到市中心，无论是里厄大夫偶然经过的地方还是人们聚会的地方，到处都有成堆的老鼠装在垃圾桶里，或者成串成串地浮在下水道里等待清除。自那天起，晚报抓住此事不放，问市府是否在准备行动，考虑采取什么样的紧急措施，以保障市民免遭这令人生厌的鼠害侵袭。市府却从未有过什么准备，也不曾考虑任何措施，只召集了首次会议进行讨论。灭鼠处奉命每日凌晨收集死老鼠。收集完毕，处里派两辆汽车将死动物运往垃圾焚化厂焚烧。

然而，在此后的几天里，形势变得严峻了。捡到的死老鼠数目与日俱增，每天清晨收集的也越来越多。自第四天起，老鼠开始成群结队跑出来死在外面。它们从破旧的小屋，从地下室、地窖、阴沟里跌跌撞撞地鱼贯爬到地面上，在亮处摇摇晃晃，原地打转，最后死在人们的脚边。夜里，无论在走廊上或小巷里，都能清楚听见它们垂死挣扎时的轻声惨叫。在近郊区，每天早上都有人看见它们躺在下水道里，尖嘴上挂一小块血迹。有的已全身肿胀，发出腐臭味；有的已经僵硬，胡须还往上翘着。在市区里也能碰上小堆小堆的死耗子摆在楼道上或院子里。也有些老鼠孤零零地死在各级行政部门的大厅里、学校的操场上，有时也死在咖啡馆的露天座位之间。同胞们在城里最繁华的地段也发现了死老鼠，这真让他们大惊失色。阅兵场、林荫大道、滨海大道都一一受到污染，而且污染扩散得越来越远。凌晨刚把死老鼠打扫干净，但到大白天全市又会逐渐看到越来越多的死老鼠。不止一个人夜间在人行道上行走时，感到脚下踏了一只软软的刚死不久的小动物尸体。仿佛承载我们房屋的大地正在清洗使它感到重负的体液，让一直在它身体内部折磨它的疮疖和脓血升到表面来。看看我们这座小城的惊愕状态吧，在此之前它是那样平静，而在几天之内却变得惊慌失措，有如一个身强力壮的男人体内过浓的血液突然动乱起来。

事态严重到连朗斯道克情报资料局（搜集发布各种题材情报资料的机构)都在它播送的免费广播消息中宣称，仅在25日这一天中就收集并焚烧了六千二百三十一只死老鼠。这个数字使人们对眼下市内每天出现的情景有了一个清晰的概念，同时也加剧了大家的惊慌心情。在此之前，市民仅仅对那让人憎恶的偶然事件有所抱怨，如今却发现那既不能确定规模也不能揭示根源的现象具有某种威胁性。只有那个患哮喘病的西班牙老人还继续搓着手说了又说："它们出洞了，它们出洞了！"言语间流露出老人特有的快乐。

4月28日，朗斯道克宣布已收集了约莫八千只老鼠，这时城里人的焦虑达到了顶点。人们要求采取彻底的措施，人家还对当局进行谴责，某些在海滨拥有房屋的人已在谈论准备迁往那边的事。可是到第二天，情报资料局宣布，鼠害现象已骤然停止，灭鼠处收集的死老鼠数目微不足道。这时全城总算松了一口气。

然而就在当天中午，里厄大夫刚把汽车停在他居住的大楼门前，就瞥见老门房正从大街的尽头走过来，他走路非常吃力，歪着脑袋，双臂和双腿叉开，活像牵线木偶。老人挽着一位教士的胳膊，大夫认出了那位教士，是帕纳鲁神甫。那是一位博学而活跃的耶稣会教士，有时和他碰面，他在城里众望所归，甚至在对宗教十分淡漠的人们当中也受到尊重。他等着他们俩。老米歇尔两眼发光，呼吸像吹哨一般嘘嘘作响。原来他感觉不大舒服，想出来散散步。但他的颈部、腋下和腹股沟疼得钻心，他被迫转身走回来，而且要帕纳鲁神甫扶扶他。

　　"有几个肿块，"他说，"没准儿是我干活时用力过猛了。"

　　大夫把胳膊伸出车门，用手指在米歇尔伸过来的脖子底部来回按了按。那里已经形成了一种木头结节似的东西。

　　"去躺下来，量量体温，我下午再去看您。"

　　门房走了以后，里厄问帕纳鲁神甫对老鼠事件有什么看法。

　　"噢！"神甫说，"没准儿是一种瘟疫。"说话间，他的双眼在圆形眼镜后面露出了笑意。

　　午餐过后，里厄又看了看疗养院发来的通知他妻子已到达那里的电报，这时，电话铃响了。是他一个老病人打来的，这病人是市政府的职员，患主动脉狭窄症已经很长时间了。因为他穷，里厄一直为他义务治病。

　　"是我，"他说，"您还记得我吧。不过，这次是别人。您快点来一下。我邻居家出了点事。"

他说话气喘吁吁。里厄想到了门房，但决定随后再去看他。不一会儿他来到城外一个街区的菲代尔勃街上一幢低矮房屋的门前。进了门，他在阴凉而发臭的楼梯上碰到了约瑟夫·格朗，就是那个政府职员，他正好下楼来迎接大夫。此人大约五十来岁，黄色的小胡子，高个儿，有点驼背，窄肩膀，胳臂腿都很细。

"他现在好些了，"他来到里厄身边时说，"我原以为他完蛋了呢。"

他擤擤鼻涕。里厄在三楼也是最高一层楼上的左边门上看见用红粉笔写的字："请进来，我上吊了。"

他们走进。绳子从吊灯那里垂下来，放在下面的椅子已经翻倒，桌子被推到了屋角。绳子是垂在半空中的。

格朗说："是我及时把他解了下来。"尽管他说的话很普通，却仿佛一直在字斟句酌，"我当时正好出门，出来便听见有响动。我一看见门上的字，怎么跟您说呢？我还以为是在开玩笑。但他哼了一声，声音怪怪的，甚至可以说是恐怖的。"

他搔搔头，接着说：

"依我看，这种行动大概很痛苦。当然，我进去了。"

他俩推开一扇门，站在一间明亮而陈设十分简陋的房间门口。一个矮胖的男人躺在一张铜床上。他大声呼吸着，用充血的眼睛注视着他们。大夫停下脚步。在卧床的人呼吸的间歇里，他仿佛听到了老鼠在叫，但房屋角落里并没有什么动静。里厄朝床边走过去。这个人并非从很高的地方跌下来，也摔得不太意外，所以脊椎保持完好。当然，他感到有些窒息。也许需要做一次 X 射线摄影。大夫给他注射了一针樟脑油，说过几天一切都会恢复正常。

"谢谢大夫。"这人说，声音有点憋闷。

里厄问格朗是否报告了派出所，这位职员的神情显得有些窘迫。

"没有，"他说，"哦！没有。我当时考虑，最紧迫的是……"

里厄打断他的话说："那当然，那就由我去报告吧。"

但此刻病人却焦躁起来，他一边在床上坐起身子，一边表示反对说，他身体没问题，不必费这个神了。

"冷静点，"里厄说，"这不算一回事，相信我吧，我必须去打个招呼。"

病人嚷了一声："啊！"

他往后一仰身，抽抽搭搭地哭起来。有好一阵格朗都在摸弄自己的小胡子，这时他走过来，说：

"好了，柯塔尔先生，您应该尽量理解这点，可以说大夫负有责任。比如，您万一又想……"

但柯塔尔眼泪汪汪地说，他再也不会干了，刚才不过是一时糊涂，他现在惟一的希望是大家让他安静。里厄在开药方。

"那就说定了，"他说，"咱们不谈这事，我过两三天再来看您。但别再干蠢事了！"

在楼道上，他告诉格朗，他不得不去报告，但他会要求派出所所长两天以后再来作调查。

"今天晚上需要守着他。他有亲属吗？"

"我不认识他家，不过我可以亲自守夜。"

格朗又摇着头说：

"您瞧，连他本人我也谈不上认识。但总该互相帮助吧。"

在走廊上，里厄不由自主地往阴暗的屋角看了看，问格朗他所在的这个街区老鼠是否已经绝迹。公务员对此一无所知。不错，有人曾对他谈起过这件讨厌的事，但他对街道上的传闻向来不大注意。

"我有别的事要操心。"他说。

里厄在他说话时已经同他握手道别。他急着在给妻子写信之前去看看门房。

叫卖晚报的小贩大声通报说老鼠的侵扰已经停止。但里厄却发现他的病人半个身子伏在床外，一只手捂着肚子，另一只手围在脖子上，他正掏心挖肺似的朝脏物桶里呕吐着浅红色的胆汁。他气喘吁吁地费了好大的劲才又躺了下来。他的体温已达到39.5度，脖颈上的淋巴结和四肢肿大，肋部有两个浅黑色的斑点正在扩大。他现在诉说的是自己内脏很痛。

"里面像有火在烧，"他说，"那下流瘟在烧我。"

他那满是煤烟色口垢的嘴唇使他连说话都含含糊糊。他将眼球突出的眼睛转向大夫，头疼使他流出了眼泪。他忧心如焚的妻子注视着里厄，大夫却默不作声。

"大夫，"她说，"他得的是什么病？"

"什么病都有可能，但还什么都确定不了。到今晚为止，必须禁食，并服用清血药。让他多喝水。"

门房正好渴极了。

里厄回到家里便打电话给他的同行里沙尔，那是本城最有声望的医生之一。

"没有，"里沙尔说，"我没有发现什么异常情况。"

"难道没有高烧和局部发炎的？"

"噢，那倒有，有两例淋巴结异常肿胀。"

"肿得很不正常吧？"

"嘿，"里沙尔说，"所谓正常嘛，您知道……"

晚上，门房一直说着胡话，高烧40度，嘴里还抱怨着老鼠。里厄尝试用固定术处理脓肿。门房在受到松节油烧灼时声嘶力竭地叫道："啊！这些猪猡！"

淋巴结还在往大里长，摸起来硬得像木头。门房的妻子吓坏了。

"您得熬夜守着他，"大夫对她说，"有情况就打电话叫我。"

翌日，4月30日，已经有些暖意的微风在蓝天下的潮湿空气里吹拂着，从最远的郊外带来了花的馨香。大街上，清晨的市声显得比往常更活跃更欢快。对我们这个刚从一星期里暗暗的担惊受怕中解脱出来的小城而言，这一天竟成了春回大地的一天。里厄自己接到妻子的来信后也放了心。他轻松地下楼来到门房家里。果然，一清早，病人的体温已经降到38度。他很虚弱，但仍然躺在床上微笑。

"他好些了，对吧，大夫？"病人的妻子说。

"还得等等。"

然而一到中午，体温骤然升到40度，病人谵语不止，而且又呕吐起来。他脖颈上的淋巴结一触就疼，看上去他仿佛想把头伸得离身子越远越好。他的妻子坐在床脚边，双手放在被子上轻轻按住病人的脚。她望着里厄。

"听我说，"里厄说，"必须把他隔离起来设法进行特殊治疗。我打电话给医院，我们用救护车把他送过去。"

过了两个钟头，在救护车里，大夫和那个女人俯身看着病人。从病人布满蕈状赘生物的嘴里吐出不连贯的话："老鼠！"他脸色铁青，嘴唇蜡黄，眼皮呈铅灰色；他呼吸短促，断断续续；而且被淋巴结弄得撕裂般疼痛。他深深地蜷缩在小床里，仿佛想让小床把自己全身盖住，或者说，仿佛大地深处有什么东西在不停地召唤他。在什么看不见的东西的重压下，这位门房窒息身亡了。他的妻子哭起来。

"大夫，这么说，没希望啦？"

"他死了。"里厄说。

可以说，门房的死标志着一个令人困惑的迹象丛生的时期已经结束，另一个更为艰难的时期业已开始，在这之后一个时期，起初的惊异正在逐渐变成恐慌。我们的同胞先前从未想到我们这个小城会特别选定为老鼠死在阳光下、门房得怪病送命的地方，今日伊始，他们对此不再怀疑了。从这个观点看，他们过去总归是错了，他们的想法有待纠正。倘若一切到此为止，那么习惯成自然的势力无疑会占上风。然而，我们同胞中的其他一些人，他们既非门房，也非穷人，却接连走上了米歇尔先生带头走过的路。就从这一刻起,人们开始感到恐惧,同时也开始思考。

不过,在详细叙述那些新近发生的事件之前,笔者认为提供另一位见证人对适才描绘过的那一时期的看法大有裨益。在本故事开始时与读者见过面的让·塔鲁是在几个星期之前定居阿赫兰的,从那时起,他一直住在市中心的一家大旅馆里。从表面看,他靠自己的收入生活似乎相当宽裕,但市民们虽然渐渐习惯了跟他相处,却谁也说不清他来自何处,他为什么来到此地。大家在所有的公共场合都能碰到他。早春一开始,就有人看见他经常出现在海滩上,游泳时他总显得很快活。他淳朴善良,面带笑容,看上去对所有的正常娱乐都很感兴趣,但又从不盲目受娱乐支配。实际上,他最为大家所熟悉的习惯是经常造访一些在本城为数不少的西班牙籍舞蹈家和音乐家。

他那些笔记本里的记事无论如何也应当算是这段艰难时期的一种编年史。但那是一种非常特殊的编年史,它似乎格外偏爱一些微不足道的琐事。乍一看,人们会认为塔鲁在想方设法用放大镜观察人和事。在全城居民惶惶不可终日之际,他却总以史学家的眼光竭力记述一些算不上历史的琐事。大家无疑会对他这种偏爱感到惋惜,并怀疑他冷酷无情。然而,他那些笔记本仍然可以为这个时期的历史提供大量的次要细节,而这些细节不但有它本身的重要性,其中的怪异性甚至还会阻止大家对这位有趣的人物过早地作出判断。

让·塔鲁写下的首批记录始于他到达阿赫兰那天。那些记录一开始便显示出作者对居住在如此丑陋的城市感到异常满意。读者可以看到他对市政厅门前那一对铜狮子的详细描述，还有他对城市无树、房舍不雅和城市布局荒唐所进行的宽厚的评论。记录里还掺杂了在电车和大街上听到的对话，除了在稍晚些时候记录的一次有关一个名叫康的人的交谈外，其余都未加评论。塔鲁在一旁听到两位电车售票员的谈话：

"你认识康吗？"一个说。

"康？是那个蓄了黑色小胡子的大高个儿吗？"

"不错，他过去在铁路上扳道岔。"

"正是。"

"嘿！他死了。"

"哦！什么时候死的？"

"就在闹老鼠之后。"

"呀！他得的什么病？"

"我不知道，他发高烧。再说，他原本身体就不壮。他胳肢窝下面长了脓肿块。他没能顶住。"

"可是看他外表和大家没什么两样。"

"不对，他的肺不好，而且还在市军乐队搞音乐。他一直吹短号，那家伙可伤身体啦。"

"噢！"第二位最后说，"人有病时可别吹短号。"

在记录完这些现象后，塔鲁思忖，为什么康违背自己明显的利益进入军乐队？什么深层次的理由促使他冒险去参加主日游行演奏？

后来，塔鲁似乎对他窗户对面阳台上经常出现的场面印象很深，而且十分赞许。原来他的房间正对着一条窄窄的横街，街上老有几只猫在墙角阴凉处睡觉。每天吃过午饭之后，在全城的人都热得昏昏欲睡时，一位矮小的老人便出现在街对面的一个阳台上。他长着满头梳得很整齐的银发，穿一身军装式的衣裳，显得挺拔而又朴实无华。他用冷淡然而温和的声音呼唤那些小猫："猫咪，猫咪！"那些小猫抬一抬淡色的睡眼，仍旧不动弹。老人撕一些白纸碎片扔在路上，小猫被雨点似的白蝴蝶吸引，便往街道中央走去，同时迟迟疑疑地朝飘下的最后几片白纸伸出爪子。于是，矮小老头开始往畜生们身上吐口水，吐得用力而又准确。假如吐到猫身上了，他就笑起来。

最后，塔鲁似乎终于被这个城市的商业性质迷住了，此城的外观，它的繁忙，甚至它的娱乐都仿佛取决于贸易的需要。此种独特性(这是那些笔记本的用语)得到了塔鲁的赞许，他的颂扬性评语中的一段竟以这样一个感叹词结束："终于！"这位旅行者在这段时间写的笔记里，似乎只有这些地方显露了笔者的个性。不过单单赏识这些地方的意义和严肃性是困难的，比如，在描述了发现一只死老鼠促使旅馆的出纳员写错了一笔账之后，塔鲁用不如平常那么清晰的字加上这些话："问题：怎样做才能不浪费时间？答案：在时间的漫长中体验时间。方式：在牙医的候诊室里，坐在不舒服的椅子上度过几天；在自己的阳台上度过周日的下午；听别人用自己不懂的语言作报告；选择最长的路程和最不方便的铁路线旅行，当然还必须站着旅行；去剧院的售票窗口前排队却买不到票，等等。"但是紧接着这些东跳西跳的语言和思考之后，笔记又开始详细描写我们这个城市的电车，写它们小船一般的外形，模模糊糊的颜色，习以为常的肮脏，最后用什么也说明不了的"这引人注目"几个字结束他的评论。

不管怎样，塔鲁还是就老鼠乱子提供了下面这些情况：

今天，对面那矮小老头不知所措了。猫咪不知去向。原来是马路上发现的大量死老鼠刺激它们失踪了。依我看，猫是绝对不会吃死老鼠的。记得我自己的猫就非常厌恶死老鼠。尽管如此，那些猫仍有可能去各个地窖瞎跑，而小个子老头也因此张皇失措。他的头发已梳得不像过去整齐，精力也不那么充沛了。看得出来，他很着急。过了不久他就回去了。不过在回去之前他还盲目地吐了一次口水。

今天，城里有一辆电车被迫停了下来，因为乘客发现一只死老鼠不知怎么来到了车上。两三个妇女下了车。把死老鼠丢掉之后，车又开了。

在旅馆里，一个值得信赖的夜间值班人告诉我，他预计这些老鼠会带来灾难。"老鼠一离开轮船……"我对他说，如果是在船上，情况的确如此，但还从未有人证实在都市里也一样。可他却深信不疑。我问他，依他之见，可能会发生什么样的灾难。他说他不知道，因为灾难是不可预测的。但如果发生地震，他不会感到惊异。我承认这有可能，于是他问我是否为此而感到忧虑。

"我惟一感兴趣的事，"我对他说，"是求得内心的安宁。"

他对此表示完全理解。

在旅馆餐厅里，有一家人非常有趣。父亲又高又瘦，穿一身硬领黑衣服。他已经谢顶，只在头的左右两边还剩下两绺灰发。他的一双小圆眼睛显得很严厉，他的鼻子细长，嘴唇宽阔，使他看上去活像一只驯养的猫头鹰。他总是头一个来到餐厅门前，然后退到一边，让他的妻子先进去。于是，他那像小黑老鼠一般瘦小的妻子便走进来，后面紧跟着一个小男孩和一个小女孩，打扮得像两条受过训练的狗。父亲来到自己的餐桌前，先等他的妻子坐下，然后自己入座，最后才轮到两条卷毛狗坐上高高的椅子。他用"您"称呼妻子和孩子，但却老对妻子讲些礼貌的刻薄话，他对儿女则是说一不二的：

"尼科尔，您的表现让人反感到极点！"

小女孩快哭出来了，这正中他的下怀。

今天早上，小男孩为老鼠乱子兴奋不已。他想在吃饭时说说此事。

"在饭桌上不谈老鼠，菲利普。我不准您今后再提这个词。"

"您父亲说得对。"小黑鼠说。

两只卷毛狗把头埋到狗食上，猫头鹰点点头表示感谢，其实这种表示毫无意义。

尽管猫头鹰作了示范，城里仍然大谈特谈老鼠造成的乱子。报纸已经介入。本地报纸专栏的内容通常十分丰富，如今却整栏都在抨击市政府："我们的市政官员是否考虑了那些腐烂的老鼠尸体可能造成的弊害？"旅馆经理除了此事再也不谈别的了，因为他也非常恼火。在一家体面旅馆的电梯上发现老鼠，他认为这简直不可思议。我安慰他说："大家都有这个麻烦呀！"

他回答我说："正是这样，如今我们同大家没什么两样了。"

是他对我谈到那出人意外的高烧引起的最初几个病例，大家为此已开始感到忧虑了。旅馆里收拾房间的女佣，有一个已得了这种怪病。

他连忙明确说道："但这种病肯定不会传染。"

我对他说，我无所谓。

"噢！我明白，先生跟我一样，是个宿命论者。"

我过去从未提出过类似的问题，而且我也不是宿命论者。我把这点告诉他……

就从这一刻起，塔鲁在笔记里开始较详尽地谈到这种从未见过的高烧，公众那里已有人为此担心了。塔鲁在笔记里记述说，在老鼠绝迹之后，矮小老头终于找到了那几只猫，而且耐心地校正他吐口水的位置。塔鲁还补充说，已经可以举出十来例这种高烧病，其中大多数人都必死无疑。

最后，我们可以把塔鲁对里厄大夫的描绘转载于此作为资料。据笔者判断，他的描绘相当真实：

看上去有三十五岁，中等身材，宽肩，接近于长方脸，率直的深色眼睛，但下颌突出，鼻子高而端正，剪得很短的黑头发，嘴形微弯，丰满的双唇几乎时刻紧闭着。他晒黑的皮肤、黑色的汗毛以及他常穿的十分合身的深色衣服使他看上去有些像西西里农夫。

他走路步履敏捷。他走下人行道步伐不变，但踏上对面人行道时大都轻轻一跳。他驾驶自己的汽车总是走神，而且常常让方向箭头竖在那里，甚至已经转了弯也是如此。从不戴帽子。胸有成竹的神气。

塔鲁记载的数字是准确的。里厄大夫也了解一些情况。门房的尸体被隔离起来之后，他曾打电话给里沙尔询问有关腹股沟淋巴结引起高烧的事。

当时，里沙尔说："我真不明白，两人死亡，一个在四十八小时之内断气，另一个拖了三天。那天早上，我离开后面这一位时，从哪方面看上去他都在康复。"

"如有别的病例，请通知我。"

他还给几位大夫打了电话。这样的调查表明，几天之内大约有二十个类似的病例，几乎全是致命的。于是他要求阿赫兰医师联合会书记里沙尔，把新发现的病人隔离起来。

"我可没办法，"里沙尔说，"这事儿应该由省里采取措施。再说，谁告诉您这病有传染的危险？"

"谁也没有告诉我，但这些症状令人担忧。"

里沙尔却认为他没有"资格"办此事。他惟一能做的，是把情况报告省长。

但说话间，天气变坏了。在门房死后的第二天，浓雾弥漫。短暂的暴雨往城里倾泻而下，随后酷热跟踪而至。连海水都失去了它的深蓝色；在雾蒙蒙的天空下，海水发出一片银色或铁灰色的闪光，非常刺眼。又湿又热的春天倒让人宁愿忍受夏日的暑热。在这座像蜗牛一般耸立在高原上几乎不朝向大海的城市，气氛阴郁，死气沉沉。在一堵堵粗糙的灰泥墙之间，在两旁的玻璃橱窗都积满灰尘的街道当中，在肮脏发黄的电车里，人人都感到自己被天气禁锢得动弹不得。惟有里厄的那位哮喘老病人得其所哉，没有发病，因而为这样的气候欢欣鼓舞。

"热得像蒸笼，"他说，"但这对支气管有好处。"

的确热得像蒸笼，不多不少恰如发一次高烧。全城都在发高烧，起码这是里厄大夫一大早摆脱不掉的印象，原来在那天早晨，他是去菲代尔勃街参加柯塔尔自杀未遂事件的调查。但他认为这个印象似乎并不合理。他把这样的事归咎于他紧张的神经和一直纠缠着他的一桩桩心事，因此他认为整理自己的思想迫在眉睫。

他到达那里时，派出所所长还没有到。格朗在楼道上等他，他们决定先去格朗家，让门开着。这位市府职员住两间房，房内陈设十分简单。不过有点儿醒目的是，一个白木书架上面放了两三本词典，还有一块黑板，上面写着《花径》两字，字迹模糊，但还看得出来。据格朗说，柯塔尔昨夜睡得不错。不过今天清晨醒来时，他感到头疼，而且没有任何反应能力。格朗显得疲倦而焦躁，他在屋里踱来踱去，把放在桌上的一个装满手稿的大文件夹打开后又合上。

与此同时，他告诉大夫，他并不熟悉柯塔尔，不过猜想他有一笔小小的财产。柯塔尔是个怪人，长期以来，他们俩的关系仅仅是在楼梯上碰面时互相打个招呼。

"我同他只谈过两次话。几天前，我在楼道上打翻了我带回来的一盒粉笔。有红粉笔，也有蓝粉笔。柯塔尔正好在那一刻从他家来到楼道上，他帮我把粉笔拾起来。他问我这些颜色不同的粉笔有什么用。"

于是，格朗对他解释说，他想尝试再学学拉丁文。从离开中学到现在，他的知识越来越不可靠了。

"不错，"他对大夫说，"有人向我保证，学拉丁文有助于更好地掌握法语的词义。"

因此，他把拉丁文的单词写在黑板上，再用蓝粉笔抄下有性、数、格变化和动词变位的那部分词，再用红粉笔抄下没有变化的词。

"我不知道柯塔尔是否真正理解了，但他似乎很感兴趣，还要我给他一支红粉笔。我当时有点吃惊，但无论如何……当然，在那时我不可能猜到，他会把粉笔用来实现他的计划。"

里厄正在问他第二次谈话是什么内容时，派出所所长带着他的秘书来到了。他想先听听格朗的陈述。大夫注意到，每当格朗谈到柯塔尔时，总管他叫"绝望的人"。他甚至一度用了"致命的决定"这样的熟语。他们在讨论自杀的原因，而格朗却在选词用句上显得吹毛求疵。最后大家决定用"内心抑郁"

几个字。所长询问，当时从柯塔尔的态度上是否一点儿也看不出他所谓的"决定"。

"昨天他曾敲过我的门，"格朗说，"他向我要火柴。我把自己的一盒给了他。他表示很抱歉，同时说，邻里之间……他随后保证说，他一定会把火柴还回来。我要他留着用。"

所长又问这位职员，他曾否看见柯塔尔显得古怪。

"依我看，他的古怪在于他的神情显出他想跟我聊天。但我呢，我当时正在工作。"

格朗把身子朝里厄转过来，有点尴尬地补充说：

"是我私人的工作。"

这时所长想看看病人，但里厄考虑，最好先让柯塔尔对他的探访有个思想准备。里厄走进病人的房间时，见他只穿了一件浅灰色法兰绒衣服，而且正在从床上坐起来，满脸忧虑地朝门外看。

"是警察局吧？"

"是的，"里厄说，"您别着急。办完两三个手续后，您就可以放心了。"

但柯塔尔回答他说，这毫无用处，而且他不喜欢警察。里厄显得有点儿不耐烦了。

"我也并不喜欢他们。但必须又快又正确地回答他们提出的问题，才能一劳永逸地完事。"

柯塔尔不说话了，大夫反身正要往房门走去，那小个儿却叫住了他，等他回到床边，便一把抓住他的双手：

"他们不能碰一个病人，一个上过吊的人，对不对，大夫？"

里厄注视了他一会儿，然后向他保证说，根本谈不上有这种性质的事，而且他来到这里也是为了保护病人。柯塔尔似乎轻松了些，于是，里厄让派出所所长进去。

他们向柯塔尔宣读了格朗的证词，又问他是否能明确说说他这次行为的动机。柯塔尔看也不看警官，只回答说："是内心抑郁，这样做在当时很不错。"所长连忙追问他，是否还想再干。柯塔尔怒气冲冲，回答说不想，说他只希望别人让他安宁。

"我要提醒您，"所长用生气的口吻说，"眼下是您在让别人不得安宁。"

但看见里厄示意，他停下不说了。

在出门时，所长叹了口气说：

"您想想，自从大家谈论那高烧，我们有更重要的事要做呢……"

他问大夫，高烧的事是否严重，里厄说他对此一无所知。

"是天气作怪，如此而已。"所长作结论说。

这无疑是天气作怪。白天越往夜里走，东西越黏手。里厄每出诊一次，心里的忧虑就增加一分。就在这天晚上，他那老哮喘病人的邻居一边用手使劲压着腹股沟，一边在说胡话的当间儿呕吐。他的淋巴结比门房的大得多，其中一个已开始流脓，不一会儿便溃烂得像只烂水果。里厄一回到家里就给省药品仓库打电话。他在这天写的工作笔记只提到："答复说没有。"这时已经又有人在呼叫他去诊治其他几个相同的病例了。很明显，必须捅开脓肿。用手术刀画个十字，淋巴结就溢出了带血的脓。病人们四仰八叉，都在流血。但他们的腹部和大腿上出现了斑点，有一个淋巴结停止出脓，紧接着又肿起来。大部分时间病人都是在可怕的臭气中死去的。

报纸在老鼠事件里喋喋不休，对死人的事却只字不提。原因是老鼠死在大街上，而人却死在他们自己的房间里。报纸只管街上的事。不过省政府和市政府已在开始考虑问题了。但只要每个大夫掌握的病例不超过三两个，便没有人想到要行动。其实，如果有谁想到把那些数字加一加就好了，因为加起来的数字是触目惊心的。仅仅几天工夫，致死病例已在成倍增加，而在那些关心此怪病的人眼里，很明显，那是真正的瘟疫。里厄的一位年龄比他大得多的同行卡斯特尔正好选在这个时刻前来看望他。

"您自然知道那是什么，里厄？"他说。

"我在等化验结果。"

"我可明白，用不着化验分析。我行医之后有一段时间在中国。大约二十年前我在巴黎也见过几例这样的病，只不过当时谁也不敢说出它的名字罢了。舆论，很神圣嘛：它说不要惊慌，千万不要惊慌。还有，正如一位同行说的：'这不可能，谁都知道，瘟疫已在西方绝迹了。'不错，谁都知道，除了死者。好了，里厄，您和我一样清楚这是什么病。"

里厄在思忖。他从诊室的窗口眺望着远处俯瞰海湾的悬崖。天空虽然还呈蔚蓝色，但亮丽的色彩已经随着午后的逐渐消逝而暗淡下来。

"是的，卡斯特尔，"里厄说，"这难以置信。但这很像是鼠疫。"

卡斯特尔老大夫起身朝门口走去。

他说：

"您知道人家会怎样回答我们：'鼠疫在温带国家已经绝迹多年了。'"

"绝迹，绝迹意味着什么？"里厄回答时耸耸肩。

"是啊，别忘了：大约二十年前，巴黎还发生过呢。"

"好吧，但愿这次不比当年严重。不过这真难以置信。"

适才第一次说出了"鼠疫"这个词。故事讲到这里，我们暂且把贝尔纳·里厄留在窗前，让笔者对大夫心里的犹豫和惊异作些解释，因为这也是我们大多数同胞对当前情况的反应，虽然程度有些差异。天灾人祸本是常见之事，然而当灾祸落在大家头上时，谁都难以相信那会是灾祸。人世间经历过多少鼠疫和战争，两者的次数不分轩轾，然而无论面对鼠疫还是面对战争，人们都同样措手不及。里厄大夫与我们的同胞一样措手不及，因此我们必须理解他的犹豫心情，理解他为什么会焦虑不安而同时又充满信心。一场战争爆发时，人们说："这仗打不长，因为那太愚蠢了。"毫无疑问，战争的确太愚蠢，然而愚蠢并不妨碍它打下去。倘若人不老去想自己，他会发觉蠢事有可能一直坚持干下去。在这方面，我们的同胞和大家一样，他们想的是他们自己，换句话说，他们都是人文主义者[①]：他

[①] 此处指他们以人为本，认为人是世界的中心。

们不相信天灾。天灾怎能和人相比！因此大家想，这灾祸不是现实，它只是一场噩梦，很快就会过去。然而，噩梦不一定会消逝，它们一个接着一个，其间逝去的却是人，首先是那些人文主义者，因为那些人没有采取预防措施。我们同胞的过失并非比别人严重，他们忘记了人应当谦虚，如此而已，他们认为他们还有可能对付一切，这就意味着天灾没有可能发生。他们继续做买卖、准备旅行、发表议论。他们如何能想到会有鼠疫来毁掉他们的前程、取消他们的出行、阻止他们的议论？他们自以为无拘无束，但只要大难临头，谁都不可能无拘无束。

里厄大夫甚至在朋友面前确认有几个分散的病人在毫无警觉的情况下刚死于鼠疫时，他还不相信真有危险。人一当了医生，无非对痛苦有了些认识，想像力也比一般人丰富些。里厄大夫在凭窗眺望这座尚未起变化的城市时，面对所谓的"前景堪忧"，他几乎感觉不出在他心里已产生了轻微的沮丧之情。他竭力回想着自己对此病所知道的一切。一些数字在他脑海里浮现出来，他想，在历史上大约发生过三十次大规模的鼠疫，大约造成一亿人死亡。但死一亿人算什么？人只有在打过仗时才知道死人是怎么回事。既然人在死亡时只有被别人看见才受重视，分散在历史长河中的一亿尸体无非是想像中的一缕青烟而已。大夫忆起君士坦丁堡那次鼠疫，据普罗科庇[1]记载，当时一天死一万人。一万死者相当于一家大电影院观众人数的五倍。有必要这样作比较。你们去五家电影院门口，把出来的观

---

[1] 普罗科庇（约500—570），拜占庭历史学家。

众集合在一起，把他们引到城里的广场上，然后让他们成堆地死去，那时就可以看得清楚些。在这个无名尸堆上至少可以认出一些熟悉的面孔。但这当然是做不到的，何况，谁又认识一万张面孔呢？再说，谁都知道，像普罗科庇那样的人是不会计算的。七十年前，在广州，当鼠疫还没有波及居民时，已经有四万只老鼠死于此病。然而，在1871年，还没有计算老鼠的办法。当时只能计一个大略的数字，显然有可能计算错误。不过，假如一只老鼠长三十厘米，把四万只老鼠一只接一只连起来就等于……

大夫不耐烦了。他这是在听任自己遐想，不应该这样。几个病例算不得瘟疫，采取一些预防措施就行了。不过必须抓住已知的情况不放：昏迷、虚脱、眼睛发红、口腔肮脏、头疼、淋巴结炎、极度口渴、谵语、身上出现斑点、体内有撕裂般的疼痛，而出现这一切之后……这一切之后，里厄大夫想起了一句话，这句话正好成了他在手册里列举症状后写下的结束语："脉搏变得极为细弱，稍一动弹就骤然死亡。"是的，那一切症状之后，病人危在旦夕，而四成有三成的病人——这是准确数字——都按捺不住去做这个难以觉察的动作，加速他们的死亡。

大夫仍在凭窗眺望。窗玻璃那面，天高云淡，春意盎然；这面却还能听见"鼠疫"这个词在屋里回荡。这个词不仅有科学赋予的内涵，而且有一长串非同寻常的图景，这些图景与这个灰黄色的城市很不协调，这个城市在这一刻还算不得热闹，说它喧哗还不如说它嘈杂，但总的说，气氛还是欢乐的——如果人可以同时又欢乐又愁闷的话。如此平静祥和、与世无争的氛围几乎可以毫不费力地让人忘却以往灾祸的情景：瘟疫肆虐的雅典连鸟儿都弃它而飞；中国的许多城市满街躺着默默等死的病人；马赛的苦役犯们把还在流淌脓血的尸体放进洞穴里；在普罗旺斯，人们筑墙以抵御鼠疫的狂飙；还有雅法①和它那些令人厌恶的乞丐、君士坦丁堡医院里硬土地上潮湿霉臭的病床、用钩子拖出去的一个个病人、"黑死病"肆虐时期戴上面罩显得滑稽的医生们、堆放在米兰的一片片墓地里的还活着的人、惊恐万状的伦敦城里那些运死人的大车，还有日日夜夜到处都能听见的人们无休无止的呼号。不，那一切都还不够刺激，还不足以打破他这一天的平静。在窗玻璃那边突然传来一阵看不见的电车的铃声，刹那间赶走了那些残忍和痛苦的景象。惟有在鳞次栉比的灰暗屋群后边涌动的大海才能证明，这世界上还有令人忧虑和永无安宁的东西存在。里厄大夫凝视着海湾，想起了卢克莱修②谈到过的柴堆，那是雅典人得了瘟疫病后架在海边准备焚烧死人的柴堆。大家在夜里把死尸运到那里，但位置不够，于是，活着的人便大打出手，宁愿用火把打得头破血流，也要给亲人的尸体找到位置，而决不愿抛弃他们。谁都可以想像那反射在平静暗黑的海水上的发红的柴堆，在火星四溅的黑夜进行的火把鏖战，以及那向关心人间的天空升腾的恶臭浓烟。谁都可能害怕……

---

① 雅法城现属于以色列。
② 卢克莱修（约公元前99—前55），罗马诗人。

然而，在理智面前，这些令人晕眩的想像毕竟不能持续下去。不错，"鼠疫"这个词是说出来了；不错，就在那一刻，灾祸正在使人心绪不宁，正在毁掉一两个牺牲品。但那又怎么样？这些都可以停止。目前应当做的，是明确承认必须承认的事实，消除无益的疑心，并采取适当的措施。鼠疫随后便会停止，因为瘟疫是不可以凭想像存在的，或者说，瘟疫是不会随便胡思乱想出来的。假如鼠疫停止了——这最有可能——一切都会一帆风顺。假如情况并非如此，大家也可以知道什么是瘟疫，知道是否有办法先处理它，后制伏它。

　　大夫打开窗户，街市的喧闹声骤然增大了。一台机锯千篇一律而又短促的咝咝声从隔壁的车间传了进来。里厄振作精神。坚定的信心就在那里，在日常的劳动中。其余的一切都如系游丝，都由一些毫无可取之处的意念左右，可不能停留在那里面。最重要的是做好自己的本职工作。

　　里厄大夫正想到这里，外面有人通报约瑟夫·格朗来访。这位政府职员兼管许多杂务，但仍然定期被召到户口登记处去搞统计，其中当然包括死亡统计。他生性乐于助人，所以答应把统计结果的复本亲自送到里厄家里。

　　里厄看见他同他的邻居柯塔尔一道走了进来，职员把手上的一张纸扬一扬，说：

　　"数字在上升呀，大夫。四十八小时内死了十一个人。"

　　里厄向柯塔尔打了招呼后，问他感觉怎么样。格朗解释说，柯塔尔坚持要来向大夫致谢，并对自己给医生带来的麻烦表示歉意。但里厄一直在看统计表。

"好吧，"里厄说，"也许应该下决心叫这个病的原名了。直到现在，我们还裹足不前。来，你们和我一道，我必须去一趟化验室。"

格朗边跟着大夫走下楼梯，边说：

"对，对，东西都必须叫原名，可它的原名怎么叫？"

"我不能告诉您，再说，这对您也没什么用处。"

"您瞧，"职员微微一笑，说，"这并不那么容易。"

他们往阅兵场那边走去。柯塔尔一直没有开口。大街上的行人开始多起来。我们这个地区的黄昏瞬息即逝，现在已经逐渐被夜幕覆盖，初升的星星出现在轮廓尚清晰的天际。不一会儿，大街上的点点灯火将天空映衬得一片漆黑，而人们谈话时倒仿佛提高了音调。

"请原谅，"走到阅兵场的一角时，格朗说，"我该乘电车了。我晚上的时间是神圣不可侵犯的。就像我家乡人说的：'今天的事永远别推到明天……'"

里厄已经注意到出生在蒙特利玛尔的格朗有援引家乡成语的癖好，引完之后再加上一些平庸的没有出处的陈词滥调，诸如"梦一般朦胧的时刻"，"仙境一般美妙的灯光"。

"噢！"柯塔尔说，"这是真的。晚饭后谁都不可能把他从家里拉出来。"

里厄问他在家里是否为市府干活。格朗回答说不是，他是为自己干。

"哦！"里厄不经意地说，"有进展吗？"

"我干了好几年，总有些进展，尽管从另一个角度看进步不大。"

里厄停下脚步，问：

"说来说去，到底是什么工作？"

格朗一边正一正两只大耳朵上的圆帽，一边含含糊糊地说了说。里厄仅仅非常模糊地听出是事关发展个性的问题。不过这时那位职员已经离开他们，正用碎步急急忙忙穿过榕树林往马恩大街走去。在化验室门口，柯塔尔对大夫说，他很想去看他，听听他的建议。里厄正在衣服口袋里翻找那张统计表，便约他去他的诊所谈，但他随即改变主意，说他明天要去他们的街区，他可以在傍晚去看他。

离开柯塔尔时，里厄发现自己正在想格朗。他设想格朗正处在一次鼠疫的包围中，不是这一次鼠疫，这一次肯定不会很严重，而是历史上最猛烈鼠疫中的一次。"像他这类人倒可能在大瘟疫里幸免于难。"他想。他记得在书上读到过，鼠疫往往放过身体羸弱的人，却特别青睐体质强健的人。大夫想到这里，发现这位公务员的样子有点神秘。

的确，乍一看，约瑟夫·格朗无非是个外表和举止都很地道的政府公务员。又高又瘦的他总在一些不合身的衣服里晃荡，那些大得过分的衣服都是他为了经久耐穿而特意购买的。他的下牙床还保留着大部分牙齿，但上牙床的牙齿却已掉得精光。他一微笑，主要是上唇抬起来，因此嘴巴活像个黑洞。除了他这副尊容，还得加上他神学院学生一般的步履，贴墙根走路和悄悄溜进房门的技巧，和一股烟、酒气味，以及他毫无风度的神气，谁都会设想他不可能在别处干活，只能成天坐在办公桌前专心核实城里浴室的收费标准，或为某个年轻人编写清除垃圾新税率的报告收集资料。连毫无偏见的人都会认为，他似乎生来就是干那种平凡而又不可或缺的政府辅助工作、日薪六十二法郎三十分的临时工。

原来他在就业登记表上"就业资格"栏里就是这么填写的。二十二年前，他读完大学预科后，因拮据而辍学，于是接受了这个工作。据他说，当时他有希望很快成为"正式"公务员，不过要有一段时间的考核，证明他在处理市政管理中遇到棘手问题时能措置裕如。后来，有人向他保证说，他一定能得到一个报表编撰人的职位，那时生活就宽裕了。当然，约瑟夫·格朗干任何事情都并非出于野心，这一点，他惆怅的微笑就可以成为佐证。然而，通过正当途径使物质生活得到保证，并从而有可能问心无愧地从事自己喜爱的工作，这样的前景也让他神往。他接受这份工作完全具有光明正大的理由，可以说是出于对理想忠贞不渝的感情。

多年以来，这种临时工作的状况一直延续着，生活费用大幅度上涨，虽然有几次普遍涨工资，格朗的薪水仍然少得可怜。他也曾在里厄面前抱怨过，但似乎没有人在意这件事。格朗的独特之处，或者起码可以说他的特征之一，也正在于此。其实，他完全可以要求，且不说兑现他自己也没有把握的权利，至少兑现人家向他保证过的事情。然而，首先是向他许过愿的科长已作古多年，再说他也记不起来当时许愿的准确说法。总而言之，最麻烦的是约瑟夫·格朗缺乏适当的措辞。

里厄注意到，在描绘我们这位同胞时，正是这最后一个特性才说到点子上了。原来，正是这个特点妨碍了他写好他琢磨多时的申请信，妨碍了他顺应形势走些门路。按他的说法，他感到运用这个他并不坚持的"权利"二字最难说出口，还有"许愿"，这两个字意味着他在讨回别人欠他的东西，因此会有放肆之嫌，而放肆与他目前低微的职务很不相称。另一方面，他又拒绝使用"照顾"、"请求"、"感激"这些字眼，认为那和他个人的尊严水火不容。就这样，因为找不到恰当的字，我们这位同胞便始终待在他那默默无闻的职位上，直熬到上了岁数。此外，他还对里厄大夫说过，一旦习惯了，他发觉他的物质生活总是有保证的，无论怎样，只要量入为出就过得去。他因而认识到，原为我市工业大亨的市长爱说的一句话很正确，市长曾振振有词地说，归根结底（他特别强调这个词组，认为那是最有分量的道理），归根结底，从未有人死于饥饿。无论如何，约瑟夫·格朗过的那种苦行僧式的生活，归根结底，的确使他摆脱了这方面的忧虑。他可以继续推敲他的用词造句。

从某种意义上完全可以说，他的生活颇有示范作用。他属于那类无论我市还是别处都十分罕见的人，这类人始终勇气百倍地保持自己的美好感情。从他谈到自己的不多的话语中的确可以看出他为人善良，富于爱心，这是当今人们不敢认同的。他毫无愧色地承认他爱他的侄子和姐姐，姐姐是他剩下的惟一亲人，他每隔两年去法国探访她一次。他从不否认，一想到在他年少时去世的父母就颇为伤感。他从不讳言他最喜欢自己街区一座钟楼的钟，每天傍晚五点左右，悠扬的钟声都在那一带回荡。然而，要想表达非常简单的感情，每琢磨一个字都得费他好大的劲。到头来，这种难处竟成了他最大的心病。"啊！大夫，我多么想学会表达呀！"他每次遇见里厄时都会这么说。

这天晚上，大夫看着公务员离去时，突然明白了他想说的是什么：他一定是在写一本书或类似的什么东西。里厄一直走到化验室，这个想法才使他放下心来。他知道这种感受很愚蠢，但他无论如何也不能相信，鼠疫会停留在这样一个连一些不起眼的小公务员都有着体面癖好的城市。确切说，他无法想像鼠疫横行的地方会有这种笔耕癖的位置，因此他认定，鼠疫在我们的同胞中实际上是没有流行前途的。

翌日，由于里厄提出被认为是不得体的坚决要求，在省政府召开了卫生委员会会议。

"老百姓着急是真的，"里沙尔承认说，"但街谈巷议总把什么都加以夸大。省长告诉我：'你们如愿意就赶紧办，但别声张。'再说，他坚信这是一场虚惊。"

贝尔纳·里厄用车接卡斯特尔去省府。

卡斯特尔对里厄说：

"您知道吗？省里没有血清。"

"我知道。我已经打电话给药库。药库主任惊惶得手足无措。这东西必须从巴黎运来。"

"但愿时间别拖得太长。"

"我已经发了电报。"里厄回答。

省长态度和蔼，但容易激动。

"各位先生，我们开会吧。"他说，"还需要把情况作扼要介绍吗？"

里沙尔认为没有必要。医生们都了解情况。现在的问题只是讨论该采取什么相应的措施。

"现在的问题，"老卡斯特尔不客气地说，"是要考虑那是不是鼠疫。"

有两三个医生叫了一声。其余的人似乎犹豫不决。至于省长，他惊得微微一颤，下意识地转身朝那边看看，仿佛想核实房门是否真的阻止了这个骇人听闻的消息传到走廊上。里沙尔则表示，依他之见，不应当向恐慌让步，因为现在能够确认的，只是并发腹股沟肿大的高烧症，而无论在科学上抑或生活上，任何假设都是危险的。老卡斯特尔一直在平静地咬着自己上唇发黄的小胡须，这时抬起他明亮的眼睛看看里厄，然后把他和善的目光转向与会者，提请他们注意，说，他很清楚，那就是鼠疫，但，当然，要公开承认是鼠疫，就必定要采取毫不留情的措施。他明明知道，实际上，正是这点让他的同行们退缩，因此，为了让他们安心，他心甘情愿接受不是鼠疫的说法。省长激动起来，他宣称，无论如何，这样推理不是个好办法。

"关键，"卡斯特尔说，"不是这个推理方式好不好，而是它让人深思。"

见里厄没有开口，有人征求他的意见。

"那是一种伤寒性高烧，并伴随淋巴结炎和呕吐。我曾切开淋巴结，所以有可能送去化验。化验室确认肿块脓液里有鼠疫的粗短形杆菌。可是，为了更全面些，还应该告诉大家，细菌形状的某些特别变化与传统的描述不相吻合。"

里沙尔强调说，这一点使我们有理由不必马上作出结论，几天前已经开始做一系列化验，起码应该等这批化验的统计结果出来再说。

沉默片刻，里厄说：

"细菌能在三天之内引起脾肿大四倍，能使肠系膜淋巴结肿到橙子那么大，摸起来像浓稠的糊状物，这恰恰不容许我们再犹豫下去。各种传染源正在不断扩大。照疫病目前的传播速度，如果再不停止，就可能在两个月之内夺去城里一半居民的生命。因此，叫它鼠疫或增长热都无关紧要，惟一重要的是你们得阻止它夺去城里一半人的生命。"

里沙尔认为不应该把事情看得那么悲观，再说，这个病的传染性也还没有得到证实，他的几个病人的亲属都还健在。

"但别的病人亲属却有死亡的，"里厄提醒说，"当然，传染并不是绝对的，否则死亡数字就会无限增长，人口减少的速度就会快得惊人。不是悲观不悲观的问题，关键是要采取预防措施。"

此时，里沙尔考虑把当前的形势加以归纳，他提请大家注意，说如果这次疫病不能自动停止，为防止它蔓延，就必须采取法律规定的严厉的预防措施，要这样做，就应当公开承认那是鼠疫，但因尚不能绝对肯定那是鼠疫，所以还需要斟酌。

里厄坚持说道：

"问题不在于法律规定的措施是否严厉，而在于是否有必要采取那些措施以阻止一半市民送命。其余的事属于行政部门的职权范围，我们的体制恰巧规定要有一位省长来解决这些问题。"

"那当然，"省长说，"不过我需要你们正式认定那是鼠疫流行病。"

"即使我们不认定，这次疫病仍然会夺去本市一半人的生命。"里厄说。

里沙尔有点烦躁地插嘴道：

"事实是，我们这位同行相信那是鼠疫。他方才对症候群的描述就是明证。"

里厄回嘴说，他描述的不是症候群，而是他亲眼看见的情况。他看见的是腹股沟腺炎、斑点、谵语性高烧，以及它们引起的在四十八小时内的死亡。里沙尔先生是否可以肯定，不采取极严厉的预防措施，瘟疫也会停止蔓延，他是否能对此负责？

里沙尔迟疑了，他注视着里厄说：

"请对我说实话，您是否能肯定那是鼠疫？"

"您这个问题提得不对。要紧的不是推敲字眼，而是争取时间。"

省长说：

"您的意思也许是，即使算不上鼠疫，也应当采取鼠疫期间要求采取的严厉预防措施？"

"如果一定要我有什么意思，那就是您说的这点。"

医生们磋商着，里沙尔最后说：

"那么我们必须负起责任，把它当成鼠疫来处理。"

这个说法赢得了众人热烈的赞许。

"这也是您的意见吧，亲爱的同行？"里沙尔问里厄。

"我无所谓什么样的说法，"里厄说，"只是应当承认，我们不该根据一半居民不会送命的假设行事，否则，城里一半的人可能真会遭殃呢。"

里厄在众人心烦意乱的氛围中走了出来。片刻之后，他来到油炸食品的香味和尿臭味交织的近郊区。一个腹股沟血淋淋的女人正尖叫着"要死啦！"朝他转过身来。

医生磋商会的第二天，高烧病人又激增了些。连各家报纸都提到了，不过都是轻描淡写，仅仅暗示一番而已。第三天，里厄总算看见省府的白色小型布告匆匆忙忙张贴在城里最不引人注目的地方。从布告上很难证实当局抱有面对现实的态度；措施也毫不严厉，看上去他们似乎非常迁就某些人不愿使舆论担忧的愿望。政府法令的开场白宣称，在阿赫兰各社区的确出现了一些恶性高烧病例，但尚不能肯定其是否有传染性。此种病例还不够典型，还不足以真正引起忧虑，因此，全体居民无疑会保持冷静。然而，省长出于谨慎——大家定能理解这种谨慎精神——正在采取某些预防措施。这些措施旨在彻底防止一切瘟疫的威胁，应当在理解的基础上加以实施。因此，省长毫不怀疑，民众定将对他个人的努力给予精诚合作。

布告接着公布总体措施的内容，其中有向阴沟喷射毒气进行科学灭鼠，严密监视水的供应。布告叮嘱居民最严格地保持清洁，最后敦请跳蚤携带者前去市内各卫生所。另一方面，每个家庭都有义务申报经医生确诊的病例，并同意将病人送往医院的隔离大厅。那些配备专门设备的隔离室可以在最短时间内使病人得到治疗并取得最大疗效。还有些附加条款规定对病人的房间和车辆进行消毒。其余条款则要求患者家属进行体检。

里厄大夫猛然转身离开布告栏，走上去诊所的路。正在等他的约瑟夫·格朗一看见他便再一次举起胳膊。

"是的，"里厄说，"我知道，数字又升上去了。"

昨天，城里又有十来个病人死亡。大夫对格朗说，他今天晚上可能见到他，因为他要探访柯塔尔。

"您这么做很好，"格朗说，"这对他有好处，我感到他有些变化。"

"怎么回事？"

"他变得有礼貌了。"

"难道他过去不礼貌？"

格朗迟疑起来。他不能说柯塔尔不礼貌，这个说法可能不公正。这个人很内向，寡言少语，他的举止有点像粗野的人。待在他的房间里，去一家简陋的餐馆进餐，加上相当神秘的外出活动，这就是柯塔尔全部的生活。他的公开身份是酒类代理商。每隔一段时间就有两三个人前来探访他，大概是他的顾客。他有时晚上去对面的电影院看电影。格朗甚至注意到，柯塔尔似乎更爱看警匪片。在所有场合这个代理商都显得孤僻、多疑。

据格朗说，这一切都大大改变了：

"我不知道该怎么说，但，您瞧，我的印象是他在设法得到人们的支持，他想和大家和睦相处。他常常和我说话，还约我同他一道出门，我总不能老拒绝他呀。再说，我对他感兴趣，不管怎么说，我救过他的命呢。"

从柯塔尔自杀未遂那天起，他就没有再接待过任何人。无论在大街上，还是在供应商那里，他都积极寻求别人的同情。从来没有人对食品杂货商说话像他那么温和，也没有谁像他那么兴趣盎然地听卖烟草的女贩子说话。

"那烟草贩子真是个蛇蝎般毒辣的女人，"格朗说道，"我把这点告诉了柯塔尔，但他说我搞错了，这女人也有她好的方面，应当善于发现才是。"

有两三次，柯塔尔邀请格朗去城里的豪华饭店和咖啡馆。原来他已经开始光顾那些场所了。

"那里很舒服，"他说，"而且去那里就餐的人都不错。"

格朗注意到餐馆服务人员对这位代理商特别照顾，他观察柯塔尔时发现他给小费慷慨得出奇，他这才明白了其中的缘由。柯塔尔对别人回报他的殷勤显得非常敏感。一天，饭店侍应部领班送他出门时，帮助他穿上外衣，他对格朗说：

"这伙计不错，他可以作证。"

"作什么证？"

柯塔尔迟疑一下说：

"喏，作证说我不是坏人。"

此外，他的脾气有时也会突然发生变化。一天，食品杂货商显得没有先前那么和善，他回家时怒不可遏，并一再说：

"他得和别的人一起完蛋，这恶棍！"

"哪些别的人？"

"所有别的人。"

格朗甚至曾在烟草女贩子那里目睹了一个奇怪的场面。当时，大家聊天正聊得起劲，女商贩谈到前不久轰动了阿尔及尔的一次逮捕行动。被捕的是一个年轻的商行职员，他曾在某个海滩上杀死一个阿拉伯人。

"如果把这些败类都关进监狱，"女商贩说，"老实人都会松一口气。"

然而她不得不中断说话，原来柯塔尔听到这里忽然焦躁起来，一下子冲出了烟草店，没有一句抱歉的话。格朗和女商贩眼看他飞跑出去，感到莫名其妙。

后来，格朗还向里厄指出柯塔尔性格中发生的其他一些变化。柯塔尔的观点向来带有浓厚的自由主义色彩。他有一句口头禅完全可以证明这一点："向来是大鱼吃小鱼。"但是，一段时间以来，他竟然只买阿赫兰的正统派报纸看，而且就在公共场合看，简直可以认为他这样做是为了炫耀。还有，他病愈起床几天之后，曾托正要去邮局的格朗代他寄一百法郎给他一个远房的姐姐，他每个月都要寄钱给她。但正当格朗出门时，他又说：

"寄两百法郎吧，给她一个惊喜。她总以为我从不想她，其实我非常爱她。"

末了，柯塔尔同格朗有过一次奇特的谈话。柯塔尔对格朗每晚干的那份工作感到困惑，曾问过他，格朗不得不回答了他的问题。

柯塔尔说：

"嘿，您在写书。"

"您要这么说也可以，不过，这可比写书复杂。"

"啊！"柯塔尔大声说道。"我真愿意像您那样写东西。"

见格朗显得很吃惊，柯塔尔嗫嗫嚅嚅地说，当艺术家恐怕可以顺利解决许多问题吧。

"为什么这样说？"格朗问他。

"唔，因为艺术家的权利比别的人多，谁都知道这点。大家能容忍他更多的事情。"

"哎，"看布告那天早上里厄对格朗说，"闹老鼠把他弄得晕头转向，跟别的很多人一样，就那么回事。要不就是他害怕高烧。"

格朗回答说：

"我不认为是这样，大夫，如果您愿意听我的看法……"

灭鼠车在震耳的排气声中从他们窗下经过，里厄暂且沉默下来，直到能被听见时才心不在焉地请格朗讲他的看法。格朗严肃地注视着他，说：

"这个人心里有什么事感到内疚。"

大夫耸耸肩。派出所所长说得好，大家还有更重要的事要做呢。

下午，里厄同卡斯特尔会商。血清还没有运到。

里厄问道：

"再说，血清是否有用？这种杆菌很奇怪。"

"噢，"卡斯特尔说，"我不同意您的意见。这些小动物看上去总是很独特的，但实质上是一回事。"

"这至少是您的设想。实际上我们对此一无所知。"

"这当然是我的设想，不过大家都这么考虑。"

在这一整天里，里厄大夫每次一想到鼠疫就感到轻微的晕眩，而且晕眩有增无减。他终于意识到自己是在害怕。他两次走进座无虚席的咖啡店。他也和柯塔尔一样，感到需要人间的温暖。他明白这样做很愚蠢，但这毕竟促使他想起他曾答应去探访那位酒类代理商。

傍晚，大夫发现柯塔尔坐在他餐厅里的饭桌前。他一走进去便看见桌上放了一本摊开的侦探小说。但黄昏已尽，在逐渐加深的黑暗中看书恐怕是很困难的。片刻之前，在暮色朦胧中，他更可能是坐在桌边沉思。里厄问他身体如何。柯塔尔一边坐下，一边咕哝说他身体不错，而且只要他能肯定没有人管他，他的身体会更好。里厄提醒他说，人不能老那么孤独。

"哦！不是指那个。我说的是那些总爱找麻烦的人。"

里厄不说话了。

"我不是谈我自己，请注意。我是在看这本小说。书里有个可怜虫一清早就突然被捕了。人家一直在注意他，他自己却一无所知。人家在办公室里谈论他，把他的名字登记在卡片上。您认为这样做公正吗？您认为他们有权对一个人这么干吗？"

"那要看是什么情况，"里厄说，"在某种意义上，他们的确没有这个权利。但这一切都是次要的，人不能把自己关在家里时间太长。您需要出去走走。"

柯塔尔似乎激动起来，说他成天在外边走动，如果有必要，全街区的人都可以为他作证。甚至在本街区以外，他也有不少熟人。

"您认识建筑师里果先生吗？他就是我的一个朋友。"

房间越来越暗了。地处近郊区的这条大街逐渐热闹起来。外面，一阵低沉而欣慰的欢呼正在迎接华灯初放的那一刻。里厄走到阳台上，柯塔尔也跟着他走出来。和城里每个平常的夜晚一样，阵阵微风从周围的街区吹来人们的喃喃细语和烤肉的香味，吵闹的年轻人涌上街头，大街上渐渐响起充满晚间自由芬芳气息的欢快的嗡嗡声。黑夜里，传来看不见的轮船的汽笛长鸣，还有大海潮涌和流动人潮的喧哗声，里厄过去多么熟悉和喜爱这个时刻，今天，由于他知道的那一切，这一刻似乎已使人透不过气来。

"我们能不能开灯？"他问柯塔尔。

一有了光，那矮个儿便眨眨眼，望着里厄。

"告诉我，大夫，如果我病了，您会不会让我到医院您的科里治病？"

"怎能不会呢？"

柯塔尔又问，是否曾逮捕过在卫生所或医院里治病的人。里厄回答说，看见过这种情况，但一切都取决于病人的病情。

"那么我，"柯塔尔说，"我相信您。"

接着，柯塔尔问里厄，能不能搭他的车进城。

到了城中心，大街上的人已不如先前拥挤，灯光就更稀少了。有些孩子还在大门口玩耍。柯塔尔一要求停车，里厄便把汽车停在一群玩耍的孩子面前。孩子们正在叫嚷着玩跳房子游戏。其中有一个孩子黑头发梳得很平整，头路也分明，就是小脸很脏，他用明亮的眼睛吓唬人似的盯着里厄。大夫转过视线看别处。站在人行道上的柯塔尔与里厄握手。他说话声音沙哑，发音困难。还往背后看了两三次。

"人们都在谈论瘟疫。真有瘟疫吗，大夫？"

"人总要谈话嘛，这很自然。"里厄说。

"有道理。再说，一旦死十来个人，就该是世界末日了。我们需要的可不是这个。"

里厄的汽车已经在启动了。他把手放在变速杆上时，又看了看一直严肃而平静地盯着他的孩子。小家伙突然一咧嘴对他笑起来，一点儿转变过程都没有。

"那么，我们需要的是什么呢？"大夫一边问，一边朝孩子笑笑。

柯塔尔紧紧抓住车门，用哽咽而又狂怒的声音叫道：

"需要地震，真正的地震！"

然后一溜烟逃跑了。

第二天并没有发生地震，不过里厄在这一天却在全城东奔西跑，十分繁忙，既与病人家属谈判，又同病号本人讨论。他从未感到过自己的工作负担如此之沉重。在此之前，病人还能与他配合默契，并无条件地信任他。可是最近他第一次意识到病人有话不愿说，神色显出几分惊诧，几分不信任，对自己的病痛也讳莫如深。这是一场他还没有习惯的斗争。晚上十点，他的汽车停在老哮喘病人的屋门前，这是今天的最后一次出诊，他从车座上站起来竟感到非常吃力。他歇一歇，看看黑暗的大街和在漆黑的天空时隐时现的群星。老哮喘病人正坐在床上数着从这个锅放到那个锅里的鹰嘴豆，看上去呼吸比过去舒畅。他满脸喜悦地欢迎大夫。

"这么说，大夫，那是霍乱？"

"您从哪里打听来的？"

"从报纸上，广播里也这么说。"

"不，那不是霍乱。"

"哎，不管怎么说，"老头说道，兴奋之情溢于言表，"那些大头头们太言过其实了！"

"别相信那些话。"大夫说。

他仔细检查了老头儿之后便到这间寒酸的饭厅中央坐下来。是的，他怕。他知道，就在这个近郊区，可能有大约十个被淋巴结炎弄得直不起腰的病人在等待他明天上午去治病。在他施行淋巴结切开手术的那些病例中，只有两三例病情得到缓解，大多数都得进医院，他清楚对穷人来说，进医院意味着什么。"我不愿意他去当他们的试验品。"一个病人的妻子这么对他说。她丈夫不会去当试验品，他将死在那里，就这么回事。政府采取的措施远远不够，这是显而易见的。至于所谓的有"特殊设备"的病房，里厄知道那是什么样子：那是两间匆忙撤去其他病人的独立的大病房，门窗缝隙全部堵死，周围有一条防疫警戒线。倘若瘟疫不能自动停止蔓延，行政当局想像出来的那些措施也势必奈何它不得。

而就在这天晚上发布的官方公报却仍然很乐观。翌日，省情报资料局宣称，省府采取的预防措施受到欢迎，市民对此处之泰然，已有三十来位病人申报了病情。卡斯特尔给里厄挂了个电话：

"那两间病房有多少个床位？"

"八十个。"

"市内肯定不止三十个病人吧？"

"有些人害怕，其余的人大多数是没时间申报。"

"丧葬是否受到监督？"

"没有。我曾打电话告诉里沙尔，措施必须是全面的，而不是光说空话。应当筑起一道真正的屏障防止瘟疫，要不就什么也别干。"

"那他怎么说？"

"他说不是他说了算。依我看，人数马上会上升。"

果然，三天之内，那两间病房就人满为患了。里沙尔说他知道要把一所学校改成一家辅助医院。里厄一边等着疫苗，一边给病人切开淋巴结排脓。卡斯特尔又钻进他的故纸堆里，而且一进图书馆就待好长时间。

"老鼠死于鼠疫或非常类似鼠疫的什么病，"他作结论说道，"老鼠在流动中传布成千上万只跳蚤。如果不及时制止，那些跳蚤会以飞快的速度传染疾病。"

里厄默不作声。

这段时间，天气似乎稳定下来了。太阳已把最后几次大雨留下的水洼吸干。蔚蓝的天空射出一道金黄色的光，在初起的热浪里传来飞机的轰鸣，这样的季节，一切都趋向宁静。然而，在四天之内，高烧病却接连飞跃四次：十六例死亡、二十四例、二十八例、三十二例。在第四天，由一所幼儿园改建的辅助医院宣布开业。那天之前一直爱以开玩笑来掩盖忧虑的同胞们，如今在大街上显得比以前沮丧和沉默了。

里厄决定给省长打电话。他说：

"措施是很不够的。"

"我手头有统计数字，"省长说，"情况的确使人忧虑。"

"岂止使人忧虑，那些数字太说明问题了。"

"我马上去要求总督府下命令。"

里厄在卡斯特尔面前把电话挂了。

"下命令！"他说，"也许还得有想像力吧。"

"血清来了吗？"

"本星期以内到。"

省政府通过里沙尔请里厄写一个报告交殖民地首府，要求发布命令。里厄在报告里作了临床方面的描述并提供了数字。就在那一天，已死亡四十人。据省长说，从明天起，他要亲自负责强化原有那些措施。强制申报和隔离措施继续实施，病人的住房必须封闭并消毒，病人家属应当接受检疫隔离，疫病患者死亡后，其殡葬由市里组织，具体条件视情况再定。过了一天，血清空运到达本市。可以满足正在接受治疗的病人所需，但如瘟疫蔓延，就完全不够了。里厄接到回电说，安全线内的库存业已提尽，现已开始生产新血清。

在这段时间，春天已从周边的郊区降临到城里的市场。千万朵玫瑰在沿人行道摆摊的花贩子们的篮子里凋谢，玫瑰的甜香漂浮在全城上空。看表面，没有任何变化。电车仍然在高峰时间人满为患，在平时则空荡荡，脏兮兮的。塔鲁照旧观察着矮老头儿，矮老头儿仍旧朝猫们吐唾沫。格朗每晚回到自己家里从事他那神秘的工作，柯塔尔则四处兜圈子；预审法官奥东先生出出进进依然老带着他的家小。那老哮喘病人继续把他那些鹰嘴豆倒来倒去；有时还可以遇上记者朗贝尔，依旧是那副无忧无虑、事不关己高高挂起的模样。晚间，大街小巷依然熙熙攘攘，电影院门前仍排着长队。此外，疫情似乎正在缓解，几天之内竟只死了大约十个人。但后来疫情一下子又直线上升了。在日死亡人数重新达到三十来人那天，省长递给贝尔纳·里厄一份官方拍来的急电，里厄边看边说："他们害怕了。"电报上写着："宣布进入鼠疫状态。关闭城市。"

第二部

从那一刻起，可以说鼠疫已成了我们大家的事。在此之前，尽管那一桩桩怪事使众人惊异和担忧，我们同胞中的每一位都还在各自的岗位上继续从事力所能及的工作，而且这种情况无疑会延续下去。然而，城市一关闭，大家才发现，包括笔者在内，谁和谁都一样，都得设法对付新情况。就这样，原本属于个人的感情，比如，和心爱之人的离情别绪，从最初几周开始，都突然变成了整城居民的共同感情，而且还夹带着担惊受怕——那长期被迫异地分居生活中最主要的痛楚。

的确，关闭城市造成的最显著的后果之一，是毫无思想准备的亲朋好友们突然面临的离别。母子、配偶或情侣在几天之前分别时，还以为那是暂时的离别，他们在火车站的月台上互相拥抱亲吻，随便嘱咐几句，有的还相约几天或几周之后再见；他们完全沉浸在人类愚蠢的自信里，亲人的启程几乎没有使他们在日常事务里分心。只是在后来他们才一下子发现那次分离是无可挽回的，他们既不能重聚，也无法联系。因为在省府通令发布之前几小时城市已经关闭，特殊情况当然不可能得到考虑。可以说，疫病突然侵入所产生的最初后果，就是强迫我们的同胞像毫无个人情感的人一般行事。在通令进入实施阶段那天的头几个钟头里，有一大群申请人同省府纠缠，有的打电话，有的去官员们身边陈述自己的处境。所有的情况都应当关心，但同时又都不可能考虑。事实上，必须花好几天工夫我们才有可能认识到，我们的处境是毫无回旋余地的；"妥协""特殊照顾""例外情况"这些字眼已经失去意义了。

连写信这样的微小要求都遭到拒绝，不予满足。一方面，这个城市已经没有通常的交通手段可以同全国其他地方联系；另一方面，一道新的通令禁止同外界作任何通讯交往，以防止信件成为传染的媒介。一开始，几个走运的人还能去城门口向守卫的哨兵要求通融，哨兵也同意他们向城外发出信件。当时是瘟疫流行的最初几天，哨兵认为自己受同情心驱使是自然的事。然而，一段时间过后，那几个哨兵已完全相信情况危急，因此拒绝承担他们难以估量其大小的责任。一开始还允许长途电话通讯，但各公用电话亭挤得水泄不通，长话占线也十分严重，以至有几天完全停止了通话。后来又严格加以限制，只能在死亡、出生和婚姻等所谓紧急情况之下才能通话。于是，电报成了我们惟一的通讯手段。那些由理解、爱情和肉体连在一起的人们，只好从十来字的电报的大写字母里去寻找昔日的心迹。其实，电报上能用的套语很快就用尽了，长期的共同生活或痛苦的热恋只能匆忙地概括在定期交换的诸如"我好，想你，爱你"等习惯语里。

不过，我们当中有些人还在坚持写信，为了和外界保持通讯联系，他们无时无刻不在设想计策，但事实总证明那都是幻想。即使我们设想的某些办法成功了，那些信件也下落不明，因为对方仍杳无音信。有好几个礼拜，我们不得不一再重写同一封信，重抄同样的消息，同样的呼唤，这一来，一段时间过后，原本出自肺腑的话语竟变得空空洞洞了。但我们仍旧不由自主地抄了又抄，总想通过那些毫无生气的句子提供我们艰难生活的音讯。末了，我们终于认识到，与顽固而又毫无结果的独白和同墙壁枯燥无味的聊天相比，电报的格式化的呼唤似乎更为可取。

此外，几天过后，谁也出不了城已成为不争的事实，这时，人们才想到去打听在瘟疫之前出门的人是否能够返回。省府经过几天的考虑，作出了肯定的回答。但又明确指出，返回的人在任何情况下都不能再出城；他们可以自由来，却不能自由去。就这样，仍有为数不多的几个家庭轻率对待局势，置谨慎于不顾，只凭亲人团聚的愿望而请他们借机返回。然而无须多久，受困于鼠疫的人们便明白过来，他们那样做是在把亲人往火坑里推，便终于下定决心忍受离愁别痛。在疫情发展最严重的时刻，只出现了一桩人类感情战胜惨死恐惧的事例。出人意料的是，并非一对情侣在热恋中超越痛苦而生死与共，而是老大夫卡斯特尔和他结婚多年的妻子间的故事。卡斯特尔夫人在瘟疫发生前几天去了邻近的一个城市。这对夫妻甚至谈不上是世间恩爱夫妻的典范，笔者有理由说，在此之前，这对夫妻十有八九不敢肯定是否对他们的结合感到满意。然而，这次突然而漫长的离别使他们明确认识到，如异地分居，他们将无法生活；而与这突然揭示出来的事实相比，鼠疫就不算什么了。

那是个例外。在大多数情况下，分离只能和瘟疫同时结束，这是显而易见的。我们大家都认识到，我们一向自信很了解的、构成我们生活本身的感情（已经说过，阿赫兰人的感情生活很简单）正在改变面貌。过去完全相互信任的夫妻和情侣都发现自己生怕失去对方。有些男人昔日自信在爱情上朝三暮四，现在也重新忠贞不渝了。从前在母亲身边生活的儿子很少注视过她，如今在勾起他们回想联翩的母亲脸上的皱纹里却注入了他们全部的关切和悔恨。这种骤然的、全面的、前途渺茫的离别使我们无所适从，成天追忆那近如昨日却恍如隔世的音容笑貌而无力自拔。事实上，我们经受着双重的痛苦，首先是我们自己的，然后是想像中的远方亲人——儿子、妻子或情人——饱受的痛苦。

如果环境不同，我们的同胞也许能在业余活动更多也更积极的生活中得以摆脱。然而，当时的鼠疫却使他们无所事事，只好在愁云密布的城里转悠，日复一日地沉浸在令人失望的回忆中。他们在漫无目的地散步时，总会不自觉地经过同样的街道，而在如此小型的城市里，那些街道多半是他们从前和远在他乡的亲人一道走过的地方。

因此，鼠疫带给同胞们的第一个感觉是流放感。笔者相信，他在本书里所写的东西可以代表大家的感受，因为那是他和许多同胞共同的经历。是的，那时刻不离我们心田的空虚，那确确切切的激情，那希望时间倒流或相反，希望时间加快飞逝的非理性的愿望，那刺心的记忆之箭，正是这种流放感。如果说我们有时让想像力天马行空，乐于幻想自己在等待亲人返家的门铃声，或楼梯上熟悉的脚步声；如果说在那一刻，我们同意忘掉火车停运的事实，设法在游子常常乘晚间快车返家的时刻留在家里等候，那种游戏当然是不可能持久的。总有这样的时刻来到，这时，我们会清醒地意识到火车不能到达此地。我们这才知道我们的分离注定要延续下去，我们应当设法和时间修好。总之，从此以后，我们又回到坐牢的状态，迫不得已靠回忆往昔而生活。倘若我们当中有谁企图生活在对未来的向往中，他们会很快放弃，起码会尽快放弃这种向往，因为他们正在体验想像力最终强加给相信它的人们的那种创伤。

尤其值得注意的是，我们的全体同胞都迅速甚至公开地抛弃了他们过去养成的推算离别时间的习惯。为什么？因为，当最悲观的人把离别时间确定为，比如半年，当他们因此而事先尝尽那半年的苦头，好不容易以最大的勇气接受考验，使出浑身的解数以经受这漫长日月的煎熬而不气馁时，他们偶尔会遇到一个朋友，会见到报纸上某个公告，脑子里会闪过一丝猜疑或灵机一动，这一切都会使他们想到，无论如何也没有理由说疫病不会延续半年以上，或一年，或更长的时间。

这时，他们的勇气、意志和坚韧性顷刻崩塌，来得那么突然，使他们感到再也不能自拔了。因此，他们强迫自己永远别再考虑解脱的日期，别再将眼光转向未来，而且应当时刻"低着头"过日子。然而，这种谨小慎微、捉弄痛苦、挂免战牌的做法自然收效甚微。他们在避免他们无论如何也不希望发生的精神崩溃的同时，实际上也放弃了可以在对今后团聚的想像中忘掉鼠疫的那些相当频繁的时刻。这一来，他们停在深渊和顶峰的半中腰，说他们在生活不如说他们在漂浮，他们被遗弃在没有方向的日子里和毫无结果的回忆中，这些日子和回忆有如飘忽不定的幽灵，只有情愿在他们痛苦的土地里扎根才可能成形。

因此他们感受着所有囚犯、所有放逐犯的深切痛苦，这种痛苦就是生活在毫无益处的记忆之中。连他们思考再三的过去也只有悔恨的滋味。的确，他们真愿意给这过去添上他们与正在等待的他或她相处时本有可能做到但可惜并没有做的一切；同样，在他们囚禁生活的所有情况下，甚至在比较满意的时刻，他们都会想到外地的亲人，以及他们在一起时得不到满足的东西。他们对当前心急如焚，对昔日水火不容，而且自身又前途渺茫。这样的人跟那些受到人间的法律或仇恨判定过铁窗生活的人好有一比。结果，要想逃避难以忍受的空虚，惟一的办法只能是在想像中让火车重新启动，让每个钟头都充满反复鸣响的门铃声，而门铃却顽固地保持沉默。

如果说那是流放，大多数情况下人们却都流放在自己家里。尽管笔者只熟悉这类人的流放生活，他也不应忘记记者朗贝尔或其他一些人。由于他们是在旅行中意外被鼠疫阻拦在城里，既与亲人关山阻隔，不能相聚，又远离自己的故土，因此他们的别愁离恨更是与日俱增。同一般意义的流放相比，他们的流放感最为深切。因为，如果说时间引起的焦虑于他们，于众人都一样，他们却还受困于空间，而且时刻碰撞到隔断他们避难的鼠疫灾区与他们遥远家乡的堵堵高墙。当然，人们看见时时刻刻在尘土飞扬的城里踯躅的人正是他们，他们默默地呼唤着只有他们自己熟悉的一些夜晚和家乡的清晨。一些别人难以捉摸的迹象和令人困惑的信息，诸如燕群的飞翔、黄昏的露珠、抑或太阳偶尔遗留在冷清街道上的几抹怪异的阳光都会加重他们的思乡病。外面的世界本可以弥补一切，他们却闭眼不看，因为他们固执地抱住自己过分逼真的幻象不放，并竭尽全力去追忆某一片土地的印象。在那片土地上，一缕光线、两三座丘陵、喜爱的树木或几个女人的面庞，于他们都是任何东西也代替不了的景象。

最后还要特意说说最引人注目的情侣们的景况，笔者也许更有条件纵谈这个问题。情侣们还受着其他各种忧虑的折磨，其中的一种就是悔恨。的确，当时所处的环境使他们有可能以一种既热烈而又客观的态度来审视自己的感情。在这种情况下，很少有人看不出自己明显的缺点。他们发现的第一个缺点在于自己已很难明确勾画出远方亲人的行为方式。于是他们哀叹自己对爱人如何利用时间一无所知；责备自己当时轻率到连这样的事都疏于了解，而且还掩饰自己说，对一个在恋爱的人来说，是否了解被爱的人如何利用时间并非所有欢乐的源泉。也就从这一刻起，他们才更容易追溯自己的爱情，并仔细审视其中的不足之处。平时，我们都自觉不自觉地知道，没有不能再完善的爱情，而我们却多少有点心安理得地让我们的爱情甘于平庸。然而，回忆却要求更为严格。这波及全城的飞来横祸不光给我们带来让我们鸣冤叫屈的痛苦，而且还让我们去自找痛苦并且心甘情愿忍受痛楚。这乃是疫病转移人们注意力并把水搅浑的一种方式。

这一来，人人都必须安心望着老天混日子。时间一长，这种普遍的懒散有可能锤炼人的性格，但眼下已开始让人变得斥斤计较、琐琐碎碎了。比如，我们有些同胞因此而变成另一种奴隶，以天象（晴或雨）的马首是瞻。看上去他们仿佛是第一次直接受天气好坏的影响，只要金色的阳光一出现，他们便满面春风，而每逢阴雨天，他们的脸孔和思想便愁云密布。几星期之前，他们还能避免这样的软弱和不理智地听命于天象的毛病，因为那时他们面对这个世界并不孤独，而且，在某种程度上，与他们共同生活的人还在他们的天地里。相反，从这一刻起，他们似乎在听任自己受反复无常的天气摆布，即是说，他们要么无缘无故地感到痛苦，要么无缘无故地怀抱希望。

最后，在孤独达到极限时，谁也不能指望邻里的帮助，人人都得忧心忡忡地闭门独处。倘若我们当中哪一位偶尔想与人交交心或谈谈自己的感受，对方无论怎样回应，十有八九都会使他不快，因为他发现与他对话的人在顾左右而言他。他自己表达的，确实是他在日复一日的思虑和苦痛中凝结起来的东西，他想传达给对方的，也是长期经受等待和苦恋煎熬的景象。对方却相反，认为他那些感情都是俗套，他的痛苦俯拾即是，他的惆怅人皆有之。无论出于善意或恶意，这种回答都是不公正的，必须加以拒绝。或者，至少对那些忍受不了沉默的人来说，既然别人不能领会出自肺腑的话，他们只好使用做买卖的语言，也说一些老生常谈的话，谈谈人际交往方式和社会杂闻，可以说都是些日报上的新闻。就这样，在聊天中用套话来表达自己最真切的痛苦已习以为常了。鼠疫的囚犯们只有用这样的代价才能赢得门房的同情或引起听众的兴趣。

不过，最重要的是，无论这些流放者的焦虑有多么痛苦，无论他们空虚的心有多么沉重，可以说他们在鼠疫初期仍是幸运的人。实际上，就在百姓已开始感到恐慌的当儿，他们整个心思仍集中在他们等待的亲人身上。在众人陷入困境时，爱情的利己主义保护了他们，仅仅在鼠疫使他们的生离有变成死别的危险时，他们才想到鼠疫。因此，在鼠疫的高峰期，他们也显得心不在焉，这种对健康有益的心不在焉很容易被误认作从容不迫。他们的绝望之情使他们免于惊慌，他们的不幸也有好处。比如，如果说他们当中的某一位也被疫病夺走了生命，那也几乎总是在他无暇提防的时候发生的。他正在坚持同影子进行长时间的内心交谈时，突然被拖了出来，没有过渡，直接扔到一片死寂的另一个世界。他没有时间考虑任何事情。

正当同胞们竭力适应这突如其来的放逐生活时，鼠疫逼使城门设防，逼使前来阿赫兰的轮船改道、返航。自关闭城市到现在，没有一辆车进城。从那一天起，机动车仿佛都在转圈子。从高处的林荫大道往下看，港口也呈现出奇特的面貌。使其成为滨海首屈一指的港口的往常那一片繁荣景象转瞬之间化为乌有。几艘接受检疫的轮船还停泊在那里，但码头上，已经拆除装备的大吊车、翻在一边的翻斗车、东一堆西一堆的酒桶和麻袋都说明，贸易也因鼠疫而失去了生机。

尽管这些景象已非同寻常，我们的同胞们看上去仍难于理解发生的一切。大家有共同的感受，如别离和恐惧，但人人都继续把自己操心的私事放在首位。还没有一个人真正承认发生了疫病。大多数人最敏感的还是打乱了他们习惯、损害了他们利益的那一切。他们为此而不快，而气愤，但这些情绪是不可能对抗鼠疫的。比如，他们最先的反应是责怪当局。报纸响应了百姓的批评（"已经考虑的措施是否可以有些松动？"），面对这些意见，省长的答复相当出人意料。在此之前，各家报纸和情报资料局都没有得到过有关疫情的官方统计数字，但现在省长却日复一日地向情报资料局通报统计数字，并请他们发布周报。

可是，就这样，公众也没有立即作出反应。原来第三周公布的死亡人数是三百零二人，这个数字不可能让人浮想联翩。首先，那些人也许并非全死于鼠疫；另一方面，城里人谁也不知道平时每周死多少人。本市的人口是二十万，没有人知道这样的死亡率是否正常。人们从不关心的甚至正是这种精确性，尽管精确性具有明显的好处。从某种意义上说，公众缺乏比较的出发点。久而久之，大家发现死亡数字确实在上升，只有到这时，舆论才意识到事实的真相。果然，第五周死了三百二十一人；第六周是三百四十五人。这样的增长数字起码是有说服力的，但说服力还没有强到足以让同胞们在忧虑中摆脱这样的印象：这次事故的确令人不快，但无论如何也只是暂时现象。

他们因而继续在大街上来来往往，继续坐在咖啡馆的露天座上。大致说来，他们都不是怯懦的人，他们见面时谈笑风生多，长吁短叹少，而且总装出欣然接受这明显的暂时不便的姿态。面子是保住了，但到了月底，大约在祈祷周里（下面还要谈及此星期的事），更严重的变化却使我们的城市变了模样。首先，省长对车辆交通和食品供应采取了措施。食品供应受到限制，汽油按日定量供应，甚至要求大家节约用电。只有生活必需品通过公路和航空运到阿赫兰。于是，来往交通便逐渐减少，直至接近于零。奢侈品商店朝夕之间便停业关门，其他商店的橱窗里也挂上了无货的标牌，与此同时，店铺门口排起了长队。

这一来，阿赫兰便显出了十分奇特的模样。步行的人数激增，甚至非高峰时刻也如此，因为商店停业和某些办事处关门迫使许多人无所事事，只好去街上闲逛，坐咖啡馆。这些人暂时还不算失业，只是放了假。因此，快到下午三点时，阿赫兰在晴朗的天空下给人以错觉，认为那是正在庆祝节日的城市，车辆不通行，商店关了门，只为节日游行队伍便于展开；居民拥到街上是为了共享节日的欢乐。

当然，电影院很会利用这普遍放假的好时机做大生意。可惜影片在省里的周转已经中断。两星期过后，各影院被迫互相交换节目，再过些时候，每家电影院都只能放映同一部片子，但影院的收入并没有减少。

在葡萄酒和烧酒买卖居贸易首位的城市，酒类库存量相当可观，因此各家咖啡馆都能满足顾客的需求。说实话，人们是在放量豪饮。一家咖啡店还贴出广告说："纯葡萄酒可以杀灭细菌。"本已被公众认同的"烧酒防传染病"的想法现在就更加深入人心了。每天夜里两点左右，一大群被咖啡馆赶出来的醉汉拥到街头，散布一些乐观的言论。

然而，在某种意义上，所有这些变化都太不寻常，来得也太快，所以很难认为那是正常和持久的现象。结果是，大家仍旧像往常一样把个人的感受放在第一位。

在关闭城市两天之后，里厄大夫从医院出来，正好碰上柯塔尔。柯塔尔一脸心满意足的神气向他迎了过来。里厄称赞他气色不错。

"是的，身体完全好了，"矮个子说，"大夫，您说说，这该死的鼠疫，哼，竟严重起来了。"

大夫确认了这个情况。矮个子有点诙谐地说：

"没理由说这鼠疫现在能停下来。一切都会弄得乱七八糟。"

他俩一道走了一会儿。柯塔尔谈到他们街区有个殷实的食品杂货店老板，他囤积了许多食品，想卖大价钱。有人接送他去医院时，发现他床底下堆了好多罐头。"他死在医院了，鼠疫可不付钱。"看来柯塔尔满脑子都是有关鼠疫的真真假假的故事。比如，听说有一天早上，城中心一个男人有迹象染上了鼠疫，在病得说胡话时，他冲到外面，向他遇到的第一个女人扑过去，紧紧搂着她大叫他得了鼠疫。

"好！"柯塔尔用与他下面的话不协调的讨人喜欢的口吻指出，"我们谁都得变成疯子，我敢肯定。"

也就在那天下午，格朗终于向里厄大夫讲了心里话。他当时瞧见写字台上摆放着里厄夫人的照片，便望着大夫。里厄回答说他妻子正在外地治病。"在某种意义上，她倒很幸运，"格朗说。大夫说，这的确幸运，不过，但愿他妻子能够痊愈。

"噢！"格朗说，"我明白了。"

于是，格朗滔滔不绝地讲起来，从里厄认识他以来这还是第一次。尽管他仍然字斟句酌，这次却几乎总能找到适合的字词，仿佛他早就想好了他正在说的这番话。

他在弱冠之年与邻家的一位穷苦小姑娘结了婚。甚至可以说他是为结婚才辍学就业的。让娜和他本人都从没走出过所在的街区。他总是去她家看望她，让娜的父母看见这个沉默寡言举止笨拙的求爱者有点忍俊不禁。她父亲是铁路工人。每逢休息日大家都会看见他坐在临窗的一个角落里，若有所思地观看着人来车往的街景，一双粗大的手平放在大腿上。她母亲总在忙家务，让娜也帮她操持。让娜是那么瘦小，格朗一见她过马路就为她担心。车辆和她一比，简直成了庞然大物。一天，他俩站在卖圣诞礼品的店铺门前，让娜出神地观赏着橱窗，随后一仰身朝他靠过去，说："太美了！"他紧紧握住她的手腕。他们就这样定了终身。

据格朗说，余下的故事十分简单。跟大家一样：他们结了婚，还有点相爱，两人都工作。工作太忙就忘了爱情。让娜也得工作，因为办公室主任说话不算数。说到这里，就需要动用想像力才能理解格朗的话是什么意思了。他当时疲惫不堪，灰心丧气，话也一天比一天少，而且没有设法让妻子相信他还在爱她。工作劳累的男人、生活的贫困、逐渐黯淡的前途、晚饭桌边的无话可说，在这样的天地有何情欲可言。让娜可能已感到痛苦，但她仍留了下来：人有可能痛苦时间一长便再也不感到痛苦。一年年过去了。后来她还是出走了。当然，她并非孤零零出走的。"我曾非常爱你，但如今我太累了……我离开你并不感到幸福，可是并非需要幸福才能重新开始。"她写给他的信里大体是这些内容。

约瑟夫·格朗也很痛苦。正如里厄提醒他的，他本可以重新开始，但现在他没有信心。

说实话，他老想念她。他真想给她写封信为自己辩护。"但这很困难，"他说，"我老早就考虑了。只要我们还在相爱，没有话我们也能互相理解，但两人并不一定永远相爱。在一定的时刻我本应该找到合适的话留住她，但我没有做到。"格朗用一块方格子的手帕擤擤鼻涕，然后擦擦小胡子。里厄注视着他。

"请原谅，大夫，"这位老兄说，"该怎么说呢？……我信任您。和您在一起，我可以说话，一说话我就感到激动。"

显然，格朗的思想离鼠疫还有十万八千里。

晚上，里厄给他妻子发了一份电报，说已经关闭城市，他身体不错，她应当继续注意自己的身体，他想念她。

关闭城市三周之后，里厄在医院大门口看见一个正在等他的男青年。

"我想，"男青年说，"您还能认得出我。"

里厄觉得似曾相识，但还有些迟疑。

"我在这些事件发生之前曾来您这里询问阿拉伯人的生活状况。我叫雷蒙·朗贝尔。"

"哦！没错，"里厄说，"那么，您现在有好题材可以写报道了。"

对方显得有些烦躁。他说不是这么回事，他来这里是为了请里厄帮帮忙。

"我很抱歉，"他补充说，"但我在这座城市里没有一个熟人，而我们报社在本市的通讯员可惜又是个笨蛋。"

　　里厄建议小伙子跟他一起步行到市中心的一家卫生所，因为他有些事需要吩咐。于是他们走进黑人居住区的一条条胡同。夜幕正在降临，昔日那样喧闹的城市在此刻显得出奇地寂静。在金色余晖尚存的苍穹之下，几声军号的鸣响无非说明军队还在装作执行军务。这时，他们俩沿着陡坡一般的街道走下去，街道两旁是摩尔式房舍蓝色、赭石色和紫色的墙垣。朗贝尔说话时情绪非常激动。他离家时把妻子留在巴黎，说实话，那不是他的妻子，但和妻子是一回事。城市一关闭他就给她发去一封电报，起初，他以为这件事只是临时性的，发电报无非考虑别中断联系。可他在阿赫兰的同行们告诉他，说他们也帮不了他的忙，邮局要他去找别人，省府的一个女秘书还对他的请求嗤之以鼻。他站了两个钟头的队才得以发出一份电报，电报上写的是："一切顺利。不久再见。"

　　但今天早上，他起床时突然想到，他毕竟并不知道这种情况会延续多久。于是他决定离开这里。由于他是经过推荐来到本市的（干他这行有此便利），所以有机会接触省府办公厅主任。他对主任说，他与阿赫兰毫无关系，他没有必要留下来，他来此地纯属偶然，所以正确的做法是允许他离去，哪怕出去以后必须接受检疫隔离也在所不惜。主任说他对此非常理解，但谁都不能例外，他可以再看看，但总的说情况十分严重，难以做出任何决定。

　　"但说到底我毕竟是外地人呀。"朗贝尔说。

"那当然，但无论如何我们都希望瘟疫别拖下去。"

末了，主任试着安慰朗贝尔，提醒他说，他可以在阿赫兰找到题材写一篇有趣的报道，而且，仔细琢磨起来，任何事件都有它好的一面。朗贝尔说到这里耸了耸肩。他们这时已来到市中心。

"真是一派胡言，大夫，您明白这点，"他说，"我生来又不是专为写报道的。说不定我生下来就注定要同女人一起生活呢。这不是很合乎情理吗？"

里厄说，无论如何这看上去是合乎情理的。

在市中心的林荫大道上已见不到往常的人群。几个行人匆匆忙忙往自己远处的住所走去，没有人脸上挂着笑容。里厄想，这是今天朗斯道克情报资料局发表的公告在起作用。过一天一夜，我们的同胞总会重新燃起希望。但当天，大家对公布的数字还记忆犹新。

朗贝尔又突然接着讲下去：

"原因是，她和我邂逅不久，相处却非常融洽。"

里厄没有言语。

"看来我打搅您了，"朗贝尔说，"我的初衷无非想问您是否能给我开一个证明，说我没有染上这该死的病。我想这可能对我有用。"

里厄点头答应。一个小男孩往他的腿边摔过来，他挡住他，轻轻把他扶起来。他俩继续走路，不久来到阅兵场。浑身尘土的榕树和棕榈树一动不动地垂着树枝，树丛中立着一座积满灰尘的肮脏的"共和国"雕像。他俩在雕像下边停下来。里厄在地上使劲跺脚去除鞋上发白的灰尘，一只接着一只。他望望朗贝尔。记者头上的毡帽略向后斜，领带下面的衬衫领口敞开着，胡子拉碴的，一副与人赌气的固执模样。

"相信我，我理解您的心情，"里厄末了说道，"但您的理由站不住脚。我不能给您开这个证明，因为事实上我并不知道您是否染上了这个病，也因为，即使您现在没有染上，我也不能证明您走出我的诊所再到省政府这段时间您没有染上。而且，即使……"

"而且，即使？"朗贝尔问道。

"而且，即使我给您开了这个证明，对您也未必有用。"

"为什么？"

"因为在这个城市与您情况相同的人有好几千，但都不可能让他们出城。"

"但如果他们本人都没有染上鼠疫呢？"

"这个理由并不充分。我明白，这一连串的麻烦非常愚蠢，但这关系到我们每个人。只好认了。"

"但我不是本地人呀！"

"唉，从这一刻起，您跟大家一样，都算是本地人了。"

对方气得按捺不住了：

"我敢肯定，这是个有没有人情味的问题。也许您还体会不到两个心心相印的人分离意味着什么。"

里厄不马上作答。后来他说，他相信自己能体会。他真心希望朗贝尔能再见到他的妻子，希望天下相爱的人都能团聚，但政府法令和法律摆在那里，又存在鼠疫，他个人的职责只能是做应当做的事。

朗贝尔带着苦涩说道：

"不，您不能体会。您说话用的是理性的语言，您生活在抽象观念里。"

里厄抬眼望望共和国雕像，说，他不知道自己是否在用理性语言，但他的语言是来自明显的事实，两者不一定是一回事。记者整一整领带，说：

"那么，您的意思是，我必须用别的办法摆脱困境？"他随即用挑战的口吻说，"但我一定要离开这个城市。"

大夫说，他对此也还理解，但这与他无关。

"不对，这与您有关！"朗贝尔突然提高嗓门说，"我之所以来向您求援，是因为有人告诉我，您在那些决策里起了很大的作用。因此我想，起码为一个特例您可以取消您曾协助做出的决定吧。但您对此却无所谓。您从来想不到别人。您根本没有考虑那些妻离子散的人。"

里厄承认，从某种意义上说，这是事实：他当时不想考虑那些情况。

"噢！我明白了，"朗贝尔说，"您马上会说那是为公众服务。但公众的福祉是建立在个人幸福之上的。"

里厄仿佛刚从心不在焉的状态里摆脱出来，他说：

"好了，有这种事，也有别种事，没有必要判断谁是谁非。但您发火是不对的。假如您能摆脱困境，我真会无比高兴。无非是我的职责不允许我做某些事情罢了。"

朗贝尔焦躁地点点头：

"是的，我发火是不对的。而且我还因此耽误了您好多时间。"

里厄请他随时告知他为此事奔走的情况，并希望他别记恨他。他们肯定会为某个计划再见面。朗贝尔似乎一下子茫然不知所措了。

"我相信会见面，"他沉默一会儿后说道，"是的，不管您对我说了些什么，我还是不由自主地相信这点。"

他迟疑地补充说：

"不过我不能称赞您的做法。"

他把毡帽拉到额头上，随即快步离开了。里厄见他走进了让·塔鲁暂住的旅馆。

片刻之后，大夫摇摇头。这位记者寻求幸福的急切心情有他的道理，但他指责自己时是否有道理呢？"您生活在抽象观念里。"在他的医院里，鼠疫加快蔓延，每周的死亡平均数字已上升到五百人，他在医院里度过的这些日子难道真是抽象的？不错，在灾难中有抽象和非现实的成分，但当这抽象开始屠杀人们时，操心这抽象就势在必行了。里厄只不过明白，这事并非易如反掌。比如，要领导托付给他的这家附属医院（如今本市已拥有三家这种医院）就很不容易。他曾命人在门诊室对面收拾出一间接收病人的房子，房里挖一个盛满消毒臭药水的池子，池子中央用砖垒一个小台。病人送到小台上立即脱掉衣服放进药液里，洗完澡擦干后再穿上医院的粗布衬衫送到里厄那里，然后再把他们分送到病房。他们曾经不得不利用一所学校的操场，现在那里一共有五百张床位，几乎都住满了病人。

每天早上，里厄亲自主持接收病人，在给病人做了防疫接种和淋巴结切开等处理之后，他还得核实统计数字，然后再回去进行午后门诊，最后才在夜间出诊，回家时已经是深夜了。昨天夜里，他母亲把小里厄夫人的来电交给他时，发现他的手在发抖。

"的确在发抖，"他说，"但只要坚持下去，我就不会那么神经过敏了。"

他身强力壮，能吃苦耐劳。事实上他还并未感到多么疲劳。但最让他头痛的是出诊。一旦诊断为瘟疫就意味着要把病人立即送走。果然会出现讲抽象道理和难于处理的情况，因为病人家属知道他们只有在病人痊愈或死去时才能再见到他。"可怜可怜我们吧，大夫！"劳莱太太一再说，她的女儿在塔鲁暂住的旅馆干活。她这话是什么意思？他当然有怜悯心，但这样做对谁都没有好处。必须打电话。救护车的铃声转瞬间鸣响起来。邻居们起初还打开窗户往外看，后来便急忙关上了窗。接着便开始对抗、流泪、劝说，总之是抽象活动。在那些被高烧和忧虑弄得开了锅似的住宅里，曾出现一幕幕荒唐的场面。但病人仍然被送走了，里厄这才可以离开那里。

最初几次他只管打电话，然后奔别的病人家，不必等救护车赶到。然而这一来，病人家属却关上了大门，宁愿与鼠疫病人亲密相守，而不愿与他分离，因为他们如今已知道分离是什么结局。于是只听得一片喊叫、命令、警察的干预，继而动用军队，这才把病人夺走。头几个星期，里厄不得不留下，直至救护车到来。后来，每位医生都在一位志愿督察员陪同下进行巡回医疗，里厄才有可能赶到一个接一个的病人家里。但最初那段时间，每天晚上出诊看到的情景都跟他去劳莱太太家看见的大同小异。在那装饰着扇子和假花的小套房里，病人的母亲似笑非笑地迎接他说：

"我想，这该不是大家谈论的那种高烧吧？"

他呢，掀开病人的被子和衬衫，默默地观察她腹部和大腿上的红斑，以及肿胀的淋巴结。母亲看看她女儿大腿间的状况，情不自禁地大叫起来。每天晚上，面对呈现全部致命迹象的亲人的腹部，母亲们都这样失魂落魄、大叫大嚷；每天晚上都有胳膊紧抓住里厄的胳膊不放，都能听到连珠炮一般的无济于事的话语、许诺和哭泣；每天晚上救护车的铃声都会引起一片恐慌，这种恐慌与痛苦一样徒劳无益。经过这一连串千篇一律的夜晚，里厄只能预期还将有一个接一个同样的夜晚，而且一直延续不断。是的，鼠疫正如抽象概念一般单调而毫无变化。也许只有一样东西在起变化，那就是里厄本人。这天晚上，他站在共和国雕像之下感到了这点，他一直注视着朗贝尔走进去的那家旅馆的大门，意识到一种让人别扭的冷漠已开始主宰了他。

令人精疲力竭的几个星期过去了，暮色中，全城的人照样拥到街头遛弯儿，在经历了这些日子之后，里厄这才悟出，他再也不必费力压抑自己的怜悯心了，因为在怜悯已起不了作用时，人们对怜悯会感到厌倦。在这些负担沉重的日子里，大夫找到了惟一使他宽慰的东西，那就是慢慢闭锁情感以拒人于千里之外的感觉。他明白这样做有助于他完成任务。因此他为此而感到高兴。他的母亲在夜里两点开门迎接他时，为他漠然的眼神感到伤心，她惋惜的正是儿子不在意他当时惟一能得到的缓解重负的母爱。要想对付抽象概念，就得大体与他相似。但怎能让朗贝尔敏感到这一点呢？在朗贝尔看来，抽象概念就是一切反对他幸福的东西。事实上，里厄知道，在某种意义上这位记者是对的，但他同时也知道，有时抽象概念显得比幸福更有效力，那时，也只是在那时，就必须重视抽象概念。这正是后来发生在朗贝尔身上的情况，大夫也是在朗贝尔向他吐露真情时了解到的。他因此而能在新的水平上参与这场个人幸福与同鼠疫有关的抽象概念之间的沉闷的战斗，在相当长的时期内这场斗争构成了本市生活的全部。

然而，有些人看到的是抽象概念，别的人看到的却是现实情况。疫情发生的头一个月月底，鼠疫的再次猖獗和帕纳鲁神甫的一次措辞激烈的讲道使我们的城市陡然愁云密布，帕纳鲁就是在门房米歇尔老头儿得病初期帮助过他的那位耶稣会会士。他因经常在阿赫兰地理学会的简报上撰文而闻名遐迩，他从事碑铭复原工作，在地理学会堪称权威。他就现代个人主义问题作过一系列演讲，赢得的听众比该领域的专家拥有的听众更为广泛。他自称是严格的基督教的热烈捍卫者，既疏远现代放荡也疏远前几世纪的愚昧主义。他在演讲时，向来不惜说出严酷的实情。他由此而赢得了声誉。

在这个月月底前，本市教会当局决定以他们自己特有的方式与鼠疫作斗争，即组织一周的集体祈祷。此次公众集体表示虔诚的活动准备以星期日一次庄严的弥撒宣告结束，弥撒的主题是祈求因照顾疫病病人染上鼠疫而献身的圣洛克保佑。人们邀请帕纳鲁神甫在弥撒中发表演说。半个月以来，神甫已搁下他独占鳌头的关于圣奥古斯丁和非洲教会的研究工作。性格激烈而热情的他毫不犹豫地接受邀请，同意担此重任。在这次布道之前很久，城里已经在谈论此事，这次布道以它特有的方式标志着那是这段历史时期极其重要的一天。

参加祈祷周的人为数不少，但这并不能说明阿赫兰的居民平时都格外虔诚，比如，过去每逢星期日，海滨浴场就是弥撒活动的不可忽视的竞争对手；也并非因为老百姓突然皈依宗教，受到启迪而有所感悟。真正的原因是，一方面，关闭城市、封锁港口使海水浴成为不可能；另一方面，百姓处于一种极其特殊的思想状态：他们虽然在内心深处并没有接受这些事变的突然袭击，他们却明显意识到有什么东西在起变化。不过仍有许多人一直希望瘟疫快快结束，希望自己和家人都能幸免。因此，他们还没有感到自己有义务干点儿什么。鼠疫于他们不过是讨厌的过客，既然来了，总有一天会离去。他们恐惧，但并不绝望。将鼠疫看成他们的生活方式本身，从而忘却瘟疫之前他们能够采取的生存方式，这样的时刻尚未到来。总之，他们处于期盼中。他们对待宗教和对待其他许多问题一样，鼠疫使他们的性情变得非常独特，既非冷漠，也非热情，这种性情可以用一个词来形容："客观"。大多数参加祈祷周的人，都会把信徒在里厄面前说的话看作自己的话："无论如何，祈祷没有坏处。"塔鲁自己也在笔记本上写道：中国人遇上鼠疫会去敲鼓送瘟神。然后他指出，谁也不可能知道，事实上打鼓是否比预防措施更为有效。不过他又补充说，为了弄个明白，也许应当了解是否存在瘟神，不了解这一点，我们有多少见解都将毫无结果。

不管怎么说，在祈祷周期间，信徒们仍然使城里的天主教堂几乎爆满。起初几天，许多居民还站在教堂门廊前的棕榈园和石榴园里聆听像海潮一般的祝圣、祷告声，声浪一直涌到大街上。后来，见有人带头，那些旁听的人也决定进入大厅，于是他们那胆怯的声音便渐渐同信徒们应答轮唱的颂歌声混成一片了。到了星期天，一大群市民进入正殿，连教堂门前的广场和所有的楼梯都挤满了人。从前一天起，天空一直乌云密布，大雨倾盆。站在外面的人撑开了雨伞。当帕纳鲁神甫登上讲坛时，教堂里浮动着乳香和湿衣服的气味。

神甫中等身材，但很壮实。当他靠在讲坛边缘，用粗大的双手紧握木栏时，大家只能看见一个黑黑的厚实身形，身形顶上放着他红彤彤的双颊，上面架着一副钢边眼镜。他声音洪亮而且热情洋溢，可以传得很远。他仅用一句激烈而又铿锵有力的话抨击在座的人："我的兄弟们，你们正身处灾难之中，我的兄弟们，你们这是罪有应得。"这时，从大堂到广场，听众里一片骚动。

按逻辑，他接下去讲的话似乎与这悲怆的开场白毫无关联。其实正是后来的讲话才让同胞们明白，神甫用他巧妙的演说方式一箭中的，有如狠狠一击，使听众抓住了整篇演讲的主题。果然，讲完开场白之后，神甫立即援引《圣经》里《出埃及记》有关埃及发生鼠疫的原文，接着说："这灾祸第一次在历史上出现是为了打击上帝的敌人。法老反对上帝的意旨，鼠疫便让他屈膝。有史以来，上帝降灾都使狂妄自大的人和不辨是非的人匍匐在他的脚下。对此你们要细细思量。现在跪下吧！"

外面，暴雨越发猛烈了，神甫在一片肃静的氛围里讲出的这最后一句话，在雨打窗玻璃的劈啪声中显得格外低沉，他说话的语气，使一些听众迟疑片刻后，竟从椅子上滑落到跪凳上。别的人认为有必要效法他们，因此，在座椅的碰撞声中，所有的听众都逐渐跪了下来。于是帕纳鲁挺挺身子，深深地吸了口气，然后继续讲下去，语气越来越有力："如果说，今天鼠疫牵连你们每个人，那是因为已经到了反省的时刻。正直的人不会害怕它，但恶人却有理由发抖。在世界上这座巨大的粮仓里，毫不留情的灾害将击打人类的麦子，直至麦粒脱离麦秸。麦秸会多于麦粒；被召去的人会多于被拯救的人，这样的灾难并非上帝的初衷。这个世界和邪恶妥协的时间太长了，它依靠神的慈悲而生存的时间太久了。人们只需后悔，就可以无所不为。提起后悔，人人都感到那是轻车熟路。时候一到，肯定会有悔恨之情。在悔恨之前，最简便的办法是放任自己，其余的事仁慈的上帝自会安排。哼，不能再这样下去了。上帝向本城的人们俯下怜悯的脸庞为时已经太久，他对等待已感到厌倦，他无休无止的期望已经落空，所以方才已把眼睛转到一边去。上帝的光辉离我们而去，我们便长期陷在鼠疫的黑暗之中！"

大堂里有谁像急躁的马喷鼻息一般吁了一口气。神甫稍一停顿又用更低沉的声音讲下去："《圣徒传》①里有这样一段：在亨伯特国王统治时期，意大利的伦巴第地区受到鼠疫蹂躏，疫情严重到幸存者几乎不够埋死人。当时鼠疫最猖獗的地区是罗马和帕维亚。后来一位善良天神显圣，他命令手执打猎长矛的恶神敲击各家的住宅，每个房舍受多少次敲击，便有多少死人从那里抬出来。"

说到这里，帕纳鲁朝堂前广场的方向伸出粗短的手臂，仿佛在把摇曳的雨幕后面什么东西指给大家看，他用力说："我的兄弟们，如今我们的大街上也在进行同样致死人命的追猎。你们看，那就是瘟神，他像启明星那样漂亮，像疾病本身那样浑身发光，他站在你们屋顶上空，右手齐额举着红色的猎矛，左手指着你们哪家的房屋。此刻，他的指头也许正指向您的大门，长矛正敲在大门木头上咚咚作响。也是此刻，鼠疫正在走进您的家，它正坐在您的屋里等您回去。它待在那里，又耐心，又专心，跟世间的秩序一样信心十足。他这只手一旦朝你们伸过去，天下任何力量，甚至，请牢牢记住这点，甚至那白费力气的人类科学都无法让你们避免苦难。你们将在那血淋淋的痛苦打麦场上被敲来打去，然后同麦秸一道被抛弃。"

讲到这里，神甫再一次更充分地描绘这场灾祸的悲惨景象。他又提到那在城市上空旋转的巨型长矛，长矛随意敲击下

---

① 《圣徒传》系意大利圣徒传记作家雅克·德·沃拉兹（约1228—1298）于1260年左右完成的作品。

去，抬起来时已鲜血淋漓，最后将鲜血和人类的痛苦散播开去，"作为准备收获真理的种子。"

帕纳鲁神甫讲了这一大段话之后停了下来，他的头发披到额上，他浑身颤抖，抖得连他双手抓住的讲坛也微微动起来。接着他用更为低沉的声音继续讲下去，但用的是谴责的口吻："是的，反省的时刻到了。你们以为只要星期天来朝拜上帝就够了，别的日子就可以自由自在。你们曾想用几次跪拜来抵偿你们罪恶的满不在乎的态度。但上帝并不喜欢冷淡，这种隔三岔五的联系不能满足他对你们无限的关爱之情。他愿意更经常地见到你们，这是他爱你们的独特方式，实在说，也是惟一的方式。这说明，在他等待你们等得不耐烦时，他为什么会让灾祸降临在你们身上，正如人类有史以来灾祸总光顾那些罪孽深重的城市一样。如今你们明白了什么是罪孽，就像该隐父子①、洪水灭世之前的人们、所多玛和蛾摩拉②的居民、法老和约伯③，以及所有受诅咒的人们明白了什么是罪孽一样。从本城把你们和灾祸一起关在城墙之内那天起，你们和适才提到的那些人一样，正用全新的眼光看待生命和事物。如今你们终于明白，必须谈到根本的问题了。"

这时，一股潮湿而强劲的风猛刮进正殿，蜡烛的火苗劈啪

---

① 该隐系《圣经》中人类始祖亚当的长子。出于忌妒，他在田间杀死自己的亲兄弟亚伯。
② 所多玛和蛾摩拉是巴勒斯坦古城，据《圣经》传说，都因市民道德败坏而毁于天火。
③ 约伯系《圣经》故事中人物。原为虔诚的富人，后历经上帝派撒旦带给他的各种考验而虔诚如初。

劈啪响着弯到一边去。帕纳鲁神甫在扑面而来的浓烈的蜡烛味、咳嗽声和喷嚏声中，用他备受尊崇的如珠妙语重又娓娓谈了起来："我知道，你们当中有不少人正在思忖我讲这番话有什么目的。我是想让你们了解实情，并且教你们听了我那些话之后还感到高兴。靠规劝和友爱的帮助引导你们向善，这样的方法已经过时了。今天，实情就是命令。只有红色的狩猎长矛能向你们指出自救的道路并且将你们推向那条道路。我的兄弟们，上帝的慈悲正是在这里最终显示出来，上帝出于慈悲赋予一切事物两个方面，有好也有坏，有愤怒也有怜悯，有瘟疫也有拯救。就连这伤害你们的灾祸也在教育你们，给你们指点出路。

"很久以前，阿比西尼亚的基督教徒把鼠疫看作上帝赐予的获得永生的有效途径。没有染上鼠疫的人为了务必死亡而用鼠疫患者的被单裹在身上。当然，这种自救的狂热并不可取。它显示出一种令人遗憾的急于求成的情绪，这种情绪已近于傲慢。不应当比上帝更性急，一切妄想加速上帝一劳永逸安排好的不变顺序的行为都会导向异端。然而，这个例子至少有它的教益。在我们更英明的人看来，此例起码衬托出了存在于一切痛苦深处的美妙的永生之光。这缕微光照亮了通向彻底解脱的昏暗的道路。它表现了上帝坚持不懈变恶为善的意志。就在今天，这道光又穿过充满死亡、焦虑、呼喊的通道，把我们引向固有的宁静和生命的本原。我的兄弟们，这就是我想带给你们的无限安慰，愿你们从这里带走的不仅是责备的话，而且还使你们心情平静的圣言。"

大家觉得帕纳鲁的布道已经结束。外面，雨也停止了。太阳复出，雨水浸润的天空向广场泻下一道显得更新鲜的光。从大街上传来嘈杂的说话声、滚滚的车轮声，那是正在苏醒的城市发出的一片喧嚣。听众小心翼翼地收捡自己带来的物品，尽量减轻杂乱的碰撞声。不料这时神甫又接着讲了起来。他说，在指出了鼠疫自天而降的根源和这场灾难的惩罚性质之后，他已经结束了布道，他不准备借助动人的词句来作什么结论，在如此悲惨的话题上，那样做是不合时宜的。他认为自己所讲的一切似乎对每个人都很清楚了。但他还要提醒大家，马赛发生大瘟疫时，编年史作家马蒂厄·马雷抱怨自己在生活中既不见救助也不见希望，简直是身陷地狱。嘿，马蒂厄·马雷真是瞎子！恰恰相反，帕纳鲁神甫从来没有像今天这样感到上帝对大家的救助和赋予基督徒的期望。他最大的愿望是，我们的同胞别在意那一天天的悲惨景象和垂死者的哀号，仍然向上天倾诉基督教徒的爱慕之情。其余的事上帝自会安排。

神甫的布道对我们的同胞是否产生了效果，这很难说。预审法官奥东先生对里厄大夫宣称，他认为帕纳鲁神甫的报告"绝对无可辩驳"。但并非人人都持如此明确的见解。只是，这次布道使某些人对过去很模糊的概念感受更深了一层：他们不知犯了什么罪而被判处了难以想像的监禁。于是，一些人继续过自己的小日子，并尽量适应禁闭的生活；另一些人则相反，他们今后惟一的想法是逃出这个监狱。

人们一开始便接受了与外界隔绝的现状，正如他们接受任随什么暂时性的麻烦一样，因为那只会干扰他们的某些习惯。然而，他们突然意识到那是一种在阴霾重重的天空下忍受暑热煎熬的非法监禁，这时，他们才模糊感到这种隐居徒刑威胁着他们的整个生活。夜幕降临时，凉爽使他们恢复活力，但精力有时会刺激他们干出不顾一切后果的事来。

首先，无论是否巧合，从这个星期天起，城里出现了一种普遍的极度恐惧，这足以使人猜测同胞们已真正开始意识到自己的处境了。从这个角度看，城里的气氛有些变化。但事实上那究竟是气氛的变化还是人们内心的变化，这还是个问题。

在神甫布道几天之后，里厄和格朗一边摸黑往近郊走去，一边谈论布道事件，不料里厄突然撞到一个男人身上，只见这人走路摇摇晃晃，却没有往前走的意思。就在这一刻，开得越来越晚的路灯陡然亮了起来。过路人身后高高的路灯一下子照到这人的脸上，他闭着眼，无声地笑着。他默默的笑使他惨白的脸绷得紧紧的，脸上流着豆大的汗珠。他们绕了过去。

"那是个疯子。"格朗说。

里厄抓住他的胳膊把他拽走，他感到这个政府职员紧张得有点哆嗦。

"不用多久，我们这个城市会尽是些疯子。"里厄说道。

他疲劳得喉咙发干。

"我们去喝点什么吧。"

他们走进一家小咖啡馆，里面只有柜台上边一盏灯照明，在被灯光照得有点发红的厚重空气里，不知什么缘故，人们说话都压低了声音。格朗去柜台要了一杯烧酒一饮而尽，使大夫吃了一惊，格朗却宣称他有酒量。随后他想出去。到了外面，里厄觉得夜里到处有人在呻吟。在路灯上空，从漆黑的天幕下传来一声低沉的呼啸，使他想起那隐蔽的灾祸正在不知疲倦地搅动着潮热的空气。

"幸好，幸好。"格朗说。

里厄思忖他这话是什么意思。

"幸好我有工作。"格朗说。

"不错，"里厄说，"这是您的优势。"

里厄决心不再听那呼啸声，便问格朗对他的工作是否满意。

"嘿，我觉得很顺手。"

"您还会干很久吗？"

格朗似乎活跃起来，烧酒的热量已进入他的嗓门。

"我不知道，不过问题不在那里。大夫，不是这个问题，不是。"

在黑暗中，里厄猜想他在挥舞手臂。他好像在准备说出突然来到嘴边的话，接着便滔滔不绝地说起来：

"您瞧，大夫，我最希望的，是我的手稿有一天能到出版商手里，出版商看完后站起身来对他的合作伙伴说：'先生们，脱帽致敬吧！'"

他这一番突如其来的表白使里厄吃了一惊。他好像看见这位同伴做了一个脱帽的手势，把手举到头上，然后横着收回来。那边高处发出的奇怪的呼啸声似乎更响了。

"对，"格朗继续说道，"必须写得十全十美才行。"

尽管里厄对文学那一套基本上是门外汉，但他凭印象认为，事情做起来恐怕不那么简单，比如，出版商坐办公室似乎应该摘下帽子。然而，事实上，谁也说不清楚，所以里厄宁愿什么也不说。这时他情不自禁地侧耳细听鼠疫造成的神秘的喧闹声。他们渐渐走近格朗所在的街区，这个区地势比较高，所以一股微风使他们感到凉爽，这股柔和的风同时也使城市摆脱了一切喧嚣。不过格朗仍然在讲话，里厄却并没有理解这位好好先生表达的全部意思。他只知道格朗谈及的作品已写了许多页，但作者为给作品润色而搜索枯肠，真是苦不堪言。"为一个词花好多夜晚，甚至花整整几个星期……有时，就为一个简单的连接词。"说到这里，格朗停下来，抓住大夫外衣的一个纽扣。从他那缺了牙的嘴里磕磕绊绊吐出下面这一串话：

"您该明白我的意思，大夫。必要时你得在'然而'和'而且'之间作出选择，这还算容易。要在'而且'和'然后'之间作选择就难一些了。选择'然后'或'随后'就更难了。但最难的是，究竟该不该用'而且'。"

"是的，"里厄说，"我明白。"

他继续往前走。格朗显得有点儿尴尬，重又跟了上来。

"请原谅，"他嗫嚅着说，"我也不知道今晚我怎么啦。"

里厄轻轻拍拍他的肩膀，对他说，他很愿意帮助他，说他对他写的故事很感兴趣。格朗似乎安心了些。到了他家门口，他迟疑片刻便邀请大夫上去坐坐。里厄接受了邀请。

来到饭厅，格朗请他坐在一张桌子面前，桌上堆满了稿纸，稿纸上面字体很小，到处画着涂改的杠子。格朗见里厄询问的目光，回答说：

"对，就是这个。您想不想喝点什么？我还有点酒。"

里厄谢绝了。他注视着稿纸。

"别看，"格朗说。"这是我写的第一个句子，费了好大的劲，真费劲。"

他自己也在端详那些稿纸，他的一只手似乎无法遏制地被其中的一张吸引，于是他拿起那一张，把它凑到没有灯罩的灯泡前照照。纸在他手里颤抖着。里厄看见他的前额被汗濡湿了。

"您坐下吧，"里厄说，"念给我听听。"

格朗看看他，然后带着感激的神情微微一笑。

"好的，"他说，"我想，我也有这个愿望。"

他等了一会儿，眼睛一直注视着稿纸，随后才坐下来。与此同时，里厄倾听着一种模糊不清的嗡嗡声，在城里，这样的声音仿佛在回应灾祸的呼啸。就在这一刻，他对伸展在他脚下的这座城市和城里被禁锢的人们，对黑夜里压抑的恐怖嚎叫声有一种非同寻常的尖锐的敏感。这时，传来了格朗低沉的嗓音："在五月的一个晴朗的早晨，一位风姿绰约的女骑士跨一匹漂亮的阿尔赞牝马，驰过布龙涅林苑繁花似锦的条条小径。"房里重又静了下来，但此时却传来了受苦受难的城市那模糊不清的乱哄哄的声音。格朗早已放下稿纸，此刻正出神地凝视着它。片刻之后，他抬眼问道：

"您觉得如何？"

里厄回答说，这个开头使他对下文颇感兴趣。但格朗却兴奋地指出他这个观点不够正确。他用手掌拍拍稿纸：

"这上面写的还只是个大概。一旦我能精彩描绘我想像中的情景，一旦我的句子能跟那骑马散步的节奏'一、二、三，一、二、三'合拍，那么其余的就好写了，而且其中的幻象一开始就能让他们说：'脱帽致敬。'"

但要达到这个目标，他还任重而道远呢。他决不会将现在这样的句子交给印刷厂，因为，虽然这个句子有时使他感到满足，他仍然明白它反映现实还不十分贴切，而且在某种程度上，这个句子的流畅使它有陈词滥调之嫌，虽然很轻微，但毕竟近似。以上这些至少是格朗讲话的意思。这时，窗下传来奔跑的脚步声。里厄站起身来。

格朗边说边转身朝窗外看："等这一切结束之后，您一定会看见我把它修改成什么样子。"

但此刻又传来了急促的脚步声。里厄已经下楼了。他来到街上时，正好有两个男人从他面前走过去。看上去他们是在往城门那边走。原来，我们有些同胞在炎热和鼠疫的夹攻之下已失去了理智，他们放任自己诉诸暴力，而且企图蒙混过关，逃出城去。

另外一些人，如朗贝尔，也试图逃离这正在出现的恐慌气氛，不过他们的想法更执著，方法更灵活，虽然并不比别人更成功。朗贝尔起初仍坚持走官方的门路。据他说，他一直认为执著最终能取得胜利，而且从某种角度看，对麻烦应付自如正是他做记者的本分。因此他走访了一大批官员和通常公认为能干的人。但这次情况特殊，那些人的能耐也无用武之地了。这些人多半对银行、出口、柑橘，抑或酒类贸易方面有精确而内行的见解，他们对诉讼或保险问题拥有的知识是毋庸争辩的，何况还有可靠的文凭和显而易见的诚意。甚至可以说，这些人给人印象最深刻的一点，正是他们的诚恳态度。然而在鼠疫问题上，他们的知识几乎等于零。

不过每次只要有可能，朗贝尔在他们面前仍然会分别申诉自己的理由。他提出论据的基本内容一直是说他是外地人，因此他的情况应当作为个案审理。一般说来，与他对话的人都很乐意接受他的观点，但通常都会向他指出，有一定数量的人与他的情况相同，因此，他的事情并不像他想像的那么特殊。对此，朗贝尔可以回答说，这一点并不能改变他论据的实质，对方会说，这对行政当局的困难却有所改变，因为他们坚决反对任何特殊照顾，这种照顾会冒人们以最嫌恶的口吻称之为"开先例"的风险。按照朗贝尔向里厄大夫提出的分类方法，持这种推理方式的人应属于形式主义者的范畴。除去这些人，还有一些善于说好话的人，他们让求助的人安心，说这一切不可能拖得太长；这些人一见别人要求解决问题便爱出大量的好主意，他们一面安慰朗贝尔，一面断定说，这种烦恼只是暂时的。还有些重要人物请来访者留下他的情况简介，并承诺说，他们会对他的情况作出决定。轻浮的人向他推销住房券或提供经济餐宿公寓的地址；一板一眼的人要他填写卡片，然后归类存档；忙忙碌碌而又毫无办法的人则朝天伸开双臂；嫌麻烦的人干脆转过脸去；最多的还是墨守成规的人，他们让朗贝尔去找别的办事机构或要他另走门路。

这位记者东上访西上访，弄得精疲力竭。他多次在漆布长凳上等了又等，眼前是劝人购买免税国库券或参加殖民军的广告；他还进过好多办事处，那里面有哪几副面孔，有什么拉线文件夹和档案架他都能随便猜个正着；这一切让他对什么是市政府、什么是省政府有了明确的概念。正如朗贝尔略显辛酸地对里厄说的那样，这其中的好处是，那一切都为他掩盖了当前真实的情况，他实际上已没有工夫去注意鼠疫的蔓延了。再说，这样可以更快地打发日子，而且考虑到全城百姓的处境，可以说，只要人不死，每过一天，人们就更接近这次苦难的终点。里厄不得不承认这观点的正确性，但这样概括事实未免太笼统。

朗贝尔曾在某一瞬间产生过希望。他收到省政府一张空白调查表，请他确切填写。调查表要了解他的身份、他的家庭情况、过去和现在的经济来源，以及所谓的履历。按他当时的印象，那是在调查登记有可能被遣返原住处的人们的情况。从某个办公室搜集来的含糊的消息也证实了他的印象。他采取了一些具体的步骤，终于找到了发放登记表的机关，那里的人说，搜集这些情况是"以防万一"。

"万一什么呢？"朗贝尔问。

于是他们对他确切解释说，万一他得了鼠疫并因此而丧命，一方面可以通知他的家庭，另一方面可以了解医疗费用该由市财政负担，还是可望由死者的亲属偿还。当然，这证明他还没有同盼他回归的她完全隔离，社会还在关注他们。然而这并非一种安慰。最引人注目而且朗贝尔因此也注意到了的是在某种灾难达到高峰时一个政府办事机构还能以什么样的方式继续执行公务，如何在最高当局常常并不知情的情况下同过去一样发挥主动性，而这么做惟一的理由是，各机构正是为这类服务而设立的。

　　对朗贝尔来说，接下去的那段时间最容易过，同时也最难过。那是个麻木状态时期。他走访了所有的办事机构，采取了一切步骤，这方面的出路仍然暂时堵得死死的。每天清晨，他去咖啡馆的露天座喝一杯不太凉的啤酒，读读报纸，盼望从报纸上找到鼠疫即将结束的某些迹象；他还观察过路人的面孔，一见他们忧愁的表情便厌烦地转过脸去；看过上百次对面那些商店的招牌和已经停业的开胃酒大商家的广告之后，他便起身去城里一条条黄泥色的大街上漫步。从寂寞的闲逛到咖啡馆，再从咖啡馆到餐馆，他就这样打发时间直到晚上。里厄瞧见他——确切说在一个晚上——正在一家咖啡馆门前为是否进去而犹豫不定。后来他似乎下了决心，走进去坐在厅堂最靠里的地方。此刻正是上级指示咖啡馆尽量推迟上灯的时间。暮色像一股灰暗的水流逐渐漫进店堂，粉红的夕阳反射在玻璃窗上，大理石的桌面在薄暮的黑暗中闪着微弱的光。在寂寥的店堂里，朗贝尔仿佛是一个失落的幽灵，里厄思忖，现在正是他体会失落感的时刻。但在这一刻本市所有被幽禁的人们都有自己的失落感，因此必须做点事情使解脱的时刻尽快到来。里厄转身走开了。

朗贝尔也常在火车站待很长时间。人们被禁止进入月台，但从外面可以进入候车室，那里的门是开着的。在酷暑难熬的日子，一些乞丐有时在各候车室安营扎寨，因为那里阴凉舒爽。朗贝尔来这里看看昔日的火车时刻表、禁止吐痰的布告牌，还有列车警方的一些规定。看完之后便找一个角落坐下。厅里很暗，一只几个月没有生火的铁炉周边还残留着当时浇水形成的"8"字形水渍。墙上贴着鼓动去邦多尔或戛纳过自由幸福生活的广告。朗贝尔在这里看到了处于绝无自由境地的人们心中憎恶的那种自由。照他对里厄的说法，他感到自己最难忍受的是巴黎的图景。那里古老的石头建筑、流水、王宫的鸽子、火车北站、先贤祠周围寂静的街区，还有他从不曾意识到自己如此喜爱的这个城市的其他地方紧紧追随着他，使他无法做任何明确的事。不过，里厄考虑，他这是把那些图景同他的爱情联系起来了。朗贝尔告诉他，说他喜欢在清晨四点钟睡醒，醒来便想念自己的城市，大夫一听就不难从自己的亲身体验来理解，朗贝尔是在思念留在那里的女人。原来那是占有女人的最佳时刻。一般来说，直到清晨四点钟以前，人们什么也不干，只顾睡觉，哪怕当夜是背叛配偶之夜呢。是的，这个时刻人都在睡觉，这一点可以使人安心，因为一颗焦虑的心最大的愿望是无休无止地占有所爱之人，或者在关山阻隔时能让所爱之人进入自己无梦的睡乡，直到团聚之日再醒过来。

神甫布道之后不久，天开始大热起来，这时已到了六月末。在礼拜日布道之际突然下了那场迟来的大雨之后的第二天，夏季一下子在天际和房舍上空显现出来。起初刮起一阵灼热的大风，热风吹了一整天，把所有的墙壁都吹干了。烈日似乎在当空凝固了。热浪和光浪前推后涌，持续不断，从早到晚把城市烘烤于其中。除了有拱廊的街道和住宅，城里似乎没有一处不处于最刺眼的光线照射之下。阳光在大街小巷到处跟踪追击我们的同胞，只要谁停下来，就会受到它的打击。初夏的酷热恰逢鼠疫的死亡数字急剧上升，大约每周有七百死难者，于是，沮丧情绪遍及全城的百姓。无论在各个近郊区，还是在平坦的大街和带平台的住宅之间，热闹的气氛都在逐渐减弱。在有些街区，平时人们老爱在大门前活动，如今也家家关门闭户，百叶窗关得严严实实，他们如此这般自我保护，不知是防鼠疫还是防太阳。不过从有些住宅里还是传出了呻吟声。过去发生这样的事，总能看到一些爱管闲事的人站在街上偷听。然而，在长期的惊慌之后，人人的心都似乎变硬了，即使旁边有人痛苦呼号，谁都会照样走路或生活，仿佛呻吟已经成为人的天然语言。

城门边发生了斗殴，宪兵不得不动用武器，因此而引起了暗中的骚动。肯定有人受了伤，但城里却在谈论有人死亡：酷热和恐慌的影响使这座城市的一切都被夸大了。但无论如何，不满情绪在不断增长却是事实，当局也害怕发生最坏的情况，因而认真考虑了采取何种措施应付在重灾威胁之下的百姓可能揭竿而起的事态。各家报纸都登载了政府的命令，政令一再重申禁止出城，并威胁违者将被逮捕下狱。一队队巡逻队跑遍了全城。在寂静而灼热的大街上，经常可以看到由得得得的马蹄声开路的警卫队士兵扬鞭在一排排紧闭的窗户间走过。巡逻队一过去，沉重而疑虑重重的寂静再次笼罩这座受到威胁的城市。偶尔可以听到几声枪响，那是近期政府命令组织的专门小队在捕杀狗和猫，猫狗都可能是跳蚤的传播者。这种不柔和的啪啪声给城市增添了警戒的气氛。

在炎热和寂静的影响下，同胞们吓坏了的心对一切都倍感严重。他们第一次对标志季节转换的天空的颜色和土地的气味十分敏感。人人都万分恐惧地明白，暑热会助长瘟疫。而与此同时，谁都看得出，盛夏确实已经不请自来。夜空里雨燕的啼叫在城市上空显得格外尖厉。这样的鸟鸣与本地六月黄昏开阔的天空再也不相适应了。花卉到达市场已不是含苞待放，而是鲜花怒放，早市一过，花瓣铺满了遍地尘埃的人行道。人们清楚地看到，春天大势已去，她曾在姹紫嫣红中出尽风头，如今却在暑热和瘟疫的双重压力下气息奄奄，缓缓逝去。在我们全体同胞眼里，这夏日的天空，这些被尘埃和烦恼染成灰白色的街道，跟每天使城里人心情沉重的上百个死于瘟疫的人一样具有威胁性。烈日持续烤炙着人们，这催人入睡、邀人度假的夏令时节，再也不像往常那样激起水中嬉戏的男欢女爱的兴趣。相反，在封闭而无声的城市里，这样的时日只能显得空虚而寂寥。如今再也看不见快乐季节里常见的黝黑皮肤的光彩了。鼠疫肆虐中的酷日扑灭了一切色彩，赶走了一切欢乐。

这些现象正是疫病引起的一种急剧而重大的变化。往常，我们的同胞无不热烈欢迎夏季的到来，全城的人民为此而奔向海滨，把自己的青春倾泻在海滩上。今年的夏季却相反，接近本市的海滨已成禁区，人的身体再也没有享乐的权利。在这样的环境里该做些什么？又是塔鲁为我们提供了当时生活最忠实的景象。当然，他仍旧密切注意瘟疫总的进展情况，准确指出疫病的一个转折点，这转折点以电台不再公布每周死亡几百人而公布每天死亡九十二、一百零七、一百二十人为标志。"报纸和当局在同鼠疫斗智。他们自以为赢了分，因为一百三十的数字比九百一十显得小。"塔鲁还提到瘟疫的悲惨或惊心动魄的场面。例如在一个冷清的街区，家家户户紧闭着百叶窗，只见一个妇人突然打开窗户，大叫了两声，然后再把百叶窗放下，让室内重新陷入厚重的黑暗里。此外他还注意到，药铺里已经买不到薄荷片，因为许多人口含薄荷片以预防鼠疫传染。

塔鲁还在继续观察他最爱观察的人物。据他说，那玩猫的小个儿老人也活得凄凉。原来，有一天早晨，正如塔鲁所记载的，几声枪响结果了大部分猫儿的性命，幸存的猫也吓得逃离了大街。就在那天，老人在习惯的时间走出房门来到阳台上，他显得有点惊异，随即俯下身去仔细观察大街的尽头，同时耐着性子等待。他用手轻轻敲着阳台的栏杆，继续等待着，撕一些纸条，回房去，又走出来，过了一会儿，他忽然愤怒地在身后带上落地窗，没影了。随后的几天，同样的场景再次出现，但矮老头儿脸上悲哀和不安的表情却越来越明显。一星期之后，塔鲁再等也看不见往常天天出现的情景了，阳台的窗户执拗地紧闭着，那里面的伤感完全可以理解。"鼠疫期间，禁止朝猫吐痰"，这是笔记所作的结论。

另一方面，塔鲁每晚回旅馆时，准能在前厅遇见面容阴郁的守夜人在那里前后左右踱方步。此人不停地向所有的来人提醒说，他曾预见到正在发生的事。塔鲁承认听见他预告过会有灾难，但提请他注意，他当时考虑的是一次地震，对此，这位老守夜人回答说："噢！要真是地震倒好了！剧烈震动一次，谁也不会再去谈它了……数数死人，数数活人，事情就了结了。可这缺德的病！连没染上病的人心里也老记挂着。"

旅馆经理的日子也不比别人好过。起初，旅客离城受阻，便滞留在这座已关闭的城市的旅馆里。然而，随着疫病的蔓延，许多人宁愿住在朋友家里。于是，当时让每个房间都人满为患的同一个缘由从此又使房间空了下来，因为再也没有新的旅客前来这个城市了。塔鲁乃是几个稀有的房客之一，而这位经理从不错过任何机会向塔鲁表白，如果他没有取悦最后几位顾客的愿望，旅馆早就关门了。他经常请塔鲁估计瘟疫可能会拖多久，塔鲁回答："都说寒冷会阻止这类疫病。"经理吓坏了："可是这里从来没有真正寒冷过，先生。不管怎么说，我们还得等好几个月……"他还肯定说，瘟疫结束后很长时间旅客也不会光临这个城市。这次鼠疫简直毁了旅游业。猫头鹰奥东先生曾短时期不知去向，现在又在餐厅露面了，不过身后只跟了两只受过驯的狗。据了解，他妻子曾回娘家照顾并安葬她的母亲，目前正在接受检疫隔离。

"我不喜欢他们这么干，"经理对塔鲁说。"隔离不隔离她都很可疑，因此他们家那些人也都可疑。"

塔鲁提醒他说，照他这个观点，所有的人都可疑。但经理却毫不含糊，他对此问题的看法是十分明确的：

"不，先生，您和我都不可疑。但他们可疑。"

然而，奥东先生并不因这点小事改变做派，这一回鼠疫算是赔本儿了。他仍然照老样子走进餐厅，在孩子们之前先坐下，而且一直对他们说些高不可攀而又满怀敌意的话。只是那小男孩儿变了样子。他同他的姐姐一样穿一身黑衣服，背有点驼，简直是他父亲的缩影。守夜人不喜欢奥东先生，他对塔鲁说：

"噢！瞧那个人，他将来断气也穿得整整齐齐。这么着，不用殡仪馆化妆，他可以直接归天了。"

塔鲁的笔记里也记载了帕纳鲁神甫布道的事，不过加上了下面这段评语："这种热情给人好感，我理解。大灾初期和结束时谁都会夸夸其谈一番。灾情开始，人的习惯还没有丧失，灾害结束时，习惯又失而复得了。只是在灾难当中人们才与现实相适应，即是说才会沉默下来。等等看吧。"

塔鲁末了提到他曾和里厄大夫有过一次长谈，他只回顾说交谈的效果很好，还特别谈到里厄老夫人淡栗色的眼睛，就这个话题他还奇怪地断言，洋溢着善意的眼神永远比瘟疫更有力量。最后他用相当长的篇幅议论了接受里厄治疗的老哮喘病人。

他俩交谈后，塔鲁随大夫去看望了这位病人。老头冷笑着搓搓手，以此来迎接初次见面的塔鲁。他背靠枕头坐在床上，前面放着那两锅鹰嘴豆。他看见塔鲁便说："哦！又来了一位。这世界真颠倒过来了，医生比病人还多。那病传得很快，是不？神甫说得对，那是罪有应得。"翌日，塔鲁没有通报又去了他家。

如果相信塔鲁的笔记，这位老哮喘病人原来的身份是服饰用品商人，在他五十岁那年，他认定干这行干腻了，便躺了下来，从此再没有起来过，其实他的哮喘病更适合站立的姿势。一小笔年金支撑他活到七十五岁，而且活得很轻松。他一见表就受不了，事实上他家里的确没有一只表。他常说："表，又贵又蠢。"他估摸时间，尤其是与他惟一相关的用餐时间全凭那两只锅里的鹰嘴豆。他每天醒来时，一只锅里装满了豆子，然后他用专心而有规律的动作把豆子一个一个放进另一只锅里。他就这样通过一锅一锅的豆子找到了一天计时的标准。"每装十五锅，我就该吃饭了。这非常简单。"

另外，据他妻子说，他小时候就显示出了这样的天性。实际上，他从未对任何事情产生过兴趣，包括他的工作、朋友、咖啡、音乐、女人、散步。他从没有出过城，除了有一次：那天，他为家庭的事务不得不去一趟阿尔及尔，他在离阿赫兰最近的一个火车站停下来，实在不敢冒险走得更远。最后还是乘坐第一列火车回了家。

见塔鲁对他的隐居生活显出吃惊的神气，他大略作了如下的解释：根据宗教，人在前半生走上坡路，在后半生则走下坡路。走下坡路时，人的每一天都不再属于自己，这些日子无论什么时候都可能被夺走。因此你哪一天都干不成事，最好的办法就是什么也不干。此外，他并不害怕矛盾百出，因为不一会儿他又告诉塔鲁，上帝肯定不存在，否则教士们就派不了用场了。但听了他后来的一些思考，塔鲁这才明白，他这种哲学与他所在的教区经常募捐引起他不满有密切的关系。塔鲁对老人的描绘以老人的一个愿望结束，这个愿望似乎出自他的内心，因为他多次在这位与他交谈的人面前表示：他希望自己在极高龄时死亡。

"他难道是圣人？"塔鲁想。接着，他回答自己，"假如神圣就是习惯的总和，他就是圣人。"

与此同时，塔鲁还相当详尽地描述了这个疫城的一天，从而使我们对同胞们在这个夏季的工作和生活有了一个准确的概念："除了醉汉，没有一个人笑，"塔鲁说，"而醉汉又笑得过分了。"接着他开始描述：

黎明，微风吹拂着行人还很稀少的城市。在这夜间死亡和日间垂危交替的时刻，瘟神似乎在暂时停止肆虐以便缓过气来。所有店铺都关着门，有几家门上还挂着"鼠疫期间停止营业"的牌子，说明这些店家过一阵不会和别的店家一道开门营业。卖报的小贩睡眼惺忪，还没有叫卖当天的新闻，他们背靠在街角，瞧那姿势仿佛梦游人在向路灯兜售报纸。过一会儿，他们一被首班电车惊醒便分散到全城，手里举着印有醒目大字"鼠疫"的各种报纸。"秋天是否还会鼠疫横行？""B教授答曰：否。""死亡一百二十四人，这是鼠疫第九十四天的总结。"

尽管纸张匮乏日益尖锐，迫使某些期刊缩小篇幅，仍有另一家名叫《瘟疫通讯》的报纸创刊。报纸的任务是"以严格的客观态度向同胞通报疫病蔓延或减退的情况；

向他们提供瘟疫前景最具权威性的证据；以各种栏目支持所有愿与疫灾斗争的知名或不知名的有志之士；扶持百姓的斗志；传达当局的指示；总之，集合一切善良人士向袭击我们的病魔作有效的斗争。"实际上，这家报纸很快便只局限于宣传预防鼠疫的有可靠疗效的新产品。

清晨六时左右，这些报纸便先在商店开门一小时之前就去门口站队的人群中销售，然后再上拥挤的首班郊区电车里销售。电车已经成为惟一的交通工具，车上的踏脚板和扶手处都挤满了乘客，车开得十分艰难。但奇怪的是，所有上车的人都尽可能转过身去以避免互相传染。电车到站，从车上拥出大批男人和女人，都急急忙忙离开那里以便只身活动。因情绪不佳而发生争吵已司空见惯，这种恶劣情绪正在变成一种慢性病。

头几班电车过去之后，城市逐渐苏醒过来，一些啤酒店首先开了门，但柜台上放着牌子，上面写着："咖啡无货"、"自备白糖"等等。各店铺接着开门，街上热闹起来。与此同时，阳光初起，热气蒸腾，把七月的天空逐渐涂抹成铅灰色。这正是那些闲得无聊的人去大街上东瞧瞧西瞧瞧的时刻。他们当中多半都一心想通过摆阔气来防止鼠疫。每天上午十一点左右，在几条主要的交通干道上都有一批青年男女招摇过市，从他们身上可以体会到在大难当中日益增长的享受生活的热情。倘若瘟疫继续蔓延，伦理道德观念也会变得更为宽松。我们将会看到米兰女人在坟墓边上尽情狂欢的场面。

正午，各餐馆瞬间即已客满。在餐馆门前，马上聚集了三五成群的找不到坐位的人。热气的过分蒸腾使天空失去了光亮。准备吃饭的人站在阳光烤人的街边，躲进大遮阳篷下等待坐位。如果说大家喜欢进餐馆，那是因为餐馆就餐可以非常简便地解决粮食定额供应问题。但对传染疫病的忧虑仍丝毫未减。顾客不惜花很多时间耐心擦拭餐具。不久前，有的餐馆还张贴布告："此处餐具已沸水消毒。"但后来渐渐放弃了广告，因为顾客好歹都会进餐馆，而且吃饭的人花多少钱也心甘情愿。点上等酒或号称上等的酒，要最昂贵的加菜，这类狂热的花钱竞赛才开头呢。好像在某个餐馆出现过惊恐万状的场面，原来有一位顾客用餐时身体不适因而面色苍白，他站起身后摇摇晃晃，连忙走出门去。

　　大约下午两点，市区逐渐冷清下来，这正是寂静、尘埃、阳光和鼠疫在街上互相遭遇的时刻。热浪顺着一幢幢灰色的大房子不停地流动。这正是被囚禁的漫长时刻，这样的时刻只有在被夕阳映红的黄昏开始笼罩这座人口稠密闹闹嚷嚷的城市时才算结束。炎热初起的那些日子，不知什么原因，隔一阵就有几个晚上显得冷清。如今，姗姗来到的凉爽虽没有带来希望，起码让人松了一口气。于是，人人都来到大街上，借说话来自我排遣，或互相斗嘴，或相互表示羡慕。在七月的晚霞的映照之下，那遍街情侣、遍城喧嚣的都市转入并不平静的夜晚。每晚，在各条林荫大道上都能看见一位受神灵启示的老人，这位头戴毡帽、打大花领结的老者穿过人群，不停地说："我主伟大，皈依他吧！"但他白费唇舌，所有的人都反而投身于他们并不熟悉的或他们认为比皈依上帝更紧迫的某件事。起初，他们认为这个病和其他的病一样，那时，宗教还占有一席之地，但他们一认识到疫病的严重性之后，便只想着寻欢作乐了。于是，日间人们脸上显出的愁容，在灼热和尘埃遍地的黄昏便化解成使全体市民头脑发热的某种难以抑制的兴奋和笨拙的放荡了。

我也和他们一样。那又怎样！死亡于他们，于我，都算不了什么。是这次事变使他们有理由这么做。

塔鲁在笔记里谈到的会晤是他向里厄提出来的。那天晚上，里厄等塔鲁来访时，视线正好停在他母亲身上。老太太文静地坐在饭厅角落里的一把椅子上。她不操持家务时总在那里打发日子。她把双手放在膝盖上等待着。里厄甚至不敢肯定她是在等待儿子。但当他一出现时，他母亲脸上就有什么东西发生变化，于是，她勤劳的一生刻印在她脸上的沉静表情似乎变得活跃了。之后，她重又恢复到缄默状态。这天晚上，她在临窗眺望那业已冷清的街道。夜间的路灯已减少了三分之二，相隔很远才有一盏照明很差的灯给黑暗的城市投下一点儿反光。

里厄老夫人说：

"难道整个鼠疫期间都要这样控制照明吗？"

"也许吧。"

"但愿这不会拖到冬季。要拖下去就太惨了。"

"对呀。"里厄说。

他看见母亲的眼光正停在他的额头上。他知道，近期的忧虑和超负荷的工作已使他的脸消瘦了不少。

"今天情况不妙吧？"老夫人问。

"噢！跟往常一样。"

跟往常一样！那就是说，从巴黎运来的新一批血清看样子比第一批的效果还差，而且死亡统计数字还在上升。除鼠疫患者的家属外，始终不能对其他人进行预防接种。要普及血清接种，就需要大量生产血清。大多数淋巴结肿块都不能自行溃穿，仿佛它们的硬化期已经来到，病人因此而受了大罪。从头天起，市里又发现了两例新型瘟疫。看来，不光有腺鼠疫，已有了肺鼠疫。就在当天开会时，疲惫不堪的医生们向手足无措的省长要求获准采取新的措施防止口对口传染肺鼠疫，但跟平常一样，谁对此都一无所知。

里厄注视着母亲，老人美丽的栗色眼睛使他回想起多年的亲情。"你害怕吗，母亲？"

"在我这样的年龄已没有什么可怕的了。"

"白天这么长，我却老不在你身边。"

"只要知道你会回来，等你就算不了什么。你不在家时，我就想你在干什么。你有她的消息吗？"

"有，照她最近的电报所说，一切都好。不过我知道她这么说是为了让我安心。"

门铃响了。大夫朝他母亲微微一笑，便去开门。在楼梯平台的半明半暗中，塔鲁显得像一头穿灰衣服的大熊。里厄请客人坐在他的写字台前面，他自己站在太师椅后边。只有一盏亮着的台灯把他俩隔开。

"我知道，"塔鲁开门见山地说，"我可以直截了当地跟您谈话。"

里厄不言语，只点头表示同意。

"再过半个月或一个月，您在这里会起不了作用。事态发展到此地步已使您无计可施了。"

"的确如此。"里厄说。

"防疫工作组织得很糟。你们缺少人手和时间。"

里厄再次承认那是事实。

"我获悉省府考虑组建一种民间服务机构，规定健康的人都要参加普遍的救护工作。"

"您消息很灵通，但这消息已引起强烈不满，省长正在犹豫。"

"为什么不征召志愿人员呢？"

"征召过，但结果有限。"

"那是通过官方途径征召的，而且还缺乏信心。他们缺少的是想像力。他们从来就跟不上灾情发展的规模，他们设想的药品勉强可以治疗鼻炎。如果让他们这样干下去，他们得完蛋，我们也会跟着完蛋。"

"有这个可能，"里厄说，"应该说他们也想到了动用犯人来干所谓的粗活。"

"我更愿意让自由的人来干。"

"我也一样。但说到底，那是为什么？"

“我对判死刑深恶痛绝。”

里厄注视着塔鲁：

“那怎么办？”

“这么办，我有一个组建志愿者防疫队的计划。你们授权给我来操持这件事，咱们把行政当局甩在一边。再说当局也忙不过来。我到处都有朋友，他们就是第一批骨干。自然，我本人也要参加。”

里厄说：

“当然，您已料定我会愉快接受这个建议。人总需要别人帮助，尤其是这个行当。我负责让省府同意这个想法。再说他们也别无选择。不过……”

里厄考虑一下接着说：

“不过这工作可能有生命危险，这点您很清楚。无论如何我都有必要提醒您。您仔细想过？”

塔鲁用他那双安详的灰色眼睛注视着大夫。

“您对帕纳鲁那次布道有什么看法，大夫？”

问题提得自然，里厄的回答也自然。

“我在医院待的时间太长，很难接受集体惩罚这个概念。但您知道，基督教徒有时这么说，其实并不真这样想。他们的为人比他们表现出来的样子要好。”

“不过您仍然和帕纳鲁神甫一样认为，鼠疫有它好的一面。它使人们警醒，让他们思考问题。”

大夫烦躁地摇摇头：

“鼠疫跟世界上别的疾病一样。能解释世界上所有疾病的东西也适用于鼠疫。鼠疫可以使某些人提高威望，但只要看到鼠疫给人们带来的不幸和痛苦，只有疯子、瞎子或懦夫才会放弃斗争。”

里厄刚提高声音，塔鲁便做一个手势，好像要他冷静。里厄微微一笑。

“好吧，”他耸耸肩说，“不过您还没有回答我呢。您考虑了吗？”

塔鲁动一动让自己在太师椅里坐得更舒服些，接着把头伸到亮处。

“您相信上帝吗，大夫？”

问题提得仍很自然，不过里厄这次有些犹豫。

“不相信，但这能说明什么？我处在黑暗中，我很想看个清楚。好久以前我就不再认为这有什么独特之处了。”

“使您有别于帕纳鲁的，不就是这点吗？”

“我不这么看。帕纳鲁是研究学问的人。他较少看见人死亡，所以总代表真理说话。但地位较低的乡村教士为他教区的人举行圣事，因而常常听见垂死之人的呼吸，他的想法就和我一致。他在说瘟疫有好的一面之前首先会去照料痛苦的病人。”

里厄站起来，此刻，他的面部处在阴影里。

“您既然不想回答，我们就别谈这个了。”

塔鲁微笑着，却并没有从太师椅里站起来。

“我能不能将提问当作回答？”

大夫也笑了。他说：

"您喜欢神秘，那就提吧。"

"好！您既然不相信上帝，为什么您自己还表现出那样的献身精神？您的回答也许能帮助我回答您的问题。"

里厄没有离开阴影，他说，他已经回答过了，如果他只相信一位万能的上帝，他就应当放弃为人治病，而把治病的任务让给上帝。然而，世界上没有任何人只相信一位这样的上帝，没有，包括自以为如此的帕纳鲁，因为并没有一个人全身心投入地信赖上帝，而他里厄正在与大自然本身作斗争，起码在这一点上他相信自己正在掌握真理。

"噢！这就是您对自己职业的看法吧？"

"差不多是这样。"里厄一边回答一边从阴影里走出来。

塔鲁轻轻吹着口哨，大夫望着他。

"对，"他说，"您在想，这里面准有自傲情结。但我有的只是人应当具有的自豪感，请相信我。我不知道等着我的是什么，也不知道这一切结束之后会发生什么事。就目前而言，有病人，必须治疗这些病人。这之后他们会思考，我也会思考。但现在最迫切的是治疗他们。我尽我所能保护他们，如此而已。"

"对付谁呢？"

里厄朝窗户转过身去。他猜想，大海在远处的天际一定更为浓黑。他只感到疲惫不堪，同时抗拒着一个突如其来的不理智的念头：渴望与这个古怪但令他感到亲切的人更深入地倾谈。

"我不知道。塔鲁，我向您起誓，我真的不知道。刚进入这个行业，我治病时可以说并没有什么具体想法，只不过我需要行医，行医和其他行当一样，是个职位，是年轻人愿意谋求的职位之一。也许还因为行医对我这样的工人的儿子来说特别困难。此外也需要看看人怎么死亡。知道吗，有些人就是不想死？您听见过一个女人在临终时大喊'永远不要死！'吗？我可听见过。我当时发现我简直适应不了那种情景。我那时很年轻，以为我的憎恶之情是针对天地万物秩序本身的。自那以后，我变得谦逊些了。老实说，我一直不习惯看见人死去。除此之外我什么也不知道。但无论如何……"

里厄不再说下去，重又坐了下来。他感到口干舌燥。

"无论如何？"塔鲁轻轻问道。

"无论如何……"里厄接上话，但又迟疑起来。他注视着塔鲁说："像您这样的人是应该理解这种事的，对吧，但既然天地万物的秩序最终归结为一个死字，上帝也许宁愿人们别相信他而全力以赴去同死亡作斗争，宁愿人们不要抬眼望青天，因为上帝在那里是不说话的。"

"说得对，"塔鲁赞许说，"我能理解。但您的胜利永远是暂时的，如此而已。"

里厄的面容显得阴沉了。

"永远，这我知道。但这不是停止斗争的理由。"

"当然，这不是理由。但我因此可以想像，这次鼠疫对您意味着什么。"

"不错，意味着无休无止的失败。"

塔鲁定睛看了一会儿大夫，然后起身拖着沉重的步子往房门走去。里厄跟着他。当他靠近塔鲁时，塔鲁仿佛在看自己的脚，一边说：

"教您这一切的是谁，大夫？"

他立即得到了回答：

"是贫困。"

里厄打开他书房的门，在楼道上，他对塔鲁说，他也要下楼去近郊看望一个病人。塔鲁有意陪他去，他同意了。在楼道尽头，他们遇见了里厄老夫人。里厄把她介绍给塔鲁。

"一位朋友。"他说。

"哦！"老人说，"认识您我很高兴。"

她走开时，塔鲁还转身望了望她。大夫在楼梯平台上按了按定时开关，试图开亮照明灯，但是徒劳，楼梯仍然黑漆漆的。大夫琢磨这是否是新的节约措施带来的后果。但谁也不知道。一段时间以来，无论在家里还是在整个城市里，一切都处于不正常状态。也许这只是因为所有的门房，以及总体说来我们的同胞对一切都漠不关心了。不过大夫现在没有时间作进一步的探讨，因为塔鲁的话音已在他身后响起来了：

"我还有一句话，大夫，哪怕您听了觉得可笑呢：您完全正确。"

在黑暗中，里厄对自己耸了耸肩。

"说真的，这方面我什么也不知道。您呢，您知道些什么？"

"噢！"塔鲁平静地说，"我需要了解的东西不多。"

大夫停住脚，他身后的塔鲁在一级楼梯上滑了一下，连忙抓住大夫的肩膀，这才站稳了。

"您认为自己对生活中的一切都很了解吗？"里厄问道。

黑暗中，塔鲁用同样平静的声音回答道：

"是的。"

他们来到大街上时，才知道天已经很晚了，也许已十一点了吧。城市还那么安静，只有轻微的沙沙声。一辆救护车的铃声从很远的地方传过来。他们上车，里厄发动引擎。

"明天，"里厄说，"您需要到医院来打预防针。不过，为了最后作出决定，在进入角色之前您还得三思：您只有三分之一生还的机会。"

"这样的估计没什么意义，大夫，这一点您和我同样清楚。一百年前，波斯一个城市发生的鼠疫结果了全体居民的生命，只有一人幸免，那就是一直不停地洗死尸的那个人。"

"他保留了他三分之一的机会，如此而已，"里厄说，声音突然变得低沉。"不过在这方面我们的确还需要从头学起。"

他们已进入近郊区。车灯照出一条条冷冷清清的大街小巷。车停了下来。里厄站在车前问塔鲁是否愿意再上车，塔鲁说愿意。天空的一缕反光照亮了他们的脸。里厄蓦然友好地一笑：

"嘿，塔鲁，"他说，"是什么促使您操持这些事的呢？"

"我不知道，也许是我的道德观吧。"

"什么样的道德观？"

"理解。"

塔鲁转身朝房舍走去，直到他们进入老哮喘病人的家，里厄再也没有看见他的脸。

翌日伊始，塔鲁便开始工作并组建起第一支小队，其他许多小队也接踵建立起来。

笔者并无意过分强调这些防疫志愿组织的重要性。事实上，我们的同胞如果处在笔者的位置，今天恐怕也难免对它们的作用来一番夸大。但笔者更愿意相信，过分重视高尚行为，结果反而会变成对罪恶间接而有力的褒扬。因为那样做会让人猜想，高尚行为如此可贵，只因它寥若晨星，所以狠心和冷漠才是人类行为更经常的动力。而这种想法正是笔者不能苟同的。人世间的罪恶几乎总是由愚昧造成，人如果缺乏教育，好心也可能同恶意一样造成损害。好人比恶人多，而实际上那并非问题症结之所在。人有无知和更无知的区别，这就叫道德或不道德，最令人厌恶的不道德是愚昧无知，无知的人认为自己无所不知，因而自认有权杀人。杀人凶手的心灵是盲目的，而没有远见卓识就不会有真正的善和高尚的爱。

由此可见，塔鲁一手建立起来的我市卫生防疫组织应当得到客观而令人满意的评价。这也说明为什么笔者不会有声有色地颂扬良好意愿和英雄主义，为什么他仅仅给英雄主义以适当的重视。但他会继续从历史的角度记录鼠疫造成的全体同胞痛苦万状因而事事苛求的心境。

事实上，献身于卫生防疫事业的人们也不一定功勋卓著，他们那样做只因他们知道那是惟一需要做的事情，而在那样的时刻不下此决心才真叫不可思议。这些组织有助于同胞们进一步了解鼠疫，并使他们部分相信，既然已发生疫病，为了同它斗争，就应当做需要做的事。由于与鼠疫打交道已变成了一些人的职责，这疫病才真正展露了它的实质，即是说，它已是大众的事了。

这很好。但谁也不会祝贺小学教员教学生二加二等于四。或许有人会祝贺他选择了高尚的职业。因此可以说，塔鲁和别的人作出选择，决定去证明二加二等于四而不是相反，这值得赞扬，但也可以说，这种良好的愿望于他们、于小学教员、于所有心地与小学教员相同的人都一样普通，而作为人类的光荣，这后一种人比大家想像的更多，至少笔者有此信念。笔者也清楚地意识到，有人对此可能会持异议，认为这些人是在冒生命危险。然而，历史上永远不会出现这样的时刻：敢于说二加二等于四的人被处死。小学教师完全明白这一点。但问题不在于这个道理会受到奖励或者惩罚，问题在于二加二是否等于四。对于我们那些在当时冒着生命危险的同胞们来说，他们必须确定自己是否处于鼠疫的包围中，是否有必要与鼠疫作斗争。

我市的许多新派伦理学家当时竟认为做什么事都毫无用处，而且主张屈膝投降。塔鲁、里厄以及他们的朋友们可以这样回答也可以那样回答，但他们永远会把结论牢记在心：即必须以这样或那样的方式斗争而不是屈膝投降。全部的问题在于尽可能阻止人们死于鼠疫，与亲人永别。要做到这点，只有一个办法，那就是同鼠疫作战。这个道理并没有什么可赞扬之处，只不过是顺理成章而已。

因此，老卡斯特尔满怀信心、全力以赴、就地取材制造血清就合乎情理了。里厄和他都期望用肆虐全市的细菌本身培养的微生物来制造一种血清，这样的血清可能比外来的血清疗效更为直接，因为本地的细菌与通常定义的鼠疫杆菌略有不同。卡斯特尔希望尽快得到首批这样的血清。

因此，那位毫无英雄气概可言的格朗如今负责卫生防疫组织秘书处的工作也很合乎情理。塔鲁组建的一部分卫生小分队事实上已承担起居民稠密街区的防疫任务。他们试图在那些地区建立必要的卫生设施，他们还统计了尚未消毒的谷仓和地窖。另一部分小队协助医生们出诊，负责运送染上疫病的人，甚至在没有专业人员时担任病人和死人运输车的司机。所有这一切都要求作登记和统计，格朗接受了这份工作。

从这个角度看，笔者认为，格朗比里厄或塔鲁更称得上是默默奉献推动卫生防疫工作的真正代表。他毫不犹豫地接受任务，表现出的诚心正是他的本色。他只要求在一些细小的活儿里发挥作用，因他年事已高无法胜任其余的工作。他可以把十八点到二十点的两个钟头奉献出来。里厄对他表示热烈谢忱时，他感到惊奇，说："这又不是最困难的。发生了鼠疫，必须自卫，这是明摆着的。噢！要是一切都这么简单就好了！"于是又重弹起他的老调来。有些晚上，登记卡工作结束之后，里厄同他聊天。末了，塔鲁也参加进来。格朗带着越来越愉快的心情向他这两个伙伴说知心话，这两位也饶有兴味地倾听他述说他在鼠疫猖獗时仍继续耐心从事的工作。结果他俩也从中体会到一种精神的放松。

"您那位女骑士怎么样啦？"塔鲁经常这样问他。格朗永远这样回答："她在骑马小跑，她在骑马小跑。"说话时还带着苦笑。一天晚上，格朗说他决定放弃形容女骑士的"风姿绰约"一词，从今以后改用"苗条"。"这更具体，"他补充说。还有一次，他把修改过的第一个句子念给两位听众听："在五月的一个晴朗的早晨，一位苗条的女骑士跨一匹漂亮的阿尔赞牡马，驰骋在布龙涅林苑繁花似锦的条条小径上。"

"这样看上去更好些，对不？"格朗说，"我宁愿写成'在五月的一个早晨'，因为要写成'五月间'就把小跑的时间拖长了。"

接着，他对"漂亮的"这个形容词显得忧心忡忡。据他说，这词不能表现真实情况，他正在寻找一个能一下子逼真地描绘出那匹他想像中的气派非凡的牡马的词。"肥壮"不行，很实在，但略带贬义。有一阵他曾倾向于用"亮丽"，但念起来节奏不够和谐。一天晚上，他热烈而隆重地宣布，他找到了这个词"一匹黑色的阿尔赞牡马"。黑色隐约表示雅致，这又是他的意思。

"这不行。"里厄说。

"为什么不行？"

"阿尔赞并不是指马的品种，而是指马的毛色①。"

---

① 阿尔赞指马、骡的栗色皮毛。

"什么颜色？"

"哼，反正不是黑色！"

格朗显得非常震动。

"谢谢，"他说，"幸亏有您在这里。不过您也看见了，这有多难。"

"用'豪华'，您意卜如何？"塔鲁问他。

格朗一边看着他，一边琢磨。

"对，"他说，"就用这个词。"

他脸上渐渐露出了笑容。

那晚议论后不久，他坦白说"繁花似锦"这个词让他感到担忧。由于他这一辈子只熟悉阿赫兰和蒙特利玛尔，他有时请求两位朋友指点，布龙涅树林的小径是怎样繁花似锦的。确切地说，在里厄和塔鲁的印象里，那树林的小径从没有繁花似锦过，但这位职员深信不疑的态度倒使他们动摇了。格朗对他们的犹豫感到吃惊。"惟艺术家方善于观察。"有一次里厄大夫发现他万分激动。原来他把"繁花似锦"改成了"长满鲜花"。他搓着手说："终于看见那些花了，闻到花香了。脱帽致敬，先生们！"他得意扬扬地念道："在五月的一个晴朗的早晨，一位苗条的女骑士跨一匹豪华的阿尔赞牡马，驰骋在布龙涅林苑的长满鲜化的一条条的小径上。"但高声朗诵使后面的三个"的"字听起来十分别扭，格朗因此有点儿结巴。他神态沮丧地坐了下来。之后便请大夫允许他离开。他有必要再琢磨琢磨。

大家后来才得知，正是在这段时间，他在办公室里露出了心不在焉的迹象，在市政府人员缩减、任务繁重的时刻，这样的迹象被认为十分令人遗憾。他的公务因而受到影响，办公室主任为此严厉责备了他，提醒他说，他领薪水是为了做好工作，而他恰恰没有做好工作。主任说："您似乎在您的工作之外正在卫生防疫队里志愿服务。这与我无关，但与我有关的是您的工作。在这样险恶的情况下，您要有用于社会，首先就应该做好自己的本职工作。否则，您干的一切都毫无用处。"

"他说得在理。"格朗对里厄说道。

"是的，他说得有道理。"里厄表示同意。

"但我心不在焉，不知道怎样才能了结我那句子的末尾。"

他曾想删去"布龙涅"，认为这是人人皆知的。但那样一来，这句子好像把原本与小径联系的东西倒与花连起来了。他也曾考虑是否可能写成"长满鲜花的树林小径"，但他感到随心所欲地把"树林"插在名词和形容词之间真好比肉中扎刺一般难受。有些晚上，他看上去的确比里厄还显得疲惫。

不错，这耗费他全部心血的推敲的确使他疲惫不堪，但他并未因此而少干卫生防疫机构非常需要的累计和统计数字的工作。每天晚上，他都耐心地把卡片整理清楚，用曲线标出来，并不慌不忙地把情况尽量介绍准确。他还经常去里厄工作的某个医院找他，还在一间办公室或卫生所向他要一张桌子。他带着自己的材料在那里坐下来，就像他在市政府的办公桌前坐下来一般。在被消毒药水和鼠疫本身搞得混浊不堪的空气里，他挥动纸张弄干上面的墨迹。他真心诚意地不再考虑他的女骑士，只专心做需要做的工作。

是的，如果说人们总要为自己树立他们称之为英雄的榜样和楷模加以效法，如果说这个故事必须有这么一位楷模，笔者树立的正是这位名不见经传的、虚怀若谷的英雄，他没有别的，只有一颗比较善良的心和一个看似滑稽的理想。这一点将使真理回归原有的位置，使二加二只等于四，使英雄主义恢复它应有的次要地位，从不超越追求幸福的正当要求而只能在此要求之后。这一点还将使这本编年史具有自己的特色，那特色就是用恰当的感情进行叙述，这种感情既非公然的恶意，也非演戏般的令人恶心的慷慨激昂。

这起码是里厄大夫在报上或广播里看到或听到外界呼唤和鼓励这座疫城时的想法。外界通过空运和陆运发来了救援物资，与此同时，每晚还在无线电波里或报纸上向这座孤城发出大量表示怜悯或赞扬的评论。大夫每次一听到那念史诗或演讲竞赛般的腔调就感到心烦。诚然，他也知道这种关怀并非假装出来的，但这样的关怀只能用表示人与人唇齿相依之类的套语表示。而这种语言并不适用于诸如格朗日复一日做出的那份微小努力，也不能道出在鼠疫横行时格朗意味着什么。

有时，到了午夜，冷清的城市寂静无声，里厄大夫在上床作短暂睡眠时拧开收音机。从万里之外的天涯海角传来陌生而友好的声音，域外之人笨拙地试图表达他们休戚与共的感情，他们的确这样说了，但同时也表明他们处在可怕的无能为力的境地，任何人处于这种境地都不可能真正分担自己看不见的痛苦。"阿赫兰！阿赫兰！"这呼叫声穿洋过海，却是枉然；里厄警觉地收听也是枉然，不一会儿便开始了高谈阔论，那样的长篇宏论只能加深格朗和演讲者两个陌生人之间的鸿沟。"阿赫兰！是的，阿赫兰！哦不！"大夫想，"长相爱或共赴死，别无出路。他们太远了。"

灾难正集中全力扑向本市，欲将它彻底掠入魔掌，在瘟疫尚未达到高峰之前，余下尚需叙述的，乃是朗贝尔那样的最后几个人所作的不顾一切而又千篇一律的长期努力，他们之所以拼命，是为了找回自己的幸福或防止鼠疫侵害自己。他们正是以这种方式将威胁着他们的监控企图拒之于门外。尽管表面上这种拒绝并没有别的方式奏效，但笔者认为那样做也确实有它的意义，而且这种方式即使有虚夸的一面，且矛盾百出，仍然显示了当时我们每个人心中的某种自豪感。

朗贝尔正在进行斗争以避免鼠疫把他也囊括进去。他曾对里厄说，在证实自己不可能用合法方式出城之后，他决心采用别种方式。这位记者首先从咖啡店的侍者着手，因为小堂倌永远是个万事通。但朗贝尔最初询问的几个堂倌都只格外熟悉对此类活动极为严厉的惩罚条款。有一次他甚至被人当成了煽动逃跑的肇事者。所幸他后来在里厄家遇上了柯塔尔，事情才算有了点儿进展。那天，里厄同朗贝尔谈到的还是他在各个行政部门奔走毫无结果的事。几天之后，柯塔尔在路上碰到朗贝尔，他同朗贝尔寒暄时表现出了他近来在待人处世中常见的坦荡胸怀。

"仍然没戏？"他问朗贝尔。

"没……没戏。"

"不能指望那些行政单位。那里的人压根儿就不是理解人的料。"

"的确如此。我正在找别的门路，但很困难。"

"噢！"柯塔尔说，"我明白。"

他了解一系列关节，见朗贝尔露出吃惊的神色，他解释说，从好久以前到现在，他一直在光顾阿赫兰所有的咖啡馆，他有一批朋友，所以了解有一个组织专门干这类交易。事实上，柯塔尔后来因入不敷出也参与了配给商品的走私活动。他贩卖走私的香烟和劣质酒，这两样商品的价格不断上涨，使他发了一笔小财。

"您有把握吗？"朗贝尔问道。

"有把握，已经有人向我建议了。"

"那您怎么没有借机出去？"

"别那么多疑，"柯塔尔带着老实巴交的神气说，"我没有借机出去是因为本人不想出去。我有我的理由。"

沉默片刻之后，他接着说：

"您不问问我是什么理由？"

"我想这与我无关。"朗贝尔说。

"的确，在某种意义上这与您无关，但在另一种意义上……总之，只有一件事是明摆着的，那就是我们这里发生鼠疫后，我待在这里自我感觉好多了。"

朗贝尔一面听他讲话，一面问他：

"怎样才能同这个组织取得联系呢？"

"噢！"柯塔尔说，"这可不容易。您跟我来。"

此刻正是午后四点。天气闷热，城里人就像在被慢火烘烤一般。所有的商店都放下了遮阳帘，马路上已见不到行人。柯塔尔和朗贝尔在带拱廊的大街上走着，好久都没有一句话。现在正是鼠疫隐身匿迹的时刻。这样的寂静，这样的毫无色彩、死气沉沉可以说是夏天的景象，也可以说是瘟疫肆虐时期的景象。谁也说不清是灾难的威胁还是灰尘和灼热使空气如此沉闷。必须进行观察和思考才能把这一切同鼠疫联系起来，因为这种疾病只通过负面的迹象显露出来。比如，那位与鼠疫有缘分的柯塔尔就提醒朗贝尔注意，当前狗已在城里绝迹，而通常在这样的时刻，它们应当侧卧在走廊的进出口处，喘着粗气，妄想寻点凉爽。

他们走上棕榈大街，穿过阅兵场，再往海军街区的方向走去。左边，一家漆成绿色的咖啡馆斜撑起一张黄色粗布的遮阳帘。柯塔尔和朗贝尔一边揩着前额一边走了进去。他们在绿铅皮桌子前面的花园的折椅上坐下。店堂里空无一人。苍蝇飞来飞去时发出轻微的嗡嗡声。在台脚长短不齐的柜台上放着一只鸟笼，里面的鹦鹉羽毛下垂，沮丧地停在架子上。墙上挂着几幅陈旧的表现战争的图画，上面积满了污垢和厚厚的蜘蛛网。在朗贝尔面前和所有的铅皮桌子上都有发干的鸡粪，朗贝尔正在纳闷，不知这些鸡粪来自何处，忽然出现了一阵骚动，之后，一只漂亮的公鸡从一个阴暗的角落跳了出来。

到这一刻气温似乎还在上升。柯塔尔脱下外衣，敲敲桌上的铅皮。一个仿佛消失在长大蓝围裙里的矮小男人从店堂尽里头走出来，他远远地一瞧见柯塔尔便同他打招呼，随即猛踢一脚把公鸡赶走，并在咯咯咯的叫声中问两位先生要点儿什么。柯塔尔要了白葡萄酒，同时打听一个叫加西亚的人。据矮人说，已经有好几天没有人见他来咖啡馆了。

"照您看，他今晚会来吗？"

"嘿！"矮人说，"我又没钻进他的肚子！这么说，您熟悉他常来的时间？"

"是的，不过也没什么要紧的事。只不过想给他介绍我一位朋友。"

堂倌在围裙前沿揩揩潮湿的手。

"噢！先生也在做买卖？"

"不错。"柯塔尔说。

矮人用鼻子吸了一口气。

"那么，您今天晚上再来。我这就让孩子找他去。"

出门时，朗贝尔问他究竟是什么买卖。

"当然是走私。他们通过各个城门把商品运进来，然后高价倒卖出去。"

"好哇，"朗贝尔说，"他们有同伙吗？"

"对，有同伙。"

晚上，遮阳帘已卷了起来，鹦鹉在笼里学舌，一些穿衬衫的男人围坐在一张张铅皮桌前。其中有一个人草帽往后戴，白衬衫敞开，露出焦灰色的胸膛。他一见柯塔尔进来便站起身。他五官端正，脸色黝黑，有一双小小的黑眼睛，一口洁白的牙齿，看上去大约三十岁，手上还戴了两三个戒指。

"你们好，"他说，"咱们到柜台去喝酒。"

酒过三巡，大家仍然沉默着。于是加西亚建议：

"要么咱们出去说话？"

他们朝港口的方向走下去，加西亚问两位想让他干什么。柯塔尔对他讲，确切说，他向他介绍朗贝尔并非为了买卖，而只为他所谓的"出去一趟"。加西亚一边吸着烟，一边径直往前走着。他提出一些问题，谈到朗贝尔时管他叫"他"，仿佛没有注意到他也在场似的。

"出去干什么？"

"他妻子在法国。"

"噢！"

片刻之后：

"他干的是哪一行？"

"记者。"

"干这个行当太爱说话。"

朗贝尔没有吭声。

"他是朋友。"柯塔尔说。

他们默默地走着，来到码头，见那里有大栅栏挡住不准出入。于是他们朝一家卖油炸沙丁鱼的小酒店走去，沙丁鱼的香味扑鼻而来。

加西亚作结论说：

"怎么说这事也与我无关，是拉乌尔在管。我得找到他才行，这可不容易。"

"噢！"柯塔尔活跃起来，他问道，"他藏起来啦？"

加西亚没有回答。走近小酒店时，他停下来，第一次转身朝着朗贝尔。

"后天，十一点，在海关营房拐角处，在城市的高坡上。"

他做出要走的样子，但又朝他们两人转过身来。

"这得付费。"他说。

这是在验证对方的态度。

"那当然。"朗贝尔同意说。

片刻之后，记者向柯塔尔表示感谢。

"噢！别谢，"柯塔尔快活地说，"为您效劳我感到高兴。再说，您是记者，有朝一日您也可能还我的情呢。"

过了两天，朗贝尔和柯塔尔沿着一条条毫无树阴的街道朝城里的高坡攀登上去。海关的一部分营房已改成了诊疗所，这时有一群人正站在大门前，他们来此是想探望病人，但不可能获准；或为打听消息，但消息是瞬息万变的。总之，有人聚集就可能有频繁的人来人往，可以设想，加西亚和朗贝尔相约在此见面与这样的考虑不无关系。

柯塔尔说：

"真奇怪，您竟执意要走。总的说，这里发生的一切还是蛮有意思的。"

"对我来说并不如此。"朗贝尔说。

"哦！当然，在这里有危险。但在鼠疫发生之前，大家穿过热闹的十字路口也同样有危险呀。"

这时里厄的汽车在他们身边停了下来。是塔鲁在开车，里厄仿佛正半睡半醒。为给他们作介绍，他才完全醒了过来。

"我们认识，"塔鲁说，"我们住同一个旅馆。"

他主动请朗贝尔搭他们的车回城里。

"不必了，我们在这里有个约会。"

里厄注视着朗贝尔。

"不错。"记者说。

"哦！"柯塔尔吃惊地问，"大夫也知情吗？"

"预审法官来了。"塔鲁一边望着柯塔尔一边提醒他说。

柯塔尔神色大变。果然，奥东先生正顺着街道朝他们这边走过来，他步伐有力而匀称。他经过这一小群人面前时摘了摘帽。

"您好，法官先生！"塔鲁说。

法官也向车里的两人问好，随即看了看站在后边的柯塔尔和朗贝尔，一本正经地向他们点头致意。塔鲁给他介绍了年金收入者和记者。法官望望天，然后叹口气说，这真是个十分可悲的时期。

"塔鲁先生，有人对我说，您在操持预防措施的执行工作。对此我不大敢苟同。大夫，您认为疫病会蔓延吗？"

里厄说，但愿不会蔓延，法官却一再说，应当永远抱有希望，因为上帝的意旨是难以识透的。塔鲁问他，当前的情况是否给他带来了额外的工作。

"恰恰相反，我们称为普通法的有关案件正在减少。我现在只需预审严重违犯新规定的案件。大家还从没有像现在那样遵守老法律。"

塔鲁说：

"那是因为，相比之下，老法律必然显得更宽容。"

法官一反他适才作出的凝望天空的沉思神态，用冷峻的眼光审视着塔鲁。

"那又能怎样？"他说，"重要的不是法律，而是判决。我们对此却无能为力。"

预审法官一走，柯塔尔便说：

"瞧那家伙，他可是头号敌人。"

汽车开动了。

片刻之后，朗贝尔和柯塔尔看见加西亚来到这里。他朝这两人走过来却不打招呼，只以这句话代替问好："得等一等。"

在他们周围，以妇女占大多数的那群人鸦雀无声地等待着。女人们几乎都拎着篮子，妄想请人转交给她们生病的亲人，她们更荒唐的想法是亲人们能够享用这些食品。一些武装哨兵把守着大门，时不时有一声怪叫穿过营房和大门之间的院子传到外面。于是，在场的人们当中有的人转过忧心忡忡的脸来望望诊疗所。

这三个人正在观看那场景时，背后一声清晰而低沉的"你们好"使他们转过身来。尽管天气很热，拉乌尔仍穿得整整齐齐。他身材高大，体魄强健，穿一身双排扣的深色套装，戴一顶卷边的毡帽。他脸色有些苍白，眼睛呈棕褐色，嘴唇绷得紧紧的。他说话快而准确：

"我们进城吧。加西亚，你可以走了。"

加西亚点上一支香烟，任他们远去。朗贝尔和柯塔尔随着夹在他们中间的拉乌尔的步伐大步流星地往前走着。

"加西亚对我说清楚了，"拉乌尔说道，"这事办得到。但无论如何您得为此花一万法郎。"

朗贝尔回答说他可以接受。

"您明天去海军驻地的西班牙饭店同我一起吃午饭。"

朗贝尔说，一言为定，拉乌尔握握他的手，第一次露出了笑容。拉乌尔走后，柯塔尔抱歉说，他明天没空，再说，朗贝尔现在已用不着他了。

翌日，当朗贝尔走进西班牙餐馆时，里面的人全都转过头来瞧他走过去。这个阴暗的地下室在一条被太阳晒得很干的发黄的小巷旁边的低处，来这里用餐的都是男人，其中大多数属于西班牙人那一类型。坐在店堂最里头一张桌子前边的拉乌尔向朗贝尔一打手势，朗贝尔一朝他那里走去，那些人脸上好奇的表情立即消失，他们重又就着菜盘进餐。在拉乌尔那张桌旁还坐了一个瘦高个子的男人，满脸胡楂，特宽的肩膀，马脸，头发稀疏，又细又长黑毛茸茸的双臂从卷起的衬衫袖口伸了出来。把朗贝尔介绍给他时，他点了三下头。拉乌尔没有说出他的名字，谈到他时只叫他"我们的朋友"。

"我们的朋友认为有可能帮助您。他即将让您……"

拉乌尔停下来，因为女招待正走过来问朗贝尔点什么菜。

"他即将让您同我们的两个朋友取得联系，这两个朋友再介绍您认识几个对我们很忠诚的哨兵。但认识了还并未解决全部问题。还得要哨兵亲自判断哪一刻有机可乘。最简易的办法是您在他们哪位家住关卡附近的哨兵家里住上几夜，但事先必须由我们的朋友介绍您接触那些人。一切安排妥当之后，也由他与您结算费用。"

这个朋友再一次点点他的马头，一边不停地切碎西红柿和甜椒拌的生菜，然后狼吞虎咽地吃起来。不一会儿他用略带西班牙口音的法语说话了。他建议朗贝尔在后天早上八点去天主教堂门廊下见面。

"还得等两天。"朗贝尔提醒他说。

"那是因为这事情办起来不容易，"拉乌尔说，"还得找到那些人才行。"

马脸再一次点头称是，朗贝尔却并不热切地同意了。在这顿午餐余下的时间里，大家都在找别的话题。但朗贝尔一发现马脸是个足球运动员时，一切都变得容易了。他自己也经常从事这项运动。于是，大家谈论法国锦标赛、英国职业球队的才华和"W"字形的战术。午餐结束时，马脸异常活跃，他用"你"称呼朗贝尔，硬要他相信，一支足球队的最佳位置是中卫。"你明白，"他说，"中卫，那是安排进球的角色。安排进球，那才叫踢足球呢……"朗贝尔同意这种看法，尽管他一直是踢中锋的。但他们的议论被电台的广播打断了，先播送的是用八音琴轻声奏出的几首令人伤感的乐曲，播音员接着宣布，昨天死于鼠疫的人数为一百三十七人。餐厅里没有谁作出反应。马脸人耸耸肩站了起来。拉乌尔和朗贝尔也跟着起身。

临走时，中卫有力地握住朗贝尔的手，说：

"我叫冈萨雷斯。"

朗贝尔觉得这两天时间真是长得没完没了。他去里厄家里——道出了他进行活动的细节，然后陪里厄去一个病人家里出诊。来到一座住宅门口，见那里有一个可疑的病人在等大夫，他便向里厄告辞。此刻住宅的走廊里响起了奔跑和说话的声音：有人在通报病人家属说大夫到了。

"但愿塔鲁别来晚了。"里厄低声说道。

他看上去很疲惫。

"疫情发展很快吗？"朗贝尔问。

里厄说不是这个问题，统计表上的疫情上升曲线甚至放慢了些，只是与鼠疫斗争的办法还不够多。

"我们缺少物资，"他说，"世界上所有的军队一般都用人来代替物资的不足。但我们也缺少人力。"

"不是从外地来了一些医生和防疫人员吗？"

"不错，"里厄说，"十位医生和一百来个人。表面上看够多了，但这只能勉强对付目前的疫情。瘟疫再蔓延就很不够了。"

里厄侧耳倾听着住宅里边的声音，随后向朗贝尔微微一笑。

"对了，"他说，"您应该快点办成自己的事。"

一抹阴影掠过朗贝尔的脸。

"您知道，"他用低沉的声音说道，"促使我离开的并不是这个。"

里厄回答说他知道，但朗贝尔继续说下去：

"我认为我不是懦夫，至少在多数情况下不是。这一点我是经受过考验的。只是有些想法让我受不了。"

大夫面对面注视着他。

"您一定会和她重逢。"他说。

"也许吧,但我一想到这种情况还要持续下去,这期间她会变老,我就无法忍受。人到三十就开始衰退,必须抓紧一切。我不知道您是否能够理解。"

里厄正低声说他相信自己能理解,塔鲁便到了,显得很活跃。

"我刚去请帕纳鲁加入我们的行列。"

"怎么样?"大夫问道。

"他想了想,同意了。"

"这让我高兴,"大夫说,"知道他本人比他的布道优秀,这让我高兴。"

"大家都这样,只不过要给他们机会。"

他笑笑,再向里厄挤挤眼。

"在生活中给人提供机会,这正是我感兴趣的事。"

"请原谅我,"朗贝尔说,"我得走了。"

在约好的礼拜四,朗贝尔在差五分钟八点来到天主教堂的门廊下。空气还相当清新。天上冉冉飘动着几朵小而圆的白云,可是要不了多久,热气一升腾就会把云朵一下子吞没。草坪已经被晒干,但还在散发淡淡的潮湿气息。在东边房舍的背后,太阳只晒热了广场上的全身镀金的圣女贞德塑像的头盔。一座大钟敲了八下。朗贝尔在冷清的门廊下走了几步。从教堂里传来模糊的诵读圣诗的声音,随声飘来的还有人们熟悉的地窖和焚香的香味。突然，唱诗停了下来。十来个矮小的黑色人影从教堂出来，一路小跑，往城里的方向走去。朗贝尔开始不耐烦了。还有一些黑色的身影在攀登着长长的台阶，朝门廊走来。朗贝尔点上一支烟，随即想起这样的地方也许不准抽烟。

到八点一刻，教堂里的管风琴开始低沉地奏起来。朗贝尔走到阴暗的拱顶下面，过了好一会儿他才在正殿里瞥见那些从他面前经过的黑色的矮小身影。他们都聚集在一个角落里，面前有一个临时搭起来的祭坛一类的台子，台上安放了一座在城内一间雕刻室赶制出来的圣洛克①塑像。那些身影跪在那里，看上去仿佛蜷缩成了一团一团，隐没在暗淡的灰色中，有如一片片凝固的影子，散布在这里那里，略比他们周围模糊的颜色深一些。在他们上面，几架管风琴无休无止地奏着变奏曲。

朗贝尔走出大殿时，冈萨雷斯已经在下台阶，往城里的方向走去。

"我原以为你已经走了，"他对记者说，"这很正常。"

他解释说，他和几个朋友另外有一个约会，在七点五十分，离这里不远，但他白等了他们二十分钟。

"他们肯定是不能分身。干我们这个行当是不会老那么顺心的。"

他建议翌日的同一时间再约会一次，就在亡人纪念碑前。

---

① 圣洛克(1295—1327)，曾献身于缓解瘟疫病人痛苦的工作。后来他本人也病倒在一个僻静的地方，幸亏一只狗发现了他，狗的主人请人看护并治愈了他。他的纪念日是 8 月 16 日。

朗贝尔叹了口气，将毡帽向后推了推。

冈萨雷斯笑了笑，作结论说：

"这不算什么，你想想进球之前必不可少的所有那些计谋、进攻和传球吧。"

"那当然，"朗贝尔又说，"但一场球只进行一个半钟头。"

阿赫兰的亡人纪念碑坐落在惟一能看到大海的地方，那是个沿着悬崖散步的去处，距俯临海港的悬崖不远。第二天，朗贝尔首先前来赴约，他专心地读着战死沙场的亡人的名单。片刻之后，两个男人走过来，漠不关心地看了看他，然后走到散步的地方，靠在护栏上，瞧那神气仿佛在出神地观看空荡荡冷清清的码头。这两人的高矮一模一样，都穿了蓝长裤和短袖的海军蓝棉毛衫。记者稍走远几步，然后坐在长凳上，这样才能不慌不忙地观察那两个人。他发现他们肯定到不了二十岁。这时，他瞧见冈萨雷斯正一边抱歉一边朝他走过来。

"那就是我们的朋友。"他说，随即把记者引到那两个年轻人身边，介绍他们的名字，一个叫马塞尔，一个叫路易。从正面看，他俩非常相像，朗贝尔认为他们是兄弟。

"好了，"冈萨雷斯说，"现在大家都认识了。我们把那桩事情作些安排。"

马塞尔或路易说他们的值勤日两天以后开始，要持续一个礼拜，必须寻找一个最合适的日子。守西城门的一共有四个人，另外那两个是职业军人。当然不能把他们牵扯进这件事，他们不可靠，再说那也会增加费用。不过，有些晚上，这两个同事要去他们熟悉的一家酒吧的后店堂玩几个钟头。因此，马塞尔或路易建议朗贝尔先住在他们家，就在城门附近，在那里等候别人去找他。那样，出城会非常容易。然而必须抓紧时间，因为最近大家都在谈论准备在城外设立双岗哨的事。

朗贝尔表示同意，并把他最后的烟卷请他们吸了几支。还没有开口说话的那一位便问冈萨雷斯，费用问题是否已经谈妥，他们是否可以提前支取一些。

"不行，"冈萨雷斯说，"没有必要，这是朋友。费用问题在出发时解决。"

他们决定再约会一次。冈萨雷斯提议两天后去一家西班牙饭店吃午饭。从那里可以径直去哨兵的家。他对朗贝尔说：

"第一天晚上我跟你做伴。"

翌日，朗贝尔上楼回自己的房间时，在旅馆楼梯上遇见了塔鲁。

"我还要去和里厄碰头，"塔鲁对朗贝尔说，"您想不想一道去？"

朗贝尔迟疑一会儿说道：

"我从来没有把握是否打扰了他。"

"我认为您没有打扰他，他经常谈到您。"

记者思忖着说：

"听我说，晚饭后你们如果有一点儿空闲时间，晚点儿不要紧，请你们俩来旅馆的酒吧一趟。"

"这取决于他，也取决于鼠疫。"塔鲁说。

不过，晚上十一点，里厄和塔鲁还是走进了那间又小又窄的酒吧。三十来个人肘碰肘地挤在那里高谈阔论。刚从疫城的静默中来到这里的他俩感到有点晕头转向。看见这里还在卖烧酒，他们便明白了这种拥挤吵嚷的缘由。朗贝尔在长柜台的一头从他坐着的高凳上向他们打招呼。他们分别坐在朗贝尔的两边，塔鲁平静地推开一个大声嚷嚷的邻座。

"您不害怕烧酒吧？"

"不，"塔鲁说，"恰恰相反。"

里厄用鼻子嗅着他酒杯里的苦药味。在这样嘈杂的环境里根本不可能谈话，朗贝尔却仿佛格外专心地在喝酒。大夫还不能判断他是否醉了。他们待的狭窄去处还有两张桌子，一个海军军官占了其中的一张，他左右胳膊分别挽着一个女人，正在向一个满脸通红的胖子讲述埃及发生的一次斑疹伤寒瘟疫："营地，"他说，"给那些土著建了些营地，病人有帐篷，周围有一道防疫封锁线，哪个家庭企图偷偷送来偏方土药，哨兵就朝它开枪。很严酷，但那是正确的。"另外一张桌子周围坐着几个风度翩翩的青年，他们的谈话令人费解，而且湮没在搁得高高的电唱机放送的英语歌曲《圣詹姆斯诊疗所》的节拍里了。

"您还满意吧？"里厄提高声音问道。

"快了，"朗贝尔说，"也许就在这个礼拜。"

"真遗憾。"塔鲁叫着说。

"为什么？"

塔鲁看看里厄。

"噢！"里厄说，"塔鲁这么说，是因为他觉得您留在这里也许对我们有用。但我呢，我非常理解您离开的愿望。"

塔鲁请他们再喝一杯。朗贝尔从自己坐的高凳上下来，第一次正面注视着他。

"我在哪方面可能对你们有用？"他问。

"好吧，"塔鲁说着不慌不忙地伸手拿起他的酒杯，"在我们的卫生防疫队里。"

朗贝尔又露出他惯常的若有所思的固执神情，随即再坐上他的高凳。

"您似乎认为这些防疫队没什么用？"塔鲁喝了一口酒之后说道，同时认真地望着他。

"非常有用。"记者说着喝了一口。

里厄注意到他的手在发抖。他想，这记者显然是完全醉了。

翌日，朗贝尔第二次走进那家西班牙餐馆，他从一小群男人中间穿过去。那群人把椅子搬到门口，正在那里欣赏炎热刚开始退去时的清爽的金色黄昏。他们吸一种呛人的烟草。餐馆里边几乎空无一人。朗贝尔进去坐在最里头那张他和冈萨雷斯初次见面时坐的桌子前。他对女招待说他要等人。现在是十九点三十分。外面那些人逐渐回到餐厅坐了下来。开始上菜了，于是，低矮的扁圆拱顶下到处是刀叉碰撞声和低沉的谈话声。到二十点了，朗贝尔仍然等着。灯亮了，已经有一些新来的顾客坐到他的桌边。他点了菜。二十点三十分时，他吃完晚饭，冈萨雷斯和那两个兄弟仍然没有到。他吸了几支烟。餐厅渐渐空了下来。外面，夜色降临十分迅速。从海上吹来一阵湿热的微风，轻轻掀起了落地窗的帘子。到二十一点，朗贝尔发现已经人去厅空，女招待正吃惊地望着他。他付了钱，出去了。餐馆对面有一家咖啡馆还没有打烊。朗贝尔进去坐在长柜台前，一边注意餐馆门口的动静。到二十一点三十分，他朝自己的旅馆走去，琢磨着怎样才能再找到冈萨雷斯，他没有此人的地址，再琢磨也枉然。一想到必须从头开始奔走他便心慌意乱。

就是在这一刻，在不时有救护车一闪而过的夜里，他意识到，正如他后来告诉里厄大夫的，在这段时间，他在某种程度上一直把他的妻子抛在脑后，从而一心一意地在造成他们夫妻咫尺天涯的围墙上寻找缺口。也是在这一刻，一旦所有的道路都被堵死，他又在欲念的中心把妻子重新找了回来，而且突然感到撕裂般的痛楚，使他朝自己的旅馆跑了起来，以躲避这难以忍受却又随附其身的啃蚀着他太阳穴的痛感。

翌日清晨，他又赶到里厄那里，问他怎样才能找到柯塔尔。

"我现在要做的事，"他说，"只能是一步步地重头做起。"

"您明天晚上来这里，"里厄说，"不知为什么，塔鲁要我邀请柯塔尔。他大约十点到。您十点半来。"

第二天，柯塔尔来到里厄家时，塔鲁正和大夫谈论大夫那里发生的一起意外的病愈事件。

"十个当中出一个。算他运气。"塔鲁说道。

"哦！好呀，"柯塔尔说，"他得的不是鼠疫。"

这两位向他保证说，的确是这个病。

"他既然治愈了，那就不可能是。你们比我清楚，鼠疫是不治之症。"

"一般说，是这样，"里厄说，"但稍微坚持一下，也会发生意想不到的事。"

柯塔尔在笑。

"发生不了。你们今晚听到公布的数字了吗？"

一直宽厚地望着这个年金收入者的塔鲁回答说，他知道那些数字，情况十分严重，但这一切说明了什么呢？说明还需要采取更特殊的措施。

"嘿！你们已经采取了。"

"不错，但还需要每个人都为自己采取措施。"

柯塔尔看看塔鲁，不理解他的话。塔鲁说，毫无作为的人太多，瘟疫关系到每个人，人人都应该尽自己的责任。卫生防疫志愿组织的大门是为所有的人开着的。

"这是一种想法，"柯塔尔说，"但这种想法没用。鼠疫太厉害了。"

塔鲁用耐心的口吻说：

"在我们把所有办法都试过之后，我们才知道厉害不厉害。"

在他们谈话期间，里厄一直在写字台前抄卡片。塔鲁说话时始终注视着在椅子里焦躁不安的柯塔尔。

"您为什么不来和我们一起工作，柯塔尔先生？"

这一位带着被触怒的神情站起来，拿上他的圆帽，说：

"我不是干这行的。"

接着，他用虚张声势的口气说：

"再说了，在鼠疫里我活得舒坦，我！我看不出我有什么理由掺和进去，让鼠疫停止。"

塔鲁拍拍额头，恍然大悟：

"哦！真的，我忘记了，如果没有鼠疫，您早被逮捕了。"

柯塔尔惊得不由自主地一抖，连忙抓住椅子，好像马上要跌倒。里厄停止抄写，注视着他，看上去又严肃又关心。

"是谁告诉您的？"年金收入者叫着问。

塔鲁显出吃惊的样子，说：

"是您自己呀。起码大夫和我是这样理解的。"

见柯塔尔一下子狂怒到极点，连话也说不清楚，塔鲁补充说：

"别那么激动嘛！又不是大夫和我要揭发您。您那些事与我们无关。再说，我们从来就不喜欢警察。好了，坐下吧。"

年金收入者看看椅子，迟疑一会儿，坐下了。片刻之后，他叹口气，承认说：

"他们重新搬出来的，是一件陈谷子烂芝麻的事。我还以为都忘记了呢。但其中有一个人讲出来了。他们便传唤了我，告诉我，在调查结束之前，我得随叫随到。我明白，他们末了一定会抓我。"

"事情严重吗？"塔鲁问道。

"那得看您指什么。无论如何，那不是凶杀。"

"会坐牢还是强迫劳动？"

柯塔尔显得垂头丧气。

"要是我运气好，会坐牢……"

但片刻之后，他又用激烈的口气说：

"那是个错误。谁都会犯错误嘛。一想到我会因此被抓走，会离开我的家、我的习惯和我熟悉的人们，我就受不了。"

"噢！"塔鲁问道，"就为这事您想出了去上吊？"

"对，那当然是干了蠢事。"

里厄这才初次开口说话，他告诉柯塔尔，他理解他的忧虑，但也许一切都会顺利解决。

"哦！我知道我暂时没什么可害怕的。"

"看得出来，"塔鲁说，"您不会参加我们的防疫组织。"

柯塔尔用手把帽子转来转去，抬头用犹豫不决的眼神看看塔鲁：

"没有必要生我的气。"

"肯定不会，"塔鲁笑着说，"但至少您尽可能别去故意传播细菌。"

柯塔尔抗议说，他并没有希望发生鼠疫，鼠疫就这么来了，如果说疫病使他的事得到暂缓处理，这可不是他的过错。当朗贝尔来到门口时，这位年金收入者正用非常有力的声音补充说：

"此外，我的想法是，你们什么结果也得不到。"

朗贝尔得知柯塔尔也不知道冈萨雷斯的地址，不过，总还可以回到那家小咖啡馆。他们约定翌日再会面。见里厄表现出想知道情况的愿望，朗贝尔邀请他和塔鲁在本周末夜里随便什么时候去他的房间。

早上，柯塔尔和朗贝尔去到那家小咖啡馆，留话给加西亚，请他晚上赴约，如果不能分身，则改为明天。当天晚上，他们白等了一阵。第二天，加西亚来了。他不声不响地听朗贝尔讲他遇到的一连串麻烦事。他对此一无所知，但他知道，有些街区为了核查户口已实行二十四小时封锁。可能是冈萨雷斯和那两个青年无法通过禁止通行的护栏。但他能帮的忙只是重新让他们与拉乌尔取得联系。当然，这件事也只能在两天之后才办得到。

"我看得出，"朗贝尔说，"一切都得从头开始。"

到第三天，在一条街的街角，拉乌尔证实了加西亚的揣测。对近海街区实行了封锁。必须重新与冈萨雷斯取得联系。两天之后，朗贝尔同那位足球队员一道吃午饭。

"这太蠢了，"冈萨雷斯说，"当时就该商量一个重见的办法。"

朗贝尔持相同的看法。

"明天早上咱们去那两个小伙子家里，怎么也得想法把一切办妥。"

翌日，小青年不在家。他们留话第二天中午在中学广场见面。塔鲁在下午遇见了朗贝尔，这位记者回到旅馆时的表情使塔鲁感到震惊。

"进行得不顺利？"塔鲁问他。

"好不容易重新接上了头。"朗贝尔说。

他再一次邀请他们：

"今晚来吧。"

晚上，这两位走进他的房间时，他正躺在床上。他起来后，斟上事先准备好的酒。里厄接过自己那一杯，问他是否进行顺利。记者说他重又绕了整整一圈，现在到达了当初那个地点，他很快就会进行最后一次会晤。他喝口酒，补充道：

"当然，他们是不会来的。"

"没必要把这当成规律。"塔鲁说。

"您还没有理解我的意思。"朗贝尔耸耸肩说。

"您指什么？"

"鼠疫。"

"噢！"里厄插进来。

"不，你们不明白，问题在于重新开始。"

朗贝尔走到屋角，打开一台小型唱机。

"那是什么唱片？"塔鲁问，"我听过这张唱片。"

朗贝尔回答说，那是英语的《圣詹姆士诊疗所》。

放唱片的中间，他们听见远处响了两下枪声。

"对付一条狗或一次逃逸。"塔鲁说。

片刻之后，唱片唱完，这时救护车呼叫的声音变得清晰，而且越来越大，在旅馆房间的窗户下经过之后，逐渐缩小，最后消逝了。

"这张唱片没趣味，"朗贝尔说道，"再说，我今天已是第十次听它了。"

"您就这么喜欢这一张？"

"不，但我只有这一张。"

过一会儿：

"我对你们讲，问题在于重新开始。"

他问里厄，防疫组织的活动进行得如何。已经有五个防疫队在工作，希望能再建立一些。记者坐在他的床上，仿佛在操心他的指甲。里厄仔细观察着他那缩在床边的粗短壮实的身影。他突然发现朗贝尔也在注视他。

"知道吗，大夫，"朗贝尔说，"我经常在想你们那个组织。如果说我没有同你们一道，那是因为我有我的理由。别的方面，我相信我还是会全力以赴的。我参加过西班牙战争。"

"为哪边而战？"塔鲁问道。

"为战败的一方。不过，自那以后，我作过一些思考。"

"思考什么？"塔鲁问。

"思考勇气问题。现在，我知道人可以建立丰功伟绩。但如果他不能具有强烈的感情，我对他就不感兴趣。"

"大家的印象是，这样的人无所不能。"塔鲁说。

"不对，这样的人不善于受苦，或不善于长久地享受幸福。因此说，他干不了任何有价值的事。"

朗贝尔看看他们，接着说：

"哦，塔鲁，您能为爱情而死吗？"

"我不知道，但我觉得目前不能。"

"是这样。而您却能为某种理念而死，这一点谁都看得出来。而我呢，我对为理念而死的人们感到厌烦。我不相信英雄主义，我知道那很容易，而且我听说那已经造成大量死亡。我感兴趣的是，人活着，并为其所爱而死。"

里厄一直在专心地听朗贝尔说话。他目不转睛地注视着记者，同时温和地对他说：

"人并不是一种理念，朗贝尔。"

朗贝尔从床上跳下来，面孔激动得通红。

"就是一种理念，一种短暂的理念，从他背离爱情那一刻就开始变成理念了。确切地说，我们再也不能够爱了。咱们认命吧，大夫。等待变得能爱的那一天吧，如果真的没有那一天，咱们就等待全面解脱，但别扮演英雄。对我而言，也就到此为止了。"

里厄带着刹那间变得厌倦的神情站起身来。

"您说得有道理，朗贝尔，完全有道理，我再怎么也不想让您放弃您要做的事，我认为那是正确的，是好事。但我也有必要告诉您，这一切里面并不存在英雄主义。这只是诚实问题。这个概念可能会引人发笑，但与鼠疫斗争的惟一方式只能是诚实。"

"诚实是什么？"朗贝尔说，态度忽然严肃起来。

"我不知道诚实在一般意义上是什么，但就我的情况而言，我知道那是指做好我的本职工作。"

"哦！"朗贝尔狂热地说，"我不知道我的本职工作是什么。也许我选择爱情实际上是错了。"

里厄正面对着朗贝尔：

"不，"他有力地说，"您没有错。"

朗贝尔沉思着看看他们。

"你们两人，我猜想你们在那一切里面不会丢失什么。这样，站在好的方面就容易些。"

里厄一口饮尽杯里的酒。

"走吧，"他说，"我们还有事要办。"

他出去了。

塔鲁跟着他，但在走出去那一刻，他好像改变了主意，便转身朝记者走过来，对他说：

"您知道吗，里厄的妻子正在离这里几百公里的一家疗养院疗养？"

朗贝尔表示吃惊，但塔鲁早已离开了。

翌日，一到上班时刻，朗贝尔就打电话给大夫：

"接不接受我和你们一道工作，直到我有办法出城为止？"

电话线那头默不作声，接着：

"接受，朗贝尔。我谢谢您。"

第三部

就这样，鼠疫的囚犯们整个礼拜都在竭尽全力进行搏斗。看得出来，他们当中有些人，比如朗贝尔，竟想像自己是在以自由人的身份行动，以为他们还有选择的余地。然而，事实上——此刻可以说出来了——在八月中旬，瘟疫已经覆盖了一切。这一来，再也不存在个人的命运了，只有鼠疫这个集体的经历和休戚与共的感情。其中最强烈的是离情和放逐感，以及这些感情所包含的恐惧和愤慨。这说明为什么笔者认为，在这酷热和疫病的高峰期，最好能以概括的方式举一反三地把幸存同胞的过火行为，把埋葬死者的情况以及情侣们生离死别的痛苦描写一番。

正是在那一年的盛夏，疫城刮起了大风，而且一连刮了好几天。阿赫兰的居民最怕这种风，因为它一刮起来就长驱直入，横扫城市所在地的高原，而且气势汹汹地钻进大街小巷。连续几个月滴雨未下，与清凉无缘的城市盖了一层厚厚的灰土，大风一吹，灰土便像鳞片一般剥落下来。于是，热风掀起灰尘和纸片的滚滚浪潮，拍打着日益稀少的散步的人。只见他们在马路上加快脚步，往前弯着腰，用手帕或用手捂着嘴巴。过去每到晚上，人们都喜欢聚在一起，因为害怕每个日子都可能是末日，便尽量把日子拖长；现在街上遇到的却是小群小群急着回家或进咖啡馆的人。因此，几天以来，在比平时提前降临的暮色里，大街上冷冷清清，只有风在不停地呜咽。从波涛汹涌的永远看不见的大海，升起一股海藻和盐的气味。于是，这个冷僻的、被尘土染得灰白的城市，这个浸透了海洋味而又狂风怒号的城市像一个不幸的孤岛，发出痛苦的呻吟。

此前，鼠疫的受害者在外城街区远比城中心多，因为外城人口更密集，各种起居设施都更差。然而，现在瘟神似乎一下子靠近了繁华商业区，同样在那里安家落户了。居民责怪大风，认为是它把传染菌运送到了那里。"大风把事情搅乱了。"旅馆经理说。但无论如何，城中心街区的居民明白，现在轮到他们了，因为他们在夜里听到救护车的喇叭声在附近响得越来越频繁，使鼠疫那无精打采的、阴沉沉的召唤在他们窗下鸣响。

就在城中心，有人打算把某些受鼠疫侵袭格外严重的街区隔离起来，只允许执行公务必不可少的人出入。一直在那里居住的人们肯定会认为这个措施是故意刁难他们，不管怎样，他们都会把自己和别的街区以及可以自由来往的人对比起来考虑。反之，那些尚可以自由来往的人在危难时刻一想到别的人比他们更不自由时，又从中得到一些安慰。"总有比我更受束缚的人。"这句话便概括了当时能够抱有的惟一的想法。

大约就在这个时期，火灾变本加厉，有增无减，尤其在西城门附近的娱乐街区。有消息称，那是一些从四十天检疫隔离期满回家的人干的，那些人被丧事和灾难弄得惊慌失措，便放火烧掉自己的房屋，幻想鼠疫能因此而灰飞烟灭。厉风助火势，放火之频繁使一些街区整个处于无休无止的危险当中，而要同这种行径作斗争却十分困难。尽管一再论证，当局组织进行的住宅消毒足以排除传染的危险，但仍无济于事，因此，必须颁布极为严厉的命令，惩罚那些无知的放火犯。毫无疑问，并非害怕坐牢的想法本身，而是全体居民一致深信不疑的"坐牢等于死刑"的考虑使那些不幸的人却步，因为有记录显示，本市牢狱里的死亡率极高。当然，这种深信不疑也并非没有根据：由于明显的原因，鼠疫似乎特别喜欢穷追猛打习惯于过集体生活的人们，如士兵、修道士或囚犯。虽然在押的人有的被隔离，监狱仍然是一个群体。在市立监狱，无论狱卒抑或犯人都在患疫病。从鼠疫的高度来看，从监狱长到最后一个犯人，大家都被判了刑，而且，也许是破天荒第一次，绝对公正在牢狱里占了优势。

当局试图引进等级制度以冲淡这种平均化的现象，想出了封看守们为尽忠职守为国捐躯的烈士这样一个主意，但那是白费心计。由于城市处在戒严状态，从某种角度看，狱卒可以视为被军事动员的人，所以给他们追赠了军功章。然而，即使在押的人没有表示任何不满情绪，军方也并不看好此事，他们完全有理由指出，这样做，在公众思想上会产生令人遗憾的混乱。他们的要求得到了满足，于是，当局考虑，最简便的办法是授予可能死亡的看守以瘟疫纪念章。但对已追赠军功章的看守来说，生米已煮成熟饭，根本不可能收回勋章，而军界又在继续坚持他们的观点。另一方面，就瘟疫纪念章而言，它的弊病在于，接受它的人不可能像接受军功章的人那样感到精神振奋，因为在瘟疫肆虐时期，得到这样一枚纪念章太平常了。结果是哪方面的人都不满意。

另外，监狱部门不可能像宗教当局，更不能像军事当局那样行事。本市惟一两座修道院的修道士事实上都临时分散住到虔诚信徒的家里了，同样，每次只要可能，一些小股部队便从军营里分出来，驻扎在学校或公共建筑大楼里。因此，表面上，疫病迫使居民同病相怜唇齿相依，同时却割断了他们传统的联系，使每个人重新陷入孤独境地，因而造成了人人自危的局面。

可以想像，这一切景况再加上大风，当然也会使某些人头脑发热、焦灼不安。每到夜里，各城门又重新受到多次进攻，而且现在已是武装结伙进攻了。曾发生过交火，有人受伤，也有人逃亡。岗哨的兵力加强了，逃亡的企图停止得相当快速。但这种企图却足以在城里刮起一阵急剧的变革之风，这股风已引起了几桩暴力事件。有些出于防疫原因而燃烧或关闭的房屋被抢劫了。实话实说，很难设想这些行为都是预先策划的。在大多数情况下，是某个突发的偶然事件促使一些原先一直很正派的人干出应当受到申斥的勾当，并且立即被人加以效法。这样一来，有些狂怒的人便在某个痛苦得发呆的房屋主人眼皮底下冲进他正在燃烧的房屋。见屋主人无动于衷的神情，许多看热闹的人也亦步亦趋，跟了进去，于是，在这条黑暗的马路上，借助火灾的微光，可以看到一些逐渐减弱的火苗以及被肩上扛的物件或家具弄得变了形的人影往四面八方逃窜。正是这些事故逼迫当局将宣布瘟疫状态和宣布戒严进行比较，从而实施相应的法律。枪毙了两个偷盗犯，但此举是否能起到杀一儆百的作用值得怀疑，因为当时死亡的人那么多，两人被执行枪决是引不起注意的：那简直是沧海一粟。事实上，类似的场面经常重现，而当局并没有准备干预的样子。惟一使人印象深刻的措施是实行宵禁。从夜里十一点开始，全市一片漆黑，变成了一座石头城。

在月色如洗的天幕下，可以看见城里一排排整齐而微微发白的山墙，以及一条条笔直的街道，这些街道不曾有过黑黑的树影，也没有闲逛者的脚步声和狗吠声打破它的静谧。这一来，这座寂寥的大城市只能算是一个个毫无生气的笨重立方体拼凑起来的庞然大物，在那些立方体之间，只有已被遗忘的慈善家或已被青铜封杀的昔日的伟人沉默的塑像，还在以他们的石头或铜的假面孔让大家想起人死之后光彩尽失的样子。这些平庸的偶像在浓浓的夜幕下，在死气沉沉的十字路口摆出庄严的模样，其实只是些冷漠的毫无理性的家伙，他们相当形象地代表着我们已经进入的僵化的独裁统治时期，起码代表这个统治时期最高的秩序，即一座大古墓的秩序，在这座大古墓里，鼠疫、石头和黑夜最终会窒息所有的声音。

所有人的内心也都像黑夜一般忧郁，而人们转述的关于丧葬问题的传闻无论是真实情况还是无稽之谈，都不是为了让我们的同胞放心。因为很有必要谈及丧葬，笔者也只好为此而抱歉了。他清楚地感到有人在这方面可能责备他，而他能为自己辩解的惟一理由是，在那段时间一直都有丧葬活动；而且可以说，就像所有的同胞一样，他也在被迫操心丧葬问题。无论如何，这并非缘于他对这类仪式很有兴趣，恰恰相反，他更热中的倒是活人的世界，举个例子，他更喜欢洗海水浴。但总的说来，海水浴已经被取消，而活人的世界也一天到晚都在害怕被迫向死人的世界让步，那一切都是显而易见的事实。当然，人们仍旧可以尽量不去看它，可以蒙上眼睛，将它拒之于千里之外，但明显的事实具有一种可怕的力量，这力量最终必然卷走一切。您有什么办法，比如，在您心爱的人们需要埋葬的那天去拒绝丧葬？

好吧，一开始，我们那些葬礼的特点乃是快速！所有的礼节都简化了，而且，就一般而言，殡仪馆那一套全都取消了。病人死在远离家庭的地方，而且禁止夜间的礼仪性守灵，因此，在夜间离开人世的人都孤单地度过那一夜，死在日间的人则立即被掩埋了。当然要通知家属，但在大多数情况下，家属如果曾在病人身边生活过，都处在防疫隔离期，没有行动自由。即使家属不曾同死者在一起，他们也只能在指定的启程去墓地的时刻到达那里，那时，遗体已经清洗过并放进棺材了。

我们姑且假定这套仪式是在里厄管理的附属医院里进行。医院设在一所学校，校内的主楼后边有一个出口。那里有个面向走廊的很大的杂物堆放处，里面放着棺材。死者家属就在这个走廊里找到了惟一一个已经盖好的棺材。于是，立即进入最重要的程序，即是说，院方要一家之长在一些文书上签字。然后把遗体放进一辆汽车，这汽车或者是真正的货车，或者是大型救护车改装的车。家属们登上一辆批准运行的出租车，于是，几辆汽车以飞快的速度经过几条外马路来到墓地。几个宪兵在大门口就让车队停了下来，在官方批准的通行证上盖一个章，没有盖章的通行证，就不可能到同胞们叫做最后栖身地的去处。盖完章，宪兵闪开，车队开到一块四方形的土地旁边停下，这块地上的许多墓穴正等着人们来填满呢。一位教士前来迎接遗体，因为教堂已经取消了殡葬服务。在祈祷声中，有人把棺材抬下来，用绳子捆好，拖到坑边，棺材往下滑，碰到了坑底，教士便把洒圣水的瓶子晃来晃去，这时，泥土已开始在棺材盖上跳动了。为了喷洒消毒药水，救护车先走一步，在一铲一铲的黏土落地的声音越来越低沉时，家属们再钻进出租车。一刻钟之后，他们又回到自己的住处。

就这样，一切都的确是以最快的速度最小的危险性进行着。当然，至少在开始时，家庭的伦理亲情因此而明显受到伤害。然而，在鼠疫流行时期，是不可能考虑这一类理由的：因为大家都为效率而牺牲了一切。一开始，百姓为这些做法在精神上感到痛苦不堪，因为想葬得体面的愿望比人们想像的要普遍得多，但过些时候，随着食物供应问题变得棘手，居民的注意力幸好转为操心最紧迫的事了。他们全神贯注在排队、走门路、为吃饭而办手续之类的事情上，再也没有时间去琢磨周围的人如何死去，他们自己某一天又如何死去。这一来，原先应该是件坏事的物资紧缺的困难，后来竟表现为好事了。倘若瘟疫不再像那样有目共睹地继续蔓延下去，一切都有可能处于最佳状态。

棺材变得越来越稀有，用作裹尸布的布匹和公墓的墓穴也很紧缺。有必要深思熟虑了。出于效率的考虑，最简便的办法是集中举行葬礼，并在必要时增加医院和墓地之间往返运送的次数。至于里厄的诊疗所，此时此刻医院只有五个棺材可供使用。一旦放满遗体，救护车便将其运走。到了墓地，棺材腾出来，铁灰色的尸体放到担架上，送到专门为此拾掇出来的库房等候。棺材浇了防腐溶液之后再送回医院，于是再照此程序进行，需要多少次就来回多少次。组织工作十分顺利，省长显得很满意。他甚至对里厄说，归根到底，与历史记载的以往鼠疫流行时期由黑人拉堆死人的大车相比较，这样做好多了。

"是的，"里厄说，"埋葬方式相同，但我们却登记了卡片。进步是不容置疑的。"

尽管行政当局成绩斐然，如今这一套葬礼具有的令人极不愉快的特性仍然迫使省府将死者家属拒之于仪式门外。不过也还允许他们来到墓地门口，但，这并不是正式的。因为，举行最近那次葬礼时，情况已有一些变化。在墓地尽头一块长满乳香黄连木的空地上，挖了两个特大的墓坑，一个埋男人，另一个埋女人。从这个角度看，政府还算遵守礼仪，只是在很久以后，迫于形势，才丢掉了这最后的惧怕伤风化的考虑。于是，无论男人女人，都一股脑儿人重人埋在一起，再也顾不得体面了。所幸这极端的混乱只是这次灾难最后时刻的标志。在我们谈到的那段时间，分葬墓穴还存在，而且省府非常坚持这一点。在每个墓穴底部，厚厚的一层生石灰沸腾着，冒着烟。在墓穴周边，堆放着同样的生石灰，石灰的气泡在流动的空气里劈啪作响。在救护车运送完毕后，人们便把排成队的担架抬到坑边，让一个一个光身的有点弯曲的尸体滑到坑底，差不多是并排躺下，这时，开始给他们盖上生石灰，然后盖泥土，但只盖到一定的高度，因为还得给后来的宿主留下地盘。翌日，死者家属应邀在丧葬记录簿上签名，此举标志出人，比如，与狗之间可能具有的区别：什么时候都可以检验。

这一切行动都需要人手，而人手却永远处于匮乏的边沿。护士和掘墓人一开始还是官方的，后来便临时拼凑，而这些人后来很多都死于鼠疫了。无论采取什么样的预防措施，总有一天会传染。但仔细考虑起来，最令人惊奇的是，在整个瘟疫流行期，从来都不缺干这一行的人。危急时期正好在鼠疫达到高峰之前不久，里厄大夫的忧虑因此有了依据。无论是干部还是他叫做干粗活的人，人手都显得不够。然而，从鼠疫真正席卷全城那一刻起，它的肆虐本身反而引来了给人方便的结果，因为它打乱了全部的经济生活，从而造成了大批的失业者。在多数情况下，失业者对招聘干部不可能提供人力，但找人干粗活脏活却容易多了。的确，从那一刻起，贫穷一直显得比恐惧更厉害，尤其因为那种活计越危险工资越高。各卫生防疫机构都可以有一张求职者的名单，一旦遇上休假，就通知名单上的第一批求职者，除非在此期间那些人也在休假，他们一定会招之即来。这样，一直下不了决心使用有期徒刑或无期徒刑犯人来干此类工作的省长就可以避免走这个极端了。只要还有失业者，他就同意再等等。

勉勉强强拖到八月末，这之前我们的同胞还能够，虽不说体面地，起码相当有序地被运到他们最后安息的地方，这种有序可以使政府意识到自己还在尽职尽责。然而，必须将后来发生的事情稍稍提前，才能报道当局不得不采取的最后手段。实际上，从八月开始，鼠疫就处于相持阶段，死难者积累的数字远远超过我们那小型公墓的负荷能力。推倒围墙，给死人开通道朝周围延伸都无济于事，还得尽快找出别的办法。起初决定夜里掩埋死人，这样做，一下子就免去了对亡人的某些尊重。救护车上尸体越堆越高。几个在宵禁之后还违章滞留在外城区的行人（或因工作去那里的人）有时会看见长长的白色救护车队从那里高速开过，使静夜寂寥的大街回响着它们那并不清亮的铃声。尸体被匆匆扔进坑里。死人们还没有停止摇晃，一铲铲的生石灰便冲他们脸上撒下来，泥土不管他们姓甚名谁，将他们埋在越挖越深的洞穴里。

不过，晚些时候就不得不另找地盘并拓宽原有的空间。省府的一纸命令剥夺了永久性出让墓地占有人的所有权，挖出来的遗骸被运往火葬场。不久，死于鼠疫的人自己也不得不被送去火化。这一来就得起用位于东城城门外的焚化炉。防疫小分队因此分布得更远，市府的一位公务员建议利用原先跑沿海峭壁道路而目前无用武之地的有轨电车来跑这段路，这就大大方便了当局的工作。为此，人们将电车的拖车和车头收拾出来，撤去了座位，并把轨道转向焚化炉附近，那里便成了终点站。

在整个夏末那段时间，秋雨绵绵，每到深夜，都能看见一列列无乘客的奇怪的电车摇摇晃晃地行驶在沿海峭壁轨道上。居民们到最后才知道是怎么回事。尽管巡逻队禁止上峭壁道路，还是有一群一群的人经常溜到俯瞰大海的岩石之间，趁电车经过时将花抛进拖车里。那时，在夏夜里，总能听到满载鲜花和死人的车辆还在那里颠簸。

每到清晨，起码在头几天，一种令人作呕的浓烟笼罩着东城的街区。医生们一致认为，这种烟雾虽然让人不舒服，却并不会危害任何人。然而，这一带的居民立即威胁说要逃离这些街区，他们相信鼠疫会乘烟雾从天上袭击他们，于是不得不通过一种复杂的管道系统转移烟雾的方向，居民们这才安静下来。不过，在刮大风的日子里，一股从东边吹来的淡淡的臭味仍然提醒他们，他们正处于前所未有的情况之下，鼠疫的火焰每晚都在吞食着他们纳的税。

瘟疫最严重的后果正在于此。幸好后来瘟疫没有继续蔓延，否则可以设想，政府各部门的精明、省府采取的预防措施，甚至焚化炉的焚化容量总有一天会应付不了局面。里厄知道，上头因此而在考虑诸如抛尸大海一类的不顾一切的解决办法，他很容易想像出蓝色的海水将溅起怎样可怕的浪花。他也知道，如果统计数字继续上升，再优秀的组织都将无法抵御，人们会不顾省府的禁令，跑过来死在人堆里，腐烂在大街上，全城的居民都会看见，在公共场合，垂死的人紧紧抓住活着的人，表情里透出合情合理的仇恨，以及愚蠢的希望。

无论如何，正是这种现实的明白无误性，或曰对现实的感知使同胞们保持着流放感和别离感。在这方面，笔者非常清楚，自己不能在此报道一些真正戏剧性的东西该多么令人遗憾，比如报道人们在老故事里常见到的某个鼓舞人心的英雄或某个辉煌的壮举。原因是灾祸比任何东西都更不壮观，而且，巨大的祸患时间之长本身就十分单调。在历经灾害的人们的记忆里，鼠疫期间的恐怖日子并不显得像无休无止的残酷的火焰，却更像没完没了的重重的踩踏，将它所经之处的一切都踩得粉碎。

不，鼠疫与在瘟疫伊始时一直触动着里厄大夫的那些崇高的令人振奋的图景毫不相干。它最初体现出来的乃是一套谨慎的、无懈可击的、运转良好的行政措施。正因为如此，顺便说说，为了不背弃什么，尤其不背弃自己，笔者才倾向于客观描写。他几乎不想通过写作技巧的作用来改变任何东西，除非关系到这个结构大致紧密的叙述本身的基本需要。正是客观性本身迫使他此时此刻这样讲：如果说那个时期最大的痛苦，最普遍也最深切的痛苦是关山阻隔，如果说将瘟疫的那个阶段重新描写一番在良心上是责无旁贷的，那么，这一点也同样真实：在那时，那种痛苦本身正在失去它哀婉动人的一面。

我们的同胞，起码是那些最受离别之苦的同胞对那种景况是否已习惯成自然了？要肯定这一点并不完全正确；说他们无论在精神上或肉体上都饱受枯竭之苦倒更确切。鼠疫伊始时他们还能清楚忆起他们失去的人儿并思念再三。但，如果说他们能清晰地回忆心爱之人的音容笑貌，回忆他们俩事后才意识到是很幸福的某一天，他们却很难想像，当他们回忆往事的那一刻，在天涯海角的亲人能做些什么。总之，在那一刻，他们拥有记忆力，但却缺乏想像力。在鼠疫的第二阶段，他们连记忆力都失去了。并非因为他们忘记了亲人的面容，而是因为——这也一样——那已不再是有血有肉的面容，他们在体内已感觉不到亲人的存在。头几个礼拜，他们还想抱怨，在他们做爱这类事情里，他们接触的只是些影子，后来，他们发现，那些影子还可能变得越来越干瘪，连记忆里保存的最淡的色彩都会无影无踪。经过这漫长的别离期，他们再也想像不出自己亲身经历的那种亲情，也想像不出怎么可能有一个人曾在自己身边生活，而且自己随时可以用手抚摩那个人。

从这个角度看，他们已进入了鼠疫时期的正常生活秩序，这种秩序越是不好不坏就越有效力。我们当中已不再有人满怀豪情，谁的感觉都同样平淡。"这一切该结束了，"同胞们说，因为在灾害肆虐时期，希望集体的痛苦早日结束是很正常的，也因为他们的确在希望苦尽甘来。然而，谈论这一切既没有热情，也没有最初那种激烈的愤懑情绪，只有大家还保持着的一点儿清醒的头脑，而这清醒的头脑也很贫乏。头几个礼拜那种猛烈的激情被一种沮丧的情绪替代，把这种沮丧情绪看成逆来顺受可能犯错误，但它却真是一种临时性的认同。

我们的同胞已循规蹈矩，就像有人说的，他们已适应了，因为他们别无他法。当然，他们对不幸和痛苦还有自己的态度，但谁也感觉不到最尖锐的痛苦了。此外，比如里厄大夫就认为，上述这种情况才是真正的不幸，习惯于绝望比绝望本身还要糟糕。从前，远隔天涯的人们并非真不幸，在他们的痛苦里还有一线使人感悟的光明，但这一线光明已然消逝了。如今，只见他们待在街角，待在咖啡馆或朋友家里，平静而又心不在焉，眼神显得那样无聊，以至整个城市因为有了他们看上去就像一座候车大厅。那些有职业的人也是照鼠疫的样子在干活，小心翼翼，不露声色。所有的人都显得谦虚谨慎。受别离之苦的人们第一次不忌讳谈起远隔天涯的亲人，第一次不厌烦用众人的语言讲话，并从瘟疫统计的角度来审视他们的离别。在此之前，他们一直怯生生地避免把自己的痛苦和集体的不幸混淆起来，如今，他们已接受了这种混淆。没有记忆，没有希望，他们在现时里安顿了下来。事实上，他们的一切都变成了现时。很有必要提一提，鼠疫已夺走了所有人谈情说爱甚至交友的能力。因为爱情要求些许未来的曙光，而对我们来说，只存在当前的瞬间。

当然，那一切都不是绝对的。因为，如果说所有的离人都难免落入这种状况，也应该公允地补充一句，他们并非同时到达这种境地，而且，一旦采取了这种新的态度，也还存在一时间的灵机一动，改变主意或突然清醒都可能使有毅力的人重新得到一种更新鲜也更痛苦的敏锐感觉。要那样就必须有一些分心消遣的时刻，这时，他们拟订着某个计划，而且计划包含着鼠疫可能停止的内容。还需要他们在好心情的作用下意外地感到被一种毫无目的的忌妒心攫住了。还有些人也会突然产生一种新生的感觉，一周之内的某几天，当然是星期天、星期六下午，他们骤然脱离了迷迷糊糊的状态，因为亲人在家时，那两个日子总是用来参加某些宗教仪式的。或许还有这种情况：黄昏降临时，攫住他们的惆怅心情提醒他们（这种提醒并非总能得到证实）说，他们即将恢复记忆。傍晚的这个时刻正是信徒们反省的时间，这个时刻于囚犯或被放逐之人却十分难熬，因为他们除了空虚别无反省的内容。这个时刻会使他们紧张一会儿，随即再回到原来的麻木状态，躲进鼠疫里闭门不出。

谁都明白，这意味着放弃他们纯属私人的一切。在鼠疫伊始的日子，他们老为一些他们认为十分重要的小事而激动，在生活中从不注意别人——他们就那样体验个人生活——如今恰恰相反，他们只关心别人关心的事，他们只想众人之所想，在他们看来，连他们的爱情都只有最抽象的一面了。他们陷进鼠疫陷得那么深，有时竟只在睡梦中怀抱希望，无意中发现自己在想："淋巴结炎，该结束了！"实际上他们正在酣睡，而这整个时期都无非是一次漫长的睡眠而已。城里到处是醒着的睡梦中人，实际上他们只有很少的几次能够逃脱这样的命运，那就是夜间。当他们已愈合的伤口突然重新崩开的时刻，他们骤然惊醒，有点儿心不在焉地摸摸轻度发炎的创口边缘，刹那间重新陷入猛然更新了的痛苦之中，与痛苦相伴的，还有他们所爱之人惊慌的面容。到清晨，他们再回到灾难里，即是说，回到老一套里去。

有人会问，这些关山阻隔的人看上去像什么？好吧，这很简单，他们什么也不像。或者，如果你喜欢这么说，他们像所有的人，彻头彻尾的一般神态。他们分享着城里的平静，分担着全城无谓的烦躁不安。他们不再有批判意识的痕迹，同时却赢得了冷静的表象。你可以见到，比如，他们当中最有智慧的人装得像所有的人一样，在报纸或广播里寻找理由，以此相信鼠疫即将结束；表面上看，他们怀着虚幻的希望，或一读某个记者闲得无聊、随便写下的评论便毫无根据地感到害怕。其他方面，他们喝啤酒或照顾病人，什么活也不干或忙得筋疲力尽，理理卡片或听听唱片，人人如此，不分轩轾。换句话说，他们对什么都不选择了。鼠疫已消灭了人们的价值判断力。这一点从人的生活方式可见一斑：谁都不在意自己购买的衣服或食品的质量了。大家都囫囵接受一切。

作为结束，可以说，那些咫尺天涯的人们再也没有最初起保护作用的那种奇特的与众不同之处了。他们已失去爱情的利己主义，以及从爱情利己主义中获取的好处。至少在目前，形势已很清楚，灾难关系到每一个人。在各城门响起的阵阵枪声里，在标志我们生死节奏的一下一下的印戳声里，在登记造册的屈辱性的死亡所经历的大火、填卡、恐惧和例行手续中，在令人不寒而栗的烟雾和救护车的铃声里，我们所有的人都吃着同样的流放饭，等待着同样毫无把握而又激动人心的团聚和太平。我们的爱情无疑还一直存在着，但老实说，这爱情业已毫无用处，沉重得难以负担，它滞留在我们身上，像犯了罪或判了刑一般毫无希望。只剩下了没有前途的、耐心而执著的等待。从这个观点看，我们有些同胞的态度让人想起全城各处食品店门前排的长队。同样的顺从，同样的坚忍，既无尽期，又无幻想。只是在应用到离情别愁上时，还应当把这种感情状态提高千百倍，因为那是另一种渴望，一种可以吞噬一切的渴望。

不管怎样，假如有人想对本市关山阻隔的亲人们的精神状态有一个准确的概念，就必须重新回顾笼罩着那无树城市的残阳如血、尘土飞扬的永无变化的傍晚，那时，男男女女都纷纷拥上大街小巷。奇怪的是，传到仍沐浴着阳光的各咖啡馆露天座的，已不再是通常组成城市语言的车水马龙和机器轰鸣声，而是异乎寻常的嘈杂脚步声和低沉的说话声，即由阴沉的天际传来的灾祸的呼啸标出节奏的千百双鞋底痛苦的嚓嚓声，总之，是那逐渐充满整个城市的无休无止、令人窒息的沉重脚步声，它夜复一夜，以最忠实最忧郁的音调呼应着那盲目的执著之情，这种情绪终于在我们心中取代了爱情。

第四部

在九月和十月这段时间里，本市始终屈缩在鼠疫的淫威之下。前面曾经谈到，那时的情况毫无进展，因此，数十万人仍旧周复一周地在原地踟蹰，而且没完没了。轻雾、炎热和淫雨在天空轮番登场。一群群南来的椋鸟和斑鸠无声地翱翔在高高的天空，但总是绕过这个城市，仿佛帕纳鲁神甫描述的灭顶之灾，即那根怪异的长矛，正在千家万户上空旋转着、呼啸着，让鸟儿们远远离开此地。十月伊始，暴雨一次次冲刷着大街。而在这期间，除了那不寻常的停滞局面，没有发生丝毫更重大的事情。

里厄和他的朋友们这才发现他们疲惫到了什么程度。事实上，卫生防疫队的人员再也无法忍受这种疲劳了。里厄是在注意到朋友们和他自己身上正在滋长一种奇怪的冷漠态度时才发现这一点的。比如，先前一直极为关心涉及鼠疫的所有消息的人们对此再也不闻不问了。朗贝尔曾临时受命领导不久前设在他所住旅馆内的一间检疫隔离室，他对自己监管的人数了如指掌，对那些突然显出疫病感染迹象的人们组织紧急撤离的方式方法的细节也胸有成竹，而且把为检疫隔离者注射血清有效率的统计数字铭记在心，但他却说不出每周死于鼠疫的人数，也不清楚鼠疫究竟在蔓延还是在消退。而无论情况如何，他自己却始终保持着有朝一日逃离此地的希望。

至于别的人，他们日日夜夜沉浸在自己的工作里，所以既不看报，也不听广播。如果有人向他们宣布防疫结果，他们装出感兴趣的样子，但实际上却心不在焉，冷漠对待，其冷漠和心不在焉的程度令人想起那些参加大战役的士兵，他们在修筑工事时累得筋疲力尽，只顾得着别在每日的本职工作里有所懈怠，再也无力去盼望什么决战、什么停战日了。

一直在搞必要的鼠疫统计的格朗当然不可能指出总的结果。他和显然经得起疲劳考验的塔鲁、朗贝尔、里厄恰恰相反，向来身体欠佳，而他却在市府助理的工作之外，还兼任里厄的秘书并继续自己夜间的活儿。因此，人们见他总是处在身心交瘁的状态，支撑他的是两三种固定的想法，诸如鼠疫过去后休个大假，起码一星期，到那时就可以实实在在、"恭恭敬敬"地干他正在干的事。他有时也心血来潮，禁不住深深动情，在这种情况下，他会主动向里厄谈起让娜，心里琢磨在那一刻她可能在什么地方，倘若她常读报纸，她是否会想念他。有一天，正是同他在一起时，里厄在无意中发现自己在用最平常的口吻谈起自个儿的妻子，这可是他迄今为止从未做过的事。他妻子发来的一份份电报总让他安心，他只好相信，但他现在没有把握了，于是决定给妻子正在疗养的医院的主任医生发一份电报。回电通报说，这位女病人的病情加重了，但他们保证尽一切努力制止病情继续恶化。他一直把这个消息深埋心底，从未对人说起过，现在连他自己也说不清楚，他怎能把消息透露给格朗，除非是因为太疲倦了。这位政府职员先对他谈到让娜，之后，便问到他的妻子，里厄这才作了回答。"您知道，"格朗说，"如今这种病完全可以治好。"里厄同意他的看法，只是说，他开始感到他们的离别太长了，他也许本可以帮助她战胜疾病，而她现在却只能孤军作战。他说到这里便沉默下来，对格朗提出的问题也只是含糊应对。

其他的人也处于同样的状态。塔鲁比较顶得住些，但他的记事本表明，如果说他的好奇心在深度方面并没有减弱，但这种好奇心却已失去了它的多样性。原来，在整个这段时间，他看上去好像只在关心柯塔尔。自从他所在的旅馆改成防疫隔离室后，他已搬到里厄家暂住，晚间，他不大听格朗或里厄说明统计结果，总爱立即把话题引到他一向关心的阿赫兰市民生活的细节上去。

至于卡斯特尔，有一天，他前来向里厄大夫宣布血清已经准备停当，于是，他俩决定在奥东先生的小儿子身上作首次试验，小家伙刚入院，里厄认为他的病情似乎无可挽救了。里厄正向他的老朋友通报最近的统计数字时，发现对方已在他的扶手椅里沉沉地睡了过去。他面前这张平常爱露出温和、嘲讽神气从而显得永远年轻的脸庞突然变得十分放松，一缕口水流到他微微张开的唇边，暴露出他的衰弱和老迈。里厄感到喉咙发紧。

正是这种脆弱促使里厄意识到自己有多么疲惫。他的敏感不由他分说便脱缰而出了。多数时间这种敏感都一直被他束缚、凝固，从而枯竭了；得相隔很长时间它才爆发出来，并让他备受激情主宰而再也不能自拔。他惟一的抵御办法是躲藏到

"硬心肠"里去，把他心中编织的结收得紧而又紧。他很清楚，这是能继续工作下去的好方法。对其余的事，他并不抱很大的幻想，而且他的疲惫正在使他尚存的那些幻想逐渐消失。他明白，在他还看不到尽头的这段时间，他的职责已不再是治愈病人。他扮演的角色只是诊断、发现、观察、描述、登记，然后判死刑，这就是他的任务。病人的妻子往往抓住他的手腕尖叫："大夫，让他活下去！"然而，他去那里并非为了让人活下去，他去那里是为了命令大家隔离。他在那些人的脸上看到了仇恨，那又于事何补？"您没有心肝！"一天，有人这么对他说。不，他有，正是他的心肝帮助他忍受这每天二十小时的劳累，在这二十小时里，他眼睁睁看着那些天生为活下去的人们一个个死去；正是他的心肝支撑他每天重新开始工作。今后，他的心肝也就只够干这点儿事了。这心肝怎能让人活下去呢？

不，他成天提供给人们的不是救援，而是有关的情况。当然，这不能叫职业。然而，说到底，在这备受恐怖折磨而且大量死亡的人群里，谁能有余暇去干自己的本行？能劳累还算是幸运呢。倘若里厄精神更好，那到处散发的死亡气息定能让他变得多愁善感。然而，一天只睡四小时的人是不会多愁善感的。人总是按照事物的本来面目看待事物，即是说，按照公道原则看事物，按那丑恶的、可笑而又可怜的公道原则。而别的人，那些判定必死的人们，也完全体会到了这一点。在鼠疫肆虐之前，人们将他里厄视为救星。他用三片药和一个注射器解决一切问题，人们顺着过道送他出来时都会紧紧挽住他的胳膊。那样着实使人感到愉快，但也有危险。如今，恰恰相反，他去各家都得带上士兵，还必须用枪托猛敲大门才能让那家人下决心开门。仿佛他们恨不得把那全家，把整个人类都拖过去和他们一道进棺材似的。啊！的的确确，人总离不开人，他自己也和那些不幸的人一样失去了许多，他也应当得到别人的怜悯，因为在离开那些人时，他总听任怜悯之情在自己心里滋长起来。

在一周接一周的没完没了的日子里，这至少是同离情别绪一起使里厄大夫心神不安的一些想法。他看到这类想法也在他的朋友们脸上反映出来。所有持续进行抗疫斗争的人都逐渐心力交瘁了，然而，这种心力交瘁最危险的后果还不在于他们对外界发生的事情以及别人的喜怒哀乐无动于衷，而在于他们听任自己漫不经心、疏忽大意。原来，他们已表现出这样的倾向：凡是他们认为并非绝对必要的行动，以及他们自以为力所不及的事，他们都退避三舍。结果，这些人竟越来越忽视他们自己制定的卫生规则，而且忘记了他们自身消毒的众多规定中的某些条款，有时甚至在没有采取预防传染的措施时就赶到肺鼠疫病患者那里去，因为他们都是在最后的节骨眼儿上被叫去感染者家里的，他们赶去之前就觉得疲惫已极，无力再转到某个地方去滴注必要的预防药物。这才是真正的危险，因为正是同鼠疫进行的斗争使他们成了最易受感染的人。总之，他们是在赌运气，而运气并非属于每个人。

城里却有一个人看上去既不心力交瘁，也不灰心丧气，而且一直保持一副春风得意的鲜活模样。此人就是柯塔尔。他对一些人继续保持着距离，却并不中断与其他人的关系。他选中了塔鲁，见塔鲁工作之余一有空，他就去看望他。一方面因为塔鲁对他的情况了如指掌，另一方面塔鲁善于诚挚地接待这位矮小的年金收入者，从不怠慢。这永远是一个奇迹，塔鲁无论怎样劳累，都显得和蔼可亲，对人关怀备至。有些晚上他甚至完全累垮了，但第二天他会重新精力充沛。"我同他谈得来，"柯塔尔曾对朗贝尔说过，"因为他是条汉子。我们总能互相理解。"

因此，在那个时期，塔鲁的日记内容逐渐集中到了柯塔尔这个人物身上。塔鲁曾试图按照柯塔尔告诉他的实情或按照他自己的理解勾画出柯塔尔对事物的反映和他的思考。这篇标题为《柯塔尔与鼠疫的关系》的记事占了日记好几页，笔者认为在此作一个扼要的介绍不无裨益。塔鲁对这位矮个儿年金收入者总的看法可以归纳在这句评语里："那是个正在提高自己的人物。"起码从表面看上去，他的心情正越来越好。他对事态的发展趋势并无不满，有时，他在塔鲁面前以这类评语来表达他内心深处的想法："当然，情况并没有好转，但至少大家是在风雨同舟嘛。"

"的确，"塔鲁补充写道，"他同别人一样受到威胁，但准确地说，他是在和别人一道承受威胁。另外，我可以肯定，他其实并不认为他会染上鼠疫。看起来，他是靠着下面这种想法在过日子，再说这想法也并不愚蠢：一个人重病在身或忧心如焚时，会同时免受任何别的疾病或忧虑纠缠。'您注意到没有，'他对我说，'一个人不可能身患好几种病？假如您得了重病或不治之症，严重的癌症或者肺结核，您永远不会染上鼠疫或斑疹伤寒，肯定染不上。而且，还有更妙的现象呢：谁也没有见过癌症患者死于车祸。'这种想法无论正确与否，却让柯塔尔保持着好心情。他惟一不情愿的事是同大伙儿分开。他宁可同大家一起被围困，却不愿当单身囚徒。一闹鼠疫，什么秘密调查呀，档案、卡片呀，密令、紧急逮捕呀，都顾不上了。确切说，再也没有警察局、再也不谈新老罪行了，再也没有罪犯，有的只是被鼠疫判了刑并等待着它最专横的赦免的人们，这些人中有些就是警察。"因此，按照塔鲁的说法，柯塔尔有充分的理由用他宽容而又可以理解的满意眼光来看待同胞们忧心忡忡和惊慌失措的表现，他那样的眼光可以用这句话来表达："你们尽管说下去，这种滋味儿我在你们之前就尝过了。"

"我对他说，想不脱离别人，说到底只有一个办法，那就是问心无愧，我说也白搭。他恶狠狠地瞪着我，对我说：'照您这么说，就永远没有人能和别人相处。'接着他又说：'我告诉您，您可以那么说，但要让人们凑在一起，惟一的办法还是给他们送去鼠疫。不信您看看您的周围。'其实，我非常明白他想说什么，也明白他对现今的生活该感到怎样适意。"他怎能看不出别人对现实的反应随处都同他的不谋而合？诸如：人人都试图让大家同自己在一起；有时人们殷勤地给迷途的过路人指路，有时又对人家极不耐烦；人们争先恐后地拥进豪华饭店，心满意足地待在那里，久久不肯离去；每天有大群大群的人乱糟糟地挤在电影院门前排队，所有的剧院和舞厅都人满为患，人潮有如汹涌的海潮，直涌入一切公共场所；人们对一切接触都退缩犹豫，但对人类热情的渴求又驱使他们互相接近，男男女女，相扶相倚。显然，柯塔尔在他们之前就已经历过这一切。女人除外，因为，他那副模样……我设想，当他意识到自己想去妓院时，为了别闹个低级趣味，引来非议，遂克制住了。

"总之，鼠疫使他如鱼得水。鼠疫将一个不堪孤独的人培育成了它的同谋。因为，很明显，这确是一个同谋，而且是一个兴致勃勃的同谋。他对所见到的一切都点头称是，诸如惶惶不可终日的人们的迷信、毫无道理的恐惧、动辄火冒三丈的脾气；那些人回避谈及鼠疫而又谈个不停的怪癖；得知此病以头疼开始之后稍一头疼便惊慌失措面色苍白的模样；他们遇事或怒形于色或暴跳如雷的反复无常的敏感性，这种敏感性使他们往往把别人的遗忘当作冒犯，为丢失一颗短裤纽扣而如丧考妣。"

塔鲁常常和柯塔尔一道在晚间出门。后来，他在笔记本里记述他俩在傍晚或夜间如何走进黑压压一片的人群里，他们仿佛被那摩肩接踵、若隐若现的群众吞没了。在那里，每隔好长的距离才有一盏灯发出难得的亮光，他俩伴随那群人走向寻欢作乐的温暖地方，那里可以使人们抵御鼠疫的寒冷。柯塔尔在几个月之前去公共场合寻求的东西，亦即奢侈豪华的生活，他梦寐以求却得不到满足的东西，也就是放荡的享乐生活，如今全城人民都在趋之若鹜。物价全面上涨，难以控制，与此同时，人们却从没有像现在这样一掷千金；尽管多数人生活必需品奇缺，人们却从没有像现在一样穷奢极欲。为闲得无聊的人开办的游艺场所层出不穷，而所谓的闲得无聊也无非是失业现象的反映而已。塔鲁和柯塔尔有时花不少工夫跟在某一对男女身后，假如在过去，那一对对的男女总会竭力掩盖他们之间的关系，如今，他们却紧紧依偎在一起，在全城招摇过市，对周围的人群视而不见，情之所钟，忘乎所以。连柯塔尔也为之动情，说："啊，好大胆的家伙！"在群众性的狂热中，在周围的人们豪扔小费的丁当声中，在男男女女打情骂俏的把戏面前，柯塔尔喜笑颜开，高谈阔论。

不过，塔鲁认为，柯塔尔这种态度并没有多少恶意。他那句"这种滋味我在他们之前就尝过了"与其说表明了他的得意，不如说表明了他的不幸。塔鲁写道："我认为他开始心疼那些被困在天地间、城墙内的人了。比如，一有可能，他就主动对那些人解释说，那东西并没有那么可怕。他曾对我说：'您听听他们都说了些什么，鼠疫过去后我要干这，鼠疫过去后我要干那……他们不安安生生过日子，倒去自寻烦恼。他们甚至不明白自己的优势。难道我能说，一旦被捕，我要干这干那，我？被捕只是个开始，还不是结束呢。而鼠疫……您想听我的意见吗？他们倒霉，是因为他们没有听其自然。我可没有胡说八道。'"

"他的确没有胡说八道，"塔鲁补充道，"他准确地评论了阿赫兰市民的矛盾心理，那些人一方面深感使他们互相接近的热情是多么必要，但同时又不能全身心投入这种热情，原来他们互存戒心，从而互相疏远。他们都很明白，不可轻信邻居，邻居能在你不知不觉间利用你忘情的那一刻把鼠疫传给你。当一个人像柯塔尔那样把时间花在寻觅伙伴又想从中找出可能告密的人时，他一定会理解这种心情。他也会包容那些在生活中持有这种想法的人：鼠疫会在旦夕之间降临到人们头上，也许它趁你庆幸自己还平安无事时正在磨刀霍霍呢。即使有这种可能性，柯塔尔在恐怖中生活仍能行若无事。正因为他早在别人之前对那一切已有所感受，我相信他不会完全像那些人一样体会惴惴不安的心情折磨人有多么残酷。总之，他也跟我们这些尚未死于鼠疫的人一样，清楚感到他的自由和他的生命每日都濒临毁灭，但他毕竟经历过恐怖，所以他认为轮到别人来尝尝恐怖的滋味，这很正常。说得更准确些，他感到那样就比他单独承受恐怖要轻松些。他正是在这点上犯了错误，因此他比别人更难被人理解。但说到底，正是这一点使他比别人更值得大家理解。"

末了，塔鲁以下面这个故事来结束这段笔记，这段记述表明柯塔尔和鼠疫患者都同时具有一种独特的心态。这件事几乎可以重现当时令人难以忍受的气氛，因此笔者十分重视。

当天，他们俩去市立歌剧院观看正在公演的格鲁克的歌剧《俄耳甫斯》①，是柯塔尔邀请塔鲁。该剧团是在春天鼠疫发生

---

① 《俄耳甫斯》，系德国音乐家格鲁克(1714—1784)根据希腊神话故事谱写的歌剧。俄耳甫斯是善弹竖琴的诗人和歌手，曾借助音乐战胜许多困难。他妻子欧律狄克死后，他追到阴间，用音乐感动了冥后普西芬尼，她答应他把欧律狄克带回人间，条件是一路上他不得回头。将近地面时，他回头看妻子是否跟着他，因而使妻子重新堕入阴间。

伊始时来到本市演出的。剧团被疫病封锁之后，只得与歌剧院签约，每星期重演一场《俄耳甫斯》。于是，数月以来，每个星期五，市立歌剧院里都回荡着俄耳甫斯椎心泣血的悲歌和欧律狄克回肠九转的呼喊。而且这部歌剧继续受到观众的青睐，票房价值极高。柯塔尔和塔鲁坐在最贵的座位上，俯临着被本城的义人雅士挤得水泄不通的正厅。看得出来，刚到的人正在竭力避免吃闭门羹。在炫目的幕前灯光下，乐师们在小心翼翼地调着音，这时，一个个人影清晰地突现出来，他们从一排座位走到另一排，彬彬有礼地弯着腰。在格调高雅的交谈产生的嗡嗡声里，人们正在恢复几小时前他们走在城里黑暗的大街小巷时业已失去的自信。服饰正在赶走鼠疫呢。

第一幕自始至终由俄耳甫斯演唱，他唱得缠绵悱恻，十分自如。几个穿长裙的妇女亲切地议论着他的不幸，他是用小咏叹调歌唱爱情的，场内观众以适当的热情态度作出反应。大家几乎没有察觉俄耳甫斯在第二幕的唱腔里带了一些原本没有的颤音，他在用眼泪祈求冥王同情时，悲伤得也有些过分。对他的某些不由自主的急剧而不连贯的动作，连最警觉的行家竟也认为那是独具一格，使演员的表演大放异彩。

等到第三幕俄耳甫斯和欧律狄克表演二重唱（即欧律狄克避开她的爱人那一刻）时，大厅里才出现某种讶异的波动。仿佛这位歌手一心等待的正是观众这样的波动，或者，更确切些说，仿佛正厅里发出的喧声恰好肯定了歌手此刻的感受，他立即选中这一刻，用滑稽动作朝舞台前的脚灯走过去，不顾身穿的古装，在幕后一片牧歌声中，四仰八叉地倒在地上。那幕后牧歌一向被认为早已过时，但在观众看来，它在此刻才第一次变得不合时宜，不合时宜得令人生厌。与此同时，乐队停止了演奏，正厅里的观众已在起身慢慢撤离。起初，他们默不作声，好像刚做完弥撒从教堂走出来，或刚参加了葬礼从灵堂出来，妇女们整整衣裙，垂着头走路，男人们挽着女伴的手臂引导她们别碰了折叠坐椅。然而，人流的移动逐渐加快了速度，悄悄话变成了大声喧嚷，人群拥往出口，在那里挤做一团，后来竟互相冲撞，尖声叫喊起来。柯塔尔和塔鲁到这一刻才站起身，现在就剩他们俩站在那里了，在他们眼下是一幅当时生活的画面：舞台上是以四仰八叉的蹩脚演员面目出现的鼠疫；而大厅里则是以被遗忘的折扇和红色坐椅上凌乱的花边形式出现的已变成废物的奢侈品。

九月份的头几天，朗贝尔一直在里厄身边认真地工作。他只请过一天假，因为他必须在这一天去市立男中的大门前会见冈萨雷斯和那两个小伙子。

那天中午，冈萨雷斯和朗贝尔看见那两个青年笑嘻嘻地来到学校门前，他们说，上次运气不佳，不过本应该预料到这种情况。不管怎么说，这星期轮不到他们值班，所以还得耐心等到下星期。到那时再从头做起吧。朗贝尔说正是这么回事。于是，冈萨雷斯建议下星期一再会面。但这次要把朗贝尔安排住在马塞尔和路易家里。"我们俩约一个时间，如果我没去成，你直接去他们家。有人会告诉你他们家住哪儿。"但这时马塞尔或路易说，最简单的办法是立即领这位朋友到他们家去。他如果不挑剔，有够四个人吃的东西。这一来，他就知道地址了。冈萨雷斯说，这个主意极好，于是，他们往港口走去。

马塞尔和路易住在海军所在街区的尽头，靠近通往哨壁的山口。那是一座西班牙式的小屋，墙壁很厚，木质外板窗上了油漆，有几个毫无装饰的阴暗的房间。桌上有米饭，是由两个小伙子的母亲，一位满脸皱纹的笑眯眯的老太太端上来的。冈萨雷斯很吃惊，因为城里已经缺少大米了。"靠近山口总有办法的。"马塞尔说。朗贝尔吃着，喝着，冈萨雷斯说他确实是朋友，而他却只顾想他还不得不停留的那一个星期。

事实上，他还得等两个星期，因为警卫已改成两星期换一次班，以便减少值班班次。在这半个月里，朗贝尔不停地工作，从不吝惜自己，可以说是闭着眼睛在干，从黎明到夜晚。他总在深夜才躺下，但睡得很沉。从平时的懒懒散散骤然过渡到令人精疲力竭的劳作，这使他几乎没有精力去幻想。他很少谈及他即将出逃的事。只有一个事实值得一提：一星期过去之后，他对里厄大夫交心说，头天夜里他第一次喝醉了。他走出酒吧时，突然感觉他的腹股沟肿胀起来，双臂在腋窝周围转动也很困难。他想，一定是染上鼠疫了。他当时只能有一个反应——他和里厄一致认为这反应并无道理——，那就是飞跑到本城的最高处，在那里，从一个见不到大海但可以看见更开阔天空的狭窄位置上狂呼自己的妻子，让呼喊声越过一道道城墙。回到住处之后，他并没有发现身上有什么感染的迹象，于是对自己这次意想不到的神经性发作感到不怎么样。里厄说，人完全可能有这样的行为，他对此十分理解：

"无论怎样，"他说，"人有时会有这么做的需求。"

在朗贝尔离开之际，里厄突然补充说：

"今天早上奥东先生对我谈到您。他问我是否认识您，他说：'劝他不要与那伙走私贩子经常来往，他正引起别人注意呢。'"

"这是什么意思？"

"意思是要您赶快办。"

"谢谢您"，朗贝尔握住大夫的手说。

他走到门口一下子转过身来。里厄发现，从鼠疫开始到现在，他第一次笑了笑。

"您为什么不阻止我走？您可是有办法阻止的。"

里厄用习惯的姿势摇摇头，说，这是朗贝尔个人的事，他选择幸福，而他里厄并没有什么理由加以反对。在这件事情上，他感到自己没有能力判断孰好孰坏。

"在这种情况下，为什么催我抓紧办？"

轮到里厄笑了。

"也许因为我个人也有为幸福出点儿力的需求吧。"

翌日，他俩再也没有说什么，只在一道工作。到下一个星期，朗贝尔总算住进了那座西班牙式的小屋。他们在共用的那间屋子里为他支了一张床。那两个年轻人不回家吃饭，而且人家请他尽量少出门，所以，大多数时间他都一人独处，或同西班牙老太太聊聊天。老太太人很干瘦，但很勤劳，她成天穿一身黑衣服，在整洁的白发下面是她布满皱纹的棕色的脸。她沉默寡言，只在注视朗贝尔时，眼里才洋溢着笑意。

还有几次，她问他怕不怕把鼠疫传给他的妻子。他想，有这种风险，但风险并不大，然而，留在城里，他们就可能永远关山阻隔。

　　"她体贴人吗？"老太太笑问道。

　　"非常体贴。"

　　"漂亮吗？"

　　"我认为漂亮。"

　　"噢，原来就为这个！"她说。

　　朗贝尔沉思起来。当然是为这个，但又不可能只为这个。

　　"您相信上帝吗？"老太太问，她每天上午都去做弥撒。朗贝尔承认说他不信教，于是老太太又说，原来就为这个。

　　"应该回去和她团聚，您做得对。否则您还有什么想头呢？"

　　其余的时间，朗贝尔就沿着初涂灰泥的光秃秃的墙壁转圈子，摸摸钉在隔板上的一面面扇叶，或数数垂在台布边上的绒球。到了晚上，两个年轻人才回家，除了说说"还不到时候"，他俩一直寡言少语。晚饭后，马塞尔弹吉他，大家喝加茴香的甜烧酒，朗贝尔看上去像在思考问题。

　　星期三，马塞尔回家时说："定在明天半夜，你准备好。"同他们一起执勤的两个人，一个染上了鼠疫，另一个平时同他住一个房间，所以在接受隔离观察。因此，在两三天内，只有马塞尔和路易值勤。当天夜里，他们要去处理最后的一些细节。到第二天，就有可能走了。朗贝尔表示感谢。"您高兴吗？"老太太问他。他说高兴，但心里却在考虑别的事情。

翌日，天气又闷热又潮湿，令人窒息。疫情方面也只有坏消息。不过，西班牙老太太却很泰然。"世上罪孽太多，所以注定会这样！"她说。朗贝尔也跟马塞尔和路易一样光着上身。但无论他干什么，汗水都沿着他的双肩和胸脯淌个不停。屋里百叶窗紧闭着，在半明半暗中，他们的上身看上去仿佛涂了一层棕褐色的油漆。朗贝尔默默地转着圈子。他在下午四点钟突然穿上衣服，宣称他要出门。

"当心，时间定在半夜，一切都准备就绪了。"马塞尔说。

朗贝尔来到大夫家里。里厄的母亲告诉他，可以在城里高地医院找到她的儿子。在医院的门卫面前，还是那群人在转来转去。一个长着金鱼眼的中士一再说："别停在这儿！"人群动步了，但仍旧在转圈子。中士的汗水已湿透了衣裳，他对大伙说："没什么好等了。"大家也这么看，但尽管闷热难当，他们仍不愿离去。朗贝尔出示了通行证，中士给他指指塔鲁的办公室。办公室的门对着院子，他在那里遇到刚从办公室走出来的帕纳鲁神甫。

在一间散发着药味和潮湿的被褥味的肮脏的白色小屋里，塔鲁坐在一张黑色木头办公桌后面，他卷着衬衫袖子，正在用手帕擦拭肘弯上的汗水。

"又来啦？"他说。

"不错，我想同里厄谈谈。"

"他在大厅里。但如果没有他也能解决问题，那就更好。"

"为什么？"

"他累坏了。我能办的事，就避免去找他。"

朗贝尔看看塔鲁。他瘦了，疲劳使他两眼昏花，面容憔悴，他那又宽又厚的肩膀也累得缩成了团。有人敲门。一个戴白口罩的男护士走了进来，他把一摞病历卡放到塔鲁的写字台上，用被口罩捂住的声音只说了两个字"六个"便走出去了。塔鲁望望记者，随即把病历卡摊成扇形，指给他看：

"这些病历卡很好看，是吧？哦，一点儿也不好看，这都是死人，是昨天夜里死的。"

他额头紧皱，重新收好病历卡。

"剩下来要干的事，就只有计数了。"

塔鲁站起来，靠在桌上。

"您快动身了吧？"

"今天午夜。"

塔鲁说，这消息让他高兴，他嘱咐朗贝尔多保重。

"您说的是真心话吗？"

塔鲁耸耸肩：

"到我这个年纪，说话非真诚不可。撒谎太累人。"

记者说：

"塔鲁，我想见大夫，原谅我。"

"我知道。他比我更有人情味儿。去吧。"

"问题不在这里。"朗贝尔费力地说，随即停下不说了。

塔鲁看看他，接着，突然冲他微笑起来。

他们沿着一条狭窄的过道走去，过道的墙壁漆成了浅绿色，所以那里幽幽的闪光令人想到水族馆。在快走到双层玻璃门前时，他们看见门后有几个人影在奇怪地晃来晃去。塔鲁让朗贝尔走进一间四壁全是壁橱的小房间。他打开一个壁橱，从消毒器里扯出两个脱脂纱布口罩，递一个给朗贝尔，要他戴上。记者问他这能否起些作用，塔鲁回答说起不了作用，但可以使别人放心。

他们推开玻璃门。那是一间很宽大的厅，尽管气候炎热，但所有的窗户仍然紧闭着。四壁的高处有几台换气装置在嗡嗡作响。装置里弯曲的螺旋扇叶搅动着两排灰色病床上面浑浊的热空气。从四面八方传来低沉的呻吟或尖声的叫喊，汇成一首单调的哀歌。几个穿白大褂的男人在刺眼的强光下缓慢地走来走去，光线是从带铁栅栏的高高的窗洞射进来的。在这闷热得吓人的大厅里，朗贝尔感到难受万分，而且他很难认出正躬身站在一个哼哼着的病人身边的里厄。大夫正在切开病人的腹股沟，两个女护士从床的两边按着病人，仿佛在让他受五马分尸的极刑。里厄直起身，把手术器械扔到助手递过来的盘子里，接着一动不动地站了一会儿，眼睛盯着正在接受包扎的病人。

"有什么新消息吗？"他问正走过来的塔鲁。

"帕纳鲁答应代替朗贝尔去隔离病房。他已经做了很多事。余下的事就是朗贝尔走后重组第三探察队。"

里厄点头称是。

"卡斯特尔已准备好第一批制剂。他建议作一次试验。"

"噢，很好！"里厄说。

"还有，朗贝尔来这里了。"

里厄转过身来。一看见记者，他露在口罩上方的眼眉便皱了起来。

"您来这里做什么？"他说，"您应该到别的地方去。"

塔鲁说，定在当天半夜里走。朗贝尔补充说，"原则上如此。"

每次他们当中有谁说话，他的纱布口罩便鼓起来，同时，蒙在嘴上的地方也变得潮湿。这就使他们的交谈有点儿失真，有如众雕像在对话。

"我想和您谈谈。"朗贝尔说。

"您要是愿意，我们可以一道出去。您去塔鲁的办公室等我。"

不一会儿，朗贝尔和里厄坐进里厄的汽车后座，由塔鲁开车。

"快没有汽油了，"塔鲁在启动车子时说，"明天我们得步行。"

"大夫，"朗贝尔说，"我不走了，我想留下跟你们在一起。"

塔鲁不动声色，继续开他的车。里厄似乎还没有摆脱疲劳。

"那她怎么办？"里厄用低沉的声音问道。

朗贝尔说他是经过深思熟虑的，他当然还坚持过去的看法，然而，假设他真一走了之，他会感到羞愧。这会妨碍他热爱自己留在那边的亲人。但里厄挺直身子，用坚决的口气说，这太愚蠢，而且，选择爱情，毫无羞愧可言。

"不错，"朗贝尔说，"但如只顾自己的个人幸福，就可能感到羞愧。"

在此之前一直缄默着的塔鲁头也不回地提醒他们说，假如朗贝尔有意和大家有难同当，他就很可能不再有时间去享受爱情。必须作出选择。

"问题不在那里，"朗贝尔说，"我原来一直认为我在这个城市是外地人，我同你们一起无事可干。但既然我看见了我所见到的一切，我才明白，无论我愿意与否，我都是这里的人了。这里的麻烦与我们大家都有关系。"

没有人答话，朗贝尔显得不耐烦了。

"再说，你们也都清楚这个道理！否则你们到这个医院做什么？那么你们自己是否也作了选择，是否也放弃了幸福？"

塔鲁和里厄都还没有回答。静默延续了很长时间，一直到接近里厄的家那一刻，朗贝尔才又一次提出他最后那个问题，而且提得更有力。只有里厄朝他转过身来。他费力地挺直身体，说：

"原谅我，朗贝尔，这个问题我说不清楚。既然您有这个愿望，您就留下来和我们一起干吧。"

汽车突然一偏，打断了他的话。随后，他凝视着前面，继续说：

"世上没有任何东西值得人们为它而舍弃自己之所爱。但我不知道为什么，我也抛弃了我之所爱。"

他又重新把身子靠在坐垫上。

"这是个事实，如此而已，"他用厌倦的口气说，"让我们把这事实记录下来，从中得出结论吧。"

"什么结论？"朗贝尔问。

"噢！"里厄说，"人不能够又治病，同时又知道一切。那我们就尽快治愈别人吧。这是当务之急。"

午夜，塔鲁和里厄给朗贝尔画他受命调查的那个街区的地图，这时，塔鲁看了看手表。他抬起头，正好遇上朗贝尔的目光。

"您通知他们了吗？"

记者避开他的目光，费劲地说：

"在我来看你们之前，我已经叫人送去了一张字条。"

卡斯特尔研制的血清在十月下旬才得以进行试验。实际上，这已是里厄的最后希望了。一旦再遭失败，大夫确信这座城市会束手听任病魔的随意摆布，瘟疫或许会再肆虐好几个月，或许会莫名其妙地停下来。

在卡斯特尔来看望里厄的前一天，奥东先生的儿子已经病倒了，预审法官一家人不得不进入隔离室。刚出院不久的奥东夫人只好再一次被隔离起来。这位预审法官向来遵纪守法，他一发现儿子身上有疫病的迹象，便命人请来里厄大夫。里厄到达他家时，病孩的父母正站在病床旁边。他们的小女儿已经送走了。病儿正处在衰弱时期，所以听任大夫检查，毫不哼哼。大夫查完再抬起头来时，正好遇上法官的目光，在法官身后，孩子的母亲脸色苍白，正用手绢捂住嘴唇，同时睁大眼睛注视着大夫的一举一动。

"是那病，对不？"法官冷静地问。

里厄再看看孩子，说："是的。"

那位母亲的眼睛睁得更大了，但她仍旧不言不语。法官也沉默良久，之后，他用更低沉的声音说：

"好吧，大夫，我们应当照章办事。"

里厄的目光一直在避开那位始终用手绢捂住嘴唇的奥东夫人。他迟疑地说：

"如果我能打个电话，事情很快会办妥。"

奥东先生说他即刻领他去打电话，这时，大夫转身对那位母亲说道：

"很遗憾，您必须准备些衣物。您明白是怎么回事。"

奥东夫人似乎愣住了。她看着地上，随即点点头，说道：

"好吧，我这就去准备。"

在离开奥东夫妇之前，里厄禁不住问他们有什么要求。那位母亲仍旧看着他默不作声，但孩子的父亲这次却把眼睛转到一边去了。

"不，没有，"他说，但欲言又止，"还是救救我的孩子吧。"

检疫隔离在一开始只不过是一种形式，但经里厄和朗贝尔一组织，遂变得十分严格。他们特别要求同一个家庭的成员必须始终互相隔离。万一家中某一个成员感染了鼠疫而自己却并不知晓，那就绝对不应该大量增加疫病传染的机会。里厄将这些缘由讲清楚之后，法官认为言之有理。然而，他和他妻子面面相觑时的精神状态使大夫感到这样的分离让他俩多么惊慌失措。奥东夫人和他们的小女儿可以住进朗贝尔领导的旅馆隔离室，但已没有床位供预审法官住进去，除非去住市政府正在市体育场用帐篷搭建的隔离营，那些帐篷还是从道路管理处借来的呢。里厄感到抱歉，但奥东先生说，规章面前人人平等，正确的做法是服从。

至于那病孩儿，他被送到一家有十个床位的附属医院住下了，那里原来是个教室。过了大约二十小时，里厄诊断孩子已无药可救。小小的躯体任由传染毒菌吞噬，业已毫无反应。几个刚开始形成的淋巴结肿块把孩子折磨得痛苦不堪，使他细弱的四肢关节不能动弹。他提前被病魔制服了。因此里厄才有在他身上试验卡斯特尔血清的想法。当天晚上，晚饭后，他们花了很长时间在孩子身上接种，但没有得到病孩丝毫的反应。翌日黎明时分，为了判断这次决定性实验的结果，大家都来到孩子的病床前。

孩子摆脱了麻木状态之后，一个劲在被子里翻来覆去地抽搐。卡斯特尔大夫和塔鲁从凌晨四点钟起一直待在他身边，一步一步跟踪观察着病势的起伏。在床头，塔鲁微弯着他那魁梧的身子；在床脚，卡斯特尔坐在站立着的里厄身边，表面上十分平静，正在阅读一本古书。在这间先前的教室里，天渐渐亮了起来，别的人也陆续来到这里。首先来的是帕纳鲁，他站到塔鲁对面那一边，背靠着墙。他的面容分明有一种痛苦的表情，而且这些天他全力以赴进行的工作已在他充血的脸上刻下了一道道皱纹。接着到来的是约瑟夫·格朗。已经七点了，这位政府职员对他的气喘吁吁表示抱歉。他说只能待一会儿，也许在场的人已经知道什么准确的东西了。里厄默默地给他指指床上的病孩儿，孩子双眼紧闭，面孔扭曲，下死劲咬紧牙关，身子一动不动，头却在没有枕套的长枕头上转来转去。天完全亮开时，曙光已足够让人看清房间尽头原来那块黑板上留下的方程式痕迹，这时，朗贝尔才来到病房。他把背靠在旁边一张病床的床脚，抽出一盒香烟，但看一眼病孩儿之后，他又把那盒香烟放回了口袋。卡斯特尔一直坐在那里，他从眼镜上方望望里厄，说：

"您有他父亲的消息吗？"

"没有，"里厄答道，"他父亲在隔离营。"

孩子在床上呻吟，大夫用力抓紧病床的床柱，眼睛紧盯着病孩儿。这时，孩子的身子突然发僵，而且重又咬紧牙关，身子有些蜷缩，四肢也摊开了。军毯下孩子赤裸的小身体散发出羊毛和酸臭的汗味。孩子渐渐松弛下来，重又把四肢缩回床中央。他仍然双目紧闭，一声不吭，但呼吸似乎更急促了。这时，里厄和塔鲁的目光不期而遇，塔鲁连忙把眼睛转到一边去。

几个月以来，由于鼠疫播撒恐怖从不选择对象，他们俩已经见过不少孩子离开人世，但他们还从未像这天早上那样一分一秒地眼看着孩子受如此巨大的痛苦。当然，在他们看来，加之于无辜者的痛楚实际上从来性质都一样，即是说，都是令人愤慨的耻辱。然而，在当月当日之前，可以说，他们只抽象地感到愤慨，因为他们从未面对面而且如此长时间地观看过一个无辜者临死的情景。

　　恰恰在此刻，孩子好像肚子疼得厉害，重又蜷起了身子，而且小声地呻吟起来。他就这样蜷缩了好几秒钟，一阵阵痉挛和寒战使他全身抖个不停，仿佛他那脆弱的骨架正在鼠疫掀起的狂飙中折腰，正在高烧的阵阵风暴中断裂开来。暴风雨过后，他稍微放松了些，高烧似乎退去了，把他抛弃在潮湿而又臭气熏天的沙滩上，他喘息着，短暂的休息已经酷似长眠了。当灼人的热浪第三次袭击他时，他略微抬了抬身，随即蜷缩成一团，同时，出于对火焰般烤人的高烧的恐惧，他退缩到病床的尽里头，发狂似的摇晃着脑袋，掀掉身上的军毯。大滴大滴的眼泪从他红肿的眼皮下涌出，顺着他铅灰色的小脸流淌起来。发作一阵之后，他精疲力竭，蜷缩着他那骨瘦如柴的双腿和胳臂，经过四十八小时的折磨，孩子身上的肉已经消失殆尽了。这时，在这张惨遭蹂躏的床上，病孩儿的姿势让人想到奇异的钉在十字架上的基督。

　　塔鲁俯下身去，他用自己笨拙的大手擦去孩子满脸的泪水和汗水。卡斯特尔早已合上书页，注视着病孩。他开始讲话，但因嗓子突然走调，他不得不咳嗽几声才把这句话说完：

　　"孩子的病在早上没有缓解过，对吗，里厄？"

　　里厄说，没有缓解过，但孩子坚持的时间比正常的更长些。帕纳鲁好像瘫了似的靠在墙上，他这时用低沉的声音说：

　　"如果孩子必然死亡，他痛苦的时间因此会拖得更长。"

　　里厄一下子转过身来面对着神甫，他想开口说话，但没有说出来，看得出他是在竭力控制自己，他重又把目光移到孩子身上。

阳光洒满了病房。在另外五张床上，有人的形体在蠕动，在呻吟，但仿佛商量过似的，都显得很谨慎。只有一个人在病房的另一端有规律地停一会儿，轻轻哼几声，听起来，那呜咽一般的叫声表达的与其说是痛苦，不如说是惊愕。仿佛连病人都不像一开始那样恐惧了。现在，他们对待疾病似乎抱着某种认同的态度。只有那孩子还在竭尽全力挣扎着。里厄时不时摸摸他的脉搏，其实并没有这种必要，只不过了摆脱他因无能为力而一动不动的状态罢了。他一闭上眼睛就感到孩子的悸动和他本人血液纷乱的流动交织在一起，于是，他同受尽折磨的孩子合为一体了，他多么希望能用自己还算完好的体力去支撑他啊。然而，他们两颗心的跳动仅仅结合了一刹那就不合拍了，孩子正在从他手里滑脱，他的努力落空了，于是，他放开孩子瘦削的手腕，回到自己原来的位置。

阳光顺着一堵堵粉刷过石灰的白墙照过来，由粉红色逐渐变成黄色。一个炎热的清晨正在玻璃窗外随着劈啪的市声开始。格朗离去时说他还要回来，但大家几乎没有听见他的话。人人都在等待着。孩子一直双目紧闭，看上去似乎平静了些。他的双手已变得像爪子，正在轻轻地挠着病床的两侧。接着他又举起手去扒靠近膝盖的被子。突然，孩子蜷起两腿，让大腿贴近肚子，随即停下不动了。于是，他第一次睁开眼睛，看了看站在他面前的里厄。他的嘴巴在已经变成土灰色的小脸的凹陷处张开了，一声拖长的呼喊几乎立即从他嘴里爆发出来，这声仅因呼吸而产生了极细微变化的呐喊，骤然响彻整个病房，听起来俨然是一声单调而不协调的抗议，这声抗议是那样缺少人的个性，听起来就像同时出自所有的人之口。里厄咬紧牙关，塔鲁背过身去。朗贝尔走到床边，靠近卡斯特尔，老大夫正合上在膝盖上摊开的书。帕纳鲁望望病孩儿满是污垢的小嘴，正是从这张嘴里发出了那声分不出年龄的呐喊。神甫轻轻跪到地上，他在那不知谁发出的持续的哼哼声中，用压低的但仍清晰的声音说道："上帝，救救这孩子。"听见他的祷告，大家认为完全合乎情理。

然而，病孩还在叫喊，在他周围，其他病人也都激动了。在病房另一头那个不停地哼哼的人这时也加快了哼哼的节奏，直到他也公然大叫起来，与此同时，其他病人的呻吟声也越来越大。于是，在病房里迸发出潮水般的哭泣声，哭声盖过了帕纳鲁的祷告声。里厄紧扶床柱，闭上眼睛，疲劳、厌倦得濒于发狂。

他再睁开眼睛时，发现塔鲁站在他身边。

"我必须走开，"里厄说，"看见他们这样子，我再也受不了啦。"

但倏忽之间，其他病人全住口了。大夫这才意识到孩子的叫声已经变得很弱，而且越来越弱，最后终于停了下来。在病孩儿周围，哼哼声复起，但低沉得有如从远处传来的这场刚结束的战斗的回声。战斗的确结束了。卡斯特尔早已走到病床的另一头，说了一声："完了。"孩子张着无言的嘴，静静地躺在乱糟糟的被窝里，他好像一下子缩小了许多，脸上还有残留的泪水。

帕纳鲁走到床边，做了一个祝福的手势，然后拿上他的道袍，沿中间的通道走了出去。

"需要一切从头开始吗？"塔鲁问卡斯特尔。

老大夫摇摇头。随即带着苦笑说：

"也许吧，不管怎么说，他支撑了很久。"

但里厄已经在离开病房，他走得那么快，带着那样怒冲冲的神态，以至帕纳鲁见他走到自己身边时，连忙伸手去拉他：

"嘿，大夫！"

里厄像走路那样怒冲冲地转过身来，粗暴地对他说：

"噢！那孩子至少是无辜的，这一点您很清楚！"

他随即转过身去，在帕纳鲁前面穿过病房的几道门，来到学校院子最靠里的地方。他在尘埃覆盖的小树丛中一条长凳上坐下来，擦擦已经滴到眼里的汗水。他想再大喊一声以解开使他心碎的死结。热气逐渐侵袭到榕树的枝桠间，清晨湛蓝的天空迅速蒙上一层微白的气体，使空气变得更闷热了。里厄坐在长凳上，感到灰心丧气。他凝视着树枝和天空，呼吸渐渐自如了些，同时勉强抑制住了疲劳感。

"刚才对我说话为什么那样怒不可遏？"从他身后传来一个声音，"我也跟您一样受不了那个场面。"

里厄朝帕纳鲁转过身来。

"的确是这样，"他说，"请原谅。疲劳能使人发疯。待在这个城市里，有时候我厌烦得只想反抗。"

帕纳鲁喃喃说：

"我能理解。这一切之所以令人反感，是因为它超过了我们的承受能力。但也许我们应当去爱我们理解不了的东西。"

里厄嗖的一下站起身来。他注视着帕纳鲁，用尽全身的力气和激情摇着头说：

"不，神父，我对爱的想法和您的不一样。而且我至死也不会爱这个让孩子们备受折磨的上帝的创造物。"

在帕纳鲁的脸上掠过一抹被震惊的阴影。

"啊，大夫，"他悲哀地说，"我刚明白了什么是所谓的宽恕。"

可是里厄又颓丧地坐到长凳上去了。疲劳重又攫住了他，深入骨髓的疲惫使他答话时语气和缓了些：

"我知道，我没有的东西正是这宽恕心。但我现在并不想跟您讨论这个问题。我们在一道工作是为了某种超越了渎神和信神而把我们集合在一起的东西。只有这一点最重要。"

帕纳鲁坐到里厄身边，看上去很激动，他说：

"是的，不错，您也在为拯救人类而工作。"

里厄竭力露出笑容。

"拯救人类，这句话对我来说是大而无当。我没有这么远大的抱负。我关心的是人类的健康，首先是他们的健康。"

帕纳鲁迟疑片刻，说：

"大夫。"

但他停下了。他也开始满头大汗，只喃喃地说了声"再见"，当他站起身来时，他的双眼发亮。他刚要离开，只见正在沉思的大夫也站了起来，并且朝他这边走了一步。

"再一次请您原谅，"里厄说道，"我今后不会这样发火了。"

帕纳鲁伸出手，伤心地说：

"可我并没有说服您！"

"那又何妨？"里厄说，"我所憎恨的是死亡，是疾病，这一点您很清楚。无论您愿意与否，我们走在一起就是为了忍受死亡和疾病，而且战胜它们。"

里厄握住帕纳鲁的手。

"您瞧，"他说，同时把目光避开神甫，"现在连上帝都不可能把我们分开了。"

帕纳鲁参加卫生防疫组织以来，从没有离开过医院和鼠疫肆虐的地方。在救援人员中，他总是站在他认为应该是他的位置上，也就是说，第一线。他没有少看死亡的情景，尽管原则上说，他注射了血清，得到保护，但他对自己安危的忧虑也并非绝无仅有。从表面看上去，他一直保持冷静。但自从那天他长时间眼看着一个孩子死去之后，他似乎变了。他脸上显露出越来越紧张的表情。有一天他微笑着对里厄说，他正在准备一篇短小的论文，题目是《神职人员可否求医问药？》。在大夫的印象里，问题似乎比帕纳鲁谈到的更严肃。当里厄表示希望看看他的文章时，帕纳鲁宣称，他可能要在男教徒做弥撒时布一次道，到时候，他起码会阐述其中的某些观点。

"我希望您来听听，您一定对这个主题感兴趣。"

神甫第二次布道是在一个大风天。说实话，这次前来听讲的人比第一次的听众人数少，原因是这类场面对同胞们来说已不再具有新鲜事物的魅力了。在这座正在经历困境的城市，"新鲜事物"这个词本身已失去了意义。此外，大多数人，他们即使还没有完全放弃履行宗教义务，或者说，他们即使还没有在履行宗教义务的同时又过着极不道德的私生活，他们也已用毫无理性可言的迷信来代替宗教活动了。他们宁可佩戴护身徽章或圣洛克护身符，也不去教堂做弥撒。

这里可以举一个同胞们滥用预言的例子。原来，还是在春天时人们已经在等待鼠疫在短期内结束，谁也没想到去问问别人瘟疫可能延续的准确时间，因为所有的人都相信不会再延长了。然而日子一天天过去，人们便开始害怕这倒霉的疫病会没完没了，于是，鼠疫停止一下子成了人们的愿望。占星术士的预言或天主教堂圣人的谶语便在居民中传递开来。城里的印刷厂老板们随即发现，在这种迷恋中有利可图，便大量发行那些流传的预言和谶语。当他们发觉百姓的好奇心漫无边际时，他们便派人去市立图书馆翻阅野史轶闻所能提供的一切证词和资料，随即在城内发行。当史书里再也找不到预言之类的东西时，他们便向一些记者订货，起码在这方面，那些记者的能耐不亚于他们历代同行中的楷模。

某些预言甚至以连载的形式发表在各家报纸上，而且读者争相阅读的热情不亚于太平时期他们迷恋言情小说。有些预测建立在荒诞的计算基础上，其中包括当时年代的千位数、鼠疫病人的死亡人数、鼠疫持续的月数。还有些预测将此次鼠疫与历史上多次大鼠疫进行比较，找出其中的共同点（预测称之为常数），再通过同样荒诞的计算，硬说从中可以得到与今次鼠疫有关的教益。但无可否认，其中最受公众好评的当属此类：这种预测用充满隐喻从而难以理解的语言预告即将发生的一系列事件，而且其中每一件都有可能使本市遭受苦难，而这些事件的复杂性又会引来各种不同的解释。于是，人们天天向诺斯特拉达穆斯①和圣女奥蒂尔②求谶，而且收获颇丰。此外，这些预言有一个共同点，那就是结论所具有的宽慰性。惟独鼠疫宽慰不了人。

由此看来，我们的同胞正在用迷信代替宗教，这就是帕纳鲁布道时教堂四成座位只坐满三成的缘由。布道的那天晚上，里厄一到达教堂，从入口处几扇自动门吹进来的一股股凉风正在听众中间畅行无阻。在这座冷飕飕而又鸦雀无声的教堂里，他在清一色的男性教徒群里坐下，同时看见神甫正在登上讲台。帕纳鲁讲话的语气比上次更柔和，态度更审慎，在场的人有好几次察觉他在言语间流露出几分犹豫。更奇怪的是，他再也不说"你们"而只说"我们"。

不过，他的声音倒越来越坚定了。他开始提醒大家，好多个月以来，鼠疫一直在我们身边，我们多次看见它坐在我们的饭桌上或我们所爱之人的床头，看见它在我们旁边行走，等待我们去上班，所以我们对它了解得更清楚了。如今，我们也许能够更自觉地接受它对我们不懈的忠告，而在鼠疫初期的一片

---

① 诺斯特拉达穆斯(1503—1566)，法国医生、占星家。
② 奥蒂尔(约660—720)，阿尔萨斯公爵阿达里克之女，曾在孚日山区主持建造了一座著名的修道院。

惊诧之中，我们可能并没有认真听进去它的话。上次帕纳鲁神甫在这同一个地方宣讲过的东西仍然正确——至少他相信是正确的。然而，也还有一种可能，正如我们大家都经历过的，他当时那样想和那样讲都缺乏仁爱之心，因而倍感后悔。不过，有一点却是千真万确的：在一切事物里永远有值得记取的东西。最严酷的灾难对基督徒来说仍大有裨益。确切地说，基督徒应当在这种灾难中寻求的东西，正是它的益处，同时还应该知道益处如何形成，如何找到这种益处。

此时此刻，里厄周围的人们似乎正惬意地坐在带靠背的长凳上，而且坐得越舒服越好。入口处有一扇钉软隔层的门在轻轻地前后摆动，有谁离开座位去把它固定住。里厄被这些动静分了心，险些没有听见帕纳鲁又说了什么。神甫讲的大概是大家不必去设法把鼠疫现象弄个明白，却有必要记取能够记取的东西。里厄的理解有些模糊：照神甫的意思，没有任何东西需要解释。帕纳鲁大声说，照上帝的意思，有些事情，人是可以解释清楚的，其余的事就无法解释，这句话总算吸引了里厄的注意。神甫接着说，当然存在善与恶，而且一般说，很容易弄明白它们之间的分界线。然而，一旦深入到恶的内部，分辨起来就有困难了。比如，有表面上看很必要的恶，也有表面上看毫无必要的恶。有下地狱的唐璜①，也有某个孩子的死亡。因为，如果说不信教的放荡之徒遭雷击是罪有应得，那么孩子受

---

① 唐璜系神话人物，源出于西班牙。此人荒淫无耻，傲慢残酷，无恶不作。后来，这个典型人物多次出现在欧洲文学艺术作品里。

苦受罪就无法解释。事实上，人世间没有任何东西比一个孩子的痛苦和与痛苦俱来的恐怖更严重，也没有任何东西比找出这种痛苦的原因更重要。在生活的其他方面，上帝给我们提供了一切便利，可以说，在此之前，宗教是一无可取的。而现在，恰恰相反，上帝逼得我们走投无路，我们处在鼠疫的重重高墙包围之中，只好在围墙的阴影里寻求益处。帕纳鲁神甫甚至不愿利用俯拾即是的套话来越过围墙。他可以毫不费劲地说，天国永恒的欢乐正等待着孩子，在那里他的痛苦可以得到补偿。但实际上，神甫对此也一无所知。其实谁又能肯定说，永恒的欢乐可以补偿人间一时的痛苦？能如此肯定的人一定不是基督徒，因为基督本身就经历过四肢和灵魂的痛苦。不，面对一个孩子的痛苦，神甫宁可走投无路，他宁愿忠实地承受由十字架象征的五马分尸般的痛苦。他会毫无畏惧地对当天听他布道的人说："我的兄弟们，抉择的时刻来到了。必须相信那一切，或否定那一切。而在你们当中，谁又敢否定那一切？"

里厄几乎没来得及考虑神甫正走在异端的边缘时，帕纳鲁已经在有力地肯定说，这个命令，这个正确的要求，正是基督徒寻求的利益之所在，也是他们德操之所在。神甫明白，在他即将谈到的德操中，有些极端的东西会激起许多人的反感，因为那些人习惯于更宽容更传统的道德观。然而，鼠疫时期的宗教不能和平时的宗教相提并论，如果说上帝可以容许，甚至希望人的灵魂在幸福时期安息而快乐，那么他也愿意看见人的灵魂在极端痛苦的年代走点儿极端。今天，上帝施恩于他创造的人，将他们置于如此巨大的灾难之中，使他们重新寻找并实行这至高无上的德操："全信"或"全不信"。

上一个世纪，有一位教外作者硬说他揭开了教会的秘密，他断言并不存在炼狱①，言下之意是说没有中间过程，而只有天堂和地狱，因此人只能按自己原来的选择，或升天堂得永生，或入地狱遭永罚。但帕纳鲁认为，这纯属异端，是出自某个毫无信仰的人内心的邪说，因为的确有炼狱存在。当然，有些时期人们不能过分指望炼狱，也有些时期谈不上有什么轻罪。凡罪孽都是致命的，一切冷漠都是犯罪。不是全有，就是全无。

帕纳鲁暂停片刻，这时，里厄更清晰地听见了门外的风声，风似乎变本加厉地刮起来了。与此同时，神甫说，不能按平时的狭义来理解他所谈的全盘接受的品德，这里讲的并非庸俗的逆来顺受，甚至不是勉为其难的谦逊，而是屈辱，是受辱者心甘情愿的屈辱。当然，看见一个孩子遭受那样的痛苦，人的精神和心灵都会感到耻辱。但正因为如此，才必须投入痛苦，正因为如此（这时帕纳鲁请听众相信，他要说的话是很难启齿的），才应当乐意得到痛苦，因为痛苦是上帝的愿望。只有这样，基督徒才会不惜一切，在别无出路的情况下，把这条必须选择的道路走到底。为了不至落到全盘否定的地步，他将选择全盘接受之路。此刻正在各教堂祷告的诚实的妇女们，在得知形成中的淋巴结肿块是排除传染毒液的自然管道时，说道：

---

① 炼狱，天主教义认为，人死后升天堂前必须在一个地方暂时受苦，直至罪愆炼尽为止，这个地方就叫炼狱。

"主啊，给他淋巴结肿块吧！"基督徒也会效法她们，献身于神的意愿，甚至难于理解的意愿。我们不能说："这个，我理解；但那个，没法接受。"应当前去拥抱那赋予我们的"没法接受"的东西，这正是为了作出我们的选择。孩子们的痛苦是我们苦涩的面包，但如没有这块面包，我们的心灵就会因缺乏精神食粮而饿死。

一般说，每当帕纳鲁神甫作短暂休息时，厅内都会响起一阵压低了的嗡嗡声，这次，杂乱的声音刚开始，布道者就出人意料地大声讲起来，同时装出代听众提问的模样问道：究竟该怎么办？他预料大家会说出可怕的宿命论这个词。好吧，只要允许他加上形容词"积极的"，他就不会在这个字眼面前后退。当然，应当再说一遍，没有必要模仿他曾经谈到过的阿比西尼亚的基督徒。甚至不应当考虑向波斯的鼠疫患者看齐，那些人一面把他们的破衣烂衫扔向基督徒组成的卫生防疫队，一面大声祈求苍天把鼠疫传给那些不信神的人，因为他们竟想和上帝播撒的疾病作斗争。然而，反过来，我们也不能模仿开罗的修道士，在上个世纪那几次瘟疫中，他们在举行领圣体仪式时，为了避免接触信徒们可能已感染疫病的又潮又热的嘴唇，他们用镊子夹圣体饼。波斯的疫病患者和开罗的修道士都同样在犯罪。因为在前者心里，一个孩子的痛苦算不了什么，而后者恰恰相反，把人类害怕痛苦的心理推到无孔不入的程度。无论是哪种情况，问题的实质都被掩盖了：他们对上帝的声音充耳不闻。帕纳鲁还想举出别的一些例子。根据编年史作者的记述，在马赛发生的一次特大鼠疫中，梅尔西修道院八十一名修道士中只有四人幸免。而这四人中有三人都逃跑了。编年史家们作如是说，更翔实的记载就不属于他们的职业范围了。帕纳鲁神甫在阅读这篇文献时，全部心思都集中在剩下的那位修道士身上，尽管面前有七十七具尸体，更重要的是，尽管有那三个伙伴当了逃兵的先例，他一个人还是留下来了。这时，神甫用拳头捶着讲台的边缘，大声说："兄弟们，我们必须当那位留下的修道士！"

问题不是拒绝采取预防措施，预防措施是一个社会在灾害引起的混乱中维持秩序的英明措施。不要去听那些道学家的话，他们要求大家俯首帖耳，放弃一切。我们只应当在黑暗中开始摸索着前进，尽力做一些好事。其余的，只需听其自然，哪怕事关孩子们的死亡，也心甘情愿接受上帝的安排，而不设法依靠个人。

说到这里，帕纳鲁神甫回顾了马赛鼠疫期间贝尔尊斯主教的崇高形象。他说，在瘟疫即将结束时，主教已尽了自己应尽的全部义务，他认为再没有别的补救办法可以挽救众生，便带些口粮，把自己关在屋里，并命人筑墙将房屋堵死。一直视他为偶像的居民出于逆反心理——人在极度痛苦时，这种感情屡见不鲜——对他十分不满，在他房屋周围堆满死尸，想让他染上疫病，为了保证他必死，有人甚至将死尸扔过墙去。因此，主教在他最后一刻的软弱中原以为远离了死亡的世界，殊不知死人竟从天而降，落在他的头上。我们也一样，应当深信在鼠疫的汪洋大海中并没有岛屿。不，没有折中。必须接受这令人愤慨的现实，因为我们不得不选择恨上帝抑或爱上帝。谁又敢于选择恨上帝呢?

"我的兄弟们,"帕纳鲁最后总结说,"对上帝的爱是一种艰难的爱。它意味着全面的忘我精神和轻视个人安危的气概。但只有对上帝的爱才能消除儿童的痛苦和死亡;在任何情况下也只有这种爱才能使痛苦和死亡成为必需,因为谁也不可能理解死亡,所以只好自愿死亡。这是很难接受的教训,但我愿意和你们一起去接受它。这是信仰,世间的人会认为这信仰太残酷,上帝却认为它可以起决定作用,所以大家必须逐步接近它。我们必须使自己比得上这个令人不寒而栗的形象。达到这样的最高境界时,一切都会融为一体,不分高低,真理也就从表面的不公正中脱颖而出。因此,在法国南方许多教堂里,几世纪以来的不少鼠疫受害者一直安眠在祭坛的石板下面,教士们也在死者的坟墓上面布道,他们宣扬的精神正从包括儿童在内的骨灰中发扬光大。"

里厄从教堂出来时,一阵狂风通过半掩的门猛刮进来,一直刮到信徒们的脸上。大风给教堂带来一股雨水的气息,一种湿漉漉的人行道的气味使信徒们在走出教堂之前就能想像城市是怎样一副模样。一位老教士和一位年轻的教堂执事此刻正走在里厄大夫的前面,他们好不容易才按住了自己的帽子。尽管如此,老教士仍不停地评论着帕纳鲁的布道。他十分钦佩帕纳鲁的口才,但对神甫流露出来的大胆思想不无担心。他认为这次布道显示出来的忧虑多于力量,而像帕纳鲁这样年纪的教士是没有权利忧心忡忡的。年轻的执事一边低着头抵御狂风,一边肯定地说,他经常去神甫那里,因此了解神甫的思想演变,他说，神甫写的论文恐怕比他适才讲的话大胆得多，不过，想必得不到教会的出版许可证。

"他究竟有什么想法呢？"老教士问。

他们已来到教堂前面的广场上，狂风在他们身边咆哮，打断了年轻执事要说的话。等他可以说话时，他只说：

"如果一位教士请医生看病，说明里面有矛盾。"

里厄对塔鲁转述了帕纳鲁布道时讲的话之后，塔鲁说，他认识一位教士，这位教士在战争年代发现一个青年脸上的眼睛已被人挖掉，于是他再也没有信仰了。

"帕纳鲁说得对，"塔鲁说，"基督徒看见一个无辜的人被挖掉了眼睛时，这个教徒要么失去信仰，要么同意别人挖掉自己的眼睛。帕纳鲁不愿放弃信仰，他要坚持到底。这就是他想说的。"

塔鲁的这个评论是否能对后来发生的一系列不幸事件和帕纳鲁在事件中令身边的人费解的表现稍加澄清呢？以后再判断吧。

布道几天之后，帕纳鲁果然忙乎起搬家来。那正是疫情的发展引起城里一股持续的搬家热的时候。塔鲁当时不得不搬出旅馆住到里厄家，神甫也不得不搬出修会分给他的套间房，住进一位老太太家里，那位老太太是经常光顾教堂的信徒，还没有染上鼠疫。在搬家的过程中，神甫已经感到疲惫不堪，惴惴不安。正因为如此，他才失去了房东的尊敬。原来，老太太曾对他热烈吹嘘圣女奥蒂尔谶语的价值，但他想必因为疲劳的缘故而对她略显怠慢。事后他无论如何努力弥补，以求她起码保持不冷不热的和蔼态度，却没有达到目的。他给她留下了坏印象。于是，每天晚上他在回到他那放满了花边钩织物的房间之前，他不得不瞻仰她坐在客厅里背朝着他的姿态，同时聆听她不转身说出的那句冷冰冰的"晚安，神甫"。就在类似这样的一个晚间，神甫在上床睡觉时感到头痛脑涨，在他体内隐伏了多天的高烧像决堤的浪潮往他的手腕和太阳穴冲来。

接着发生的事是后来大家听了女房东叙述之后才知道的。那天清晨，她照老习惯起得很早。过了一阵，她奇怪神甫怎么还没有出房间，迟疑了好久她才决定去敲他的房门。她发现神甫还躺在床上，据他说整夜未眠。他感到气闷，而且充血的面部显得比平时还红得多。照老太太的说法，她挺礼貌地建议他请一位医生，但她的建议遭到粗暴拒绝，她认为其粗暴的程度实在令人遗憾。她只好退出房间。片刻之后，神甫按铃，并命人请她去。他对自己方才的暴躁脾气表示道歉，随后对她说，他的情况不可能是鼠疫，因为他身上没有任何鼠疫的症状，不过是短暂的疲乏而已。老太太庄重有礼地回答说，她的建议并非出于此种忧虑，她从不看重自身的安全，因为她的安全攥在上帝手里。她考虑的只是神甫的健康问题，她认为自己对此负有部分责任。据她讲，神甫没有再说什么，而她却力图尽到自己的全部义务，所以再次建议为他请一位医生。神甫又拒绝了，但进一步作了些老太太听来十分含糊的解释。她认为她只听懂了这一点（而她认为恰恰是这一点难以理解）：神甫之所以拒绝看病，是因为看病不符合他的原则。她因此得出结论说，她的房客被高烧弄得头脑糊涂了，于是她仅仅给他提供了一些草药汤。

她仍旧决定一丝不苟地履行她当时的处境要求她履行的职责，她每隔两小时看望一次病人。让她最感震惊的是神甫整天都处在不停顿的烦躁不安状态。他掀开被子，接着又重新把被子拉到身上，他不停地用手摸自己汗湿的额头，常常坐起来想咳嗽，但喉咙仿佛被掐住了似的，咳出来的声音嘶哑、痰湿，跟使劲咯痰一般痛苦。他好像无力将堵在喉咙深处的使他窒息的一个个棉花团硬拔出来。每次发作之后，他往后一仰，倒在床上，种种迹象显示他已精疲力竭了。末了，他又半坐起身子，片刻之间，他目不转睛地凝视着前方，那死盯着一处的眼光比此前的焦躁更加狂热。然而，老太太仍在迟疑，不敢请医生使病人不快。她琢磨，尽管病情显得很可怕，这也许只是高烧发作的症状。

可是，到了下午，她设法同神甫说话时，得到的回应只是几句含糊不清的话。她又提到请医生的问题，但神甫一听便重又支起身子，几乎喘不过气来。他清晰地回答说，他不需要医生。于是，女房东决定再等到明日清晨，如果神甫的病情还没有好转，她就得拨情报资料局每天在广播里重复十来遍的电话号码。老太太始终尽职尽责，所以考虑在夜里去病人房里守护他。但到了晚上，给病人送去新熬的汤药后，她想躺下休息休息，哪知睡下去到第二天黎明才醒过来。她连忙跑到病人屋里。

神甫躺在床上，一动不动。昨天他脸上那种极度充血造成的红色已变成了铅灰色，而且因为他的脸颊还十分饱满，这种颜色尤其显眼。神甫正凝视着挂在床头天花板上的一盏彩色玻璃珠吊灯。见老太太进屋，他朝她转过头来。照女房东的说法，他经过一整夜的折磨，在那一刻似乎已经垮掉了，再也没有力量振作起来。老太太问他身体如何，她注意到神甫回答时说话的声音冷淡得出奇，他说他身体很糟，他不需要请医生，只要把他送进医院，一切照章办事就行了。老太太惊恐万状，连忙跑去打电话。

里厄在正午到达那里。听了女房东的叙述，他只回答说，帕纳鲁是对的，但恐怕送得太晚了。神甫接待里厄的态度也一样冷淡。大夫给他作检查时感到十分吃惊：他没有发现他有淋巴腺鼠疫或肺鼠疫的任何主要症状，只查出他肺部积水引起的肿胀和呼吸困难。但无论如何，他的脉搏太弱，全身情况太严重，看来希望很渺茫。里厄对他说：

"鼠疫的主要症状您都没有，但实际上值得怀疑，我应当把您隔离起来。"

神甫异样地笑笑，仿佛表示礼貌，但默不作声。里厄出门打电话，回来后，他注视着神甫。

"我留在您身边。"他温和地说。

神甫好像又活跃起来，他转眼看着大夫，目光里似乎重现了某种热情。他随即艰难地用清晰的声音说起来，但听不出语气中是否有悲哀的成分：

"谢谢，但神职人员没有朋友。他们的一切都寄托于上帝。"

他要放在床头的十字架，得到后，他转过身去注视着它。

在医院，帕纳鲁再没有开过口。他像一个物件似的任人对他进行各种治疗，但从没有放下手中的十字架。不过，他的病情仍旧难以确定。里厄心里始终疑云密布：是鼠疫，又不是鼠疫。再说，一段时间以来，这瘟神好像乐于使医生的诊断迷失方向。然而，就帕纳鲁这个病例而言，他后来病情的发展即将表明，这种无把握的现象是无关紧要的。

神甫的体温直往上升。他成天受到咳嗽的折磨，咳嗽的声音也越来越嘶哑。到了晚上，他终于咯出了那堵得他透不过气来的棉花团，是鲜红色的。在高烧肆虐的纷扰中，他的眼神却一直无动于衷，第二天清晨，当人们发现他已死去，半个身子躺在床外时，他的眼神已毫无表情了。在他的病历卡上写着："病情可疑。"

那一年的天主教诸圣瞻礼节①非同寻常。当然，天气并不反常，因为倏忽间的季节变化促使凉爽一下子代替了秋热。跟往年一样，这时节一直是凉风飕飕。大片大片的云朵从天际的这头飞快地往那头移动，给下面的房舍投下阴影，云彩过去之后，十一月的金色阳光照遍屋顶，却毫无暖意。第一批雨衣已经在市面上出现，但大家注意到，今年雨衣的面料上胶和上漆的数量之大，令人咋舌。原来各家报纸都曾报道，在两百年前法国南方发生的几次大鼠疫期间，医生们为了预防传染，都穿上了涂油面料的衣服。商家善于利用机会，遂大量推销过时衣

---

① 每年的 11 月 2 日为诸圣瞻礼节，又叫亡人节，相当于中国的清明节。

服的存货，而购买的人也都希望从中得到免疫力。

然而，所有显示季节变化的迹象都未能使人忘记这样的事实：公墓门前冷落车马稀。往年这个节日来到时，电车里充溢着淡淡的菊花香味，成群结队的妇女前去亲人安息的地方，用菊花装点他们的坟墓。每到这个日子，未亡人总想去死者身边安抚他一年来孑然一身备受冷落的凄苦。但这一年，谁也不愿去考虑死人了。确切说，他们想死人的时间太多了。如今已谈不上带着些许惋惜和无比的忧伤前去死者身边。死者再也不是每年一次需要未亡人来身边进行辩解的被冷落的人了，他们成了闯入活人生活的必须忘记的不速之客。这说明为什么今年的亡人节可以说是一下子就跳了过去。照柯塔尔的说法（塔鲁发现此人讲话越来越带讥讽味儿了），如今每天都是亡人节。

事实上，鼠疫的快乐之火在焚尸炉里越烧越欢了。当然，死于鼠疫的人数并非随时随刻都在增加，然而，鼠疫似乎在它的高峰上舒舒服服地待了下来，它每天以一个优秀公务员的准确和规律进行凶杀活动。原则上说，有关人士的意见也如此：这是个好兆头。比如，里沙尔大夫感到，鼠疫蔓延形势图上的曲线起初不断上升，继而在最高处长期徘徊，这似乎令人鼓舞。"这张图表很好，好极了，"他说。他认为在图表上，鼠疫已达到他所谓的水平线。从此以后，它只会降下来。他把这个现象归功于卡斯特尔大夫新研制的血清，原来，卡氏血清刚取得几次未曾料到的成功。老卡斯特尔没有反驳他，但他认为，事实上，一切都无法预测，因为从瘟疫史来看，往往会出现意想不到的再度猖獗的情况。长期以来，省府一直希望安抚公众的情绪，但苦于疫情严重，无法实现。眼下，它准备召集全体医生，请他们就此问题作出报告。但就在此时，里沙尔大夫本人也被鼠疫夺去了生命，而且恰好是在疫情稳定的时候。

这个例子当然使人感受强烈，但它毕竟说明不了任何问题，对此，行政当局一如它先前的轻率乐观那样，又公然悲观起来。卡斯特尔却只顾尽心尽力地研制他的血清。无论如何，现有的公共场所全都改成了医院或检疫所，如果说，省政府所在地还完整如初，那是因为总得留一个开会的地方。不过，总的说来，由于这个时期疫情相对稳定，里厄组建的隔离所和医院预期的名额还绰绰有余。医生和医助们业已付出了令他们身心交瘁的劳动，如今他们再没有必要操心作出更大的努力，他们只需继续勤勤恳恳地做好自己那份可以说是超负荷的工作就行了。现在，以肺鼠疫形式出现的疫情正在城市的各个角落蔓延，仿佛人们的肺部正在风助火势、火助风威似的。病人往往在大吐血当中更快地离开人世。这时，随着瘟疫的这种新形式的出现，感染的危险性可能会更大。原来，在这点上，专家们的意见始终互相矛盾，但出于保证更安全的考虑，卫生防疫人员仍然使用消毒纱布口罩。

无论怎样，虽然乍看起来，疫情可能在蔓延，但因淋巴腺鼠疫病人正在减少，总数的天平仍然保持平衡。

但是，随着粮食供应的困难与日俱增，人们又可能产生另一方面的忧虑。投机商趁火打劫，以天价出售正规市场紧缺的必不可少的食品。这样一来，贫困家庭数米而炊，富裕人家却衣轻乘肥。瘟神在恪尽传染职守时，不徇私情，十分有效，这本可以增进同胞们之间的平等感，可是，由于通常的自私心理作怪，鼠疫反而使人们心中的不平等感增强了。当然，剩下来的还有死亡的无可非议的平等，但这种平等却是谁也不愿享受的。因鼠疫而挨饿的穷苦百姓更加怀念邻近的城市和乡村，因为那里生活自由，面包也不昂贵。既然在这里得不到足够的食品，人们就产生了这种不太理性的想法：还不如放他们离开这里呢。结果，在城里竟有一句口号流传起来："没有面包，就给新鲜空气！"这句口号有时在墙上可以看到，有时在省长经过时可以听到。这种反讽意味的口号是某些游行示威的信号，尽管示威很快被制止了，它们的严重性却有目共睹。

自然，各家报纸必须服从上司的命令，宣扬乐观主义。一读报纸，就会看见对当前形势特点的描写，那就是：居民表现为"沉着和冷静的动人典范"。然而，在一个自我封闭、无密可保的城市里，谁也不会欺骗自己去相信什么共同作出的"典范"。要想对所谓的沉着和冷静有一个正确的概念，只需去某个检疫隔离病房或省政府建立的某个隔离营走走就够了。恰巧笔者当时在别处有事，不了解那里面的情况，所以只能在此援引塔鲁记载的事实。

原来塔鲁在他的笔记本里叙述了他和朗贝尔一道去探访市体育场一个隔离营的情况。体育场的位置几乎就在城门口，它的一端朝向通电车的街道，另一端俯临一片空地，空地一直延伸到城市所在高地的边缘。体育场周围一般都筑有水泥高墙，只要在四个进口处的大门设岗，任何逃逸都很难成功。同样，高墙也能阻止外面好奇的人进去打扰正在接受隔离的不幸的人。作为抵偿，那些不幸的人整天都能听到电车来往的声音，虽然看不见，却可以根据电车上变大的喧闹声猜测上班和下班的时间。他们因此而了解到，他们被排除在外的生活还在离他们几米远的地方继续进行，他们明白，水泥高墙隔断的两个世界相互之陌生，胜过它们各自处在两个不同的星球。

塔鲁和朗贝尔选择一个星期天的下午去探访这个体育场隔离营。同他们一道前往的还有足球运动员冈萨雷斯，原来朗贝尔又找到了他，而且说服他最终接受了轮流管理体育场的任务。朗贝尔准备把他介绍给隔离营的主管。冈萨雷斯在与朗贝尔和塔鲁见面时，对他们两人说，鼠疫发生之前，他们见面这一刻正是他换上球衣准备出场比赛的时候。如今所有的体育场都被征用了，已不再可能进行球赛，他为此感到十分无聊，他看上去也的确如此。这也是他接受看管隔离营任务的原因之一，但他的条件是，只能在每个周末去工作。那天天气半阴半晴，冈萨雷斯抬着头遗憾地说，这种既不下雨也不炎热的天气最适宜于赛球。他尽情回忆在更衣室擦松节油的味道，还有那摇摇欲坠的看台、黄褐色球场上颜色鲜艳的运动衫、中场的柠檬汁或像无数凉针刺激干渴喉咙那样解渴的冰镇汽水。此外，塔鲁还记下了这样的情景：他们一路上穿过郊区那些坑坑洼洼的街道时，这位球员不停地踢他脚下碰到的石子儿，想把石子儿直接踢进路旁阴沟的集水孔。他一踢进去便说："一比零。"每当他吸完香烟，往前吐烟蒂时总要用脚趁势把烟蒂接住。快到体育场时，一群踢足球的孩子正好把球往他们身边踢过来，冈萨雷斯连忙跑过去准确地把球踢回小球员那里。

他们终于走进了体育场。看台上满是人，赛场上搭了几百个红色的帐篷，从远处隐约可见帐篷里放着卧具和小包袱。目前还保留着看台，为的是让被隔离的人在大热天或下雨天有躲避的地方。不过，夕阳西下时，他们都得回到帐篷里去。看台下面，整修了一些淋浴室，那里的运动员更衣室全都改成了办公室和医务室。大部分被隔离的人都挤在看台上，其余的人在赛场边缘漫步。有几个人蹲在他们的帐篷入口处，用茫然的目光东看看，西看看。许多人躺在看台上，似乎在等着什么。

"他们白天干什么？"塔鲁问朗贝尔。

"什么也不干。"

的确，几乎所有的人都闲着双手，胳膊晃晃悠悠。那么大一群人聚集在这里却静默得出奇。

朗贝尔说：

"最初几天，来这里的人吵吵嚷嚷，谁都听不清别人讲话。可是，日子一天天过去，他们的话越来越少。"

据塔鲁的日记说，他本人很理解那些人的心情。起初，他看见他们挤在各自的帐篷里，要么听苍蝇嗡嗡，要么自己搔痒痒；如果发现有人乐意听他们说话，他们就怪叫着发泄他们的怒气或表达他们的恐惧。然而，自从隔离营人满为患以来，乐意听别人说话的人越来越少了。因此，大家只好沉默下来，互不信任。的确，有一种互相猜疑的东西从明亮的灰色天空降临在这红色的隔离营里。

不错，那些人都带着猜疑的神色。既然他们已与世隔绝，这种互不信任就不无道理，因此从他们的神情里可以看出，他们在思索这一切的原因，同时又很害怕。塔鲁观察到的每一个人目光都显得茫然，神色都表现出与自己的个人生活全面隔绝的痛楚。他们既然不可能成天都想到死的问题，他们只好一无所想。他们是在度长假。塔鲁写道："最糟糕的是，他们都已被人遗忘，而且他们知道这一点。认识他们的人在考虑别的事，所以把他们遗忘了，这完全可以理解。至于还在爱着他们的人，如今也把他们遗忘了，其实那些人正在四处奔走，千方百计想把他们从隔离营弄出去，可能已累得筋疲力尽了。爱他们的人成天想的是他们如何能出来，倒反而把要出来的人给忘了，这也是正常的。到头来，人们才发觉，即使处在最不幸的时刻，谁也不可能真正想到别人。如果真正在想谁，就得一分一秒随时想到他，而且不会被任何事情分心，无论是家务还是飞来飞去的苍蝇，无论是用餐还是身上痒痒。然而永远有苍蝇也有痒痒，所以过日子也并非易事。这一点，他们都很清楚。"

隔离营的主管再次朝塔鲁他们三人走过来，他说，有位奥东先生要求见他们。他先带冈萨雷斯去他的办公室，然后把塔鲁和朗贝尔带到看台的一个角落，原先独自坐在一边的奥东先生忙站起来迎接他们。他仍跟以前一般穿着，仍戴着原先那副硬领。不过，塔鲁还是注意到，他鬓角的两绺头发翘得比过去高了许多，一根鞋带也散开了。这位预审法官面容憔悴，同他们交谈从非正面看他们一眼。他说，能见到他们他深感快慰，并托他们向里厄大夫致谢，感谢他为他家做过的一切。

在场的人都默不作声。

片刻之后，法官又说：

"但愿菲利普没有受太多的痛苦。"

塔鲁这是第一次听到他说出他儿子的名字，因此他明白事情起了变化。此刻，夕阳西下，阳光穿过两朵行云从西边平射进看台，把他们三人的脸染成金黄色。

"没有，"塔鲁说，"没有，他真的没有受什么苦。"

他们俩告辞时，法官一直在眺望阳光射进来的地方。

他们去向冈萨雷斯告别，这位球员正在研究一张轮班值勤表。他握着他俩的手时笑了起来：

"我起码又回到了更衣室，还是一样。"

过了片刻，主管送塔鲁和朗贝尔出营，这时从各看台传来一阵响亮的劈啪声，接着，太平盛世时用来宣布比赛结果或介绍运动队的高音喇叭带着嗡嗡声通知被隔离的人回各自的帐篷，以便发放晚餐。大家慢腾腾地离开看台，拖拖拉拉地回到帐篷。等大家都安顿好了，两辆火车站常用的那种电瓶车便在各帐篷之间行进，车上放着几只大锅。人们举着胳膊，两只长柄大汤勺伸进大锅里，然后舀出食品分别放到两只军用饭盒里，电瓶车随后再往前开，开到下一个帐篷前，再开始分发食品。

塔鲁对主管说：

"这倒挺科学。"

"是的，"主管握着他们的手得意地说，"很科学。"

夜幕降临时，天空已变得晴朗。隔离营笼罩在柔和而清凉如水的月光里。从四面八方响起勺子盘子的丁当声，打破了夜晚的宁静。几只蝙蝠在营帐上空飞来飞去，随即突然消失了。在另一端的围墙外，一辆电车在铁轨的道岔上发出咔咔的响声。

在跨出隔离营大门时，塔鲁喃喃说道：

"可怜的法官，应该为他做点儿什么。但怎样才能帮助一位法官呢？"

在这座城市里还有好几个类似的隔离营，但笔者缺少那边的直接消息来源，出于谨慎，就不多费笔墨了。他能说的只有一点：那些隔离营的存在，从那里散发出来的人的气味，在暮色中传出的高音喇叭的喧闹声，围墙的神秘性，以及对这些远离尘寰的不祥去处的恐惧，都成了同胞们沉重的精神负担，给他们的惶恐和苦恼火上加油。各种事故以及市民同行政当局的冲突都在与日俱增。

到十一月末，清晨的天气已经变得非常寒冷。瓢泼大雨冲刷着路面，大雨过后，天空洁净如洗，万里无云，同闪光的街道相映成趣。每天早上，苍白无力的太阳向城市播撒它明亮但却冷冰冰的阳光。相反，到了傍晚时分，天气又重新暖和起来。塔鲁正好选定这个时间同里厄大夫谈谈心。

一天，大约晚上十点钟，塔鲁在一整天耗尽心力的工作之后，陪伴里厄去那位气喘病老人家里出诊。在老街区鳞次栉比的房屋上空，柔和的星光闪闪烁烁。微风无声地吹拂着，穿过黑黢黢的十字路口。这两个刚从静悄悄的街道走过来的男人，想不到碰上的这位病人如此健谈。老人告诉他们说，有些人并不拥护当局，说油水大的位置永远被同样的人包揽；他还引了谚语"瓦罐不离井边碎①"，末了，他搓着手说，有可能要大闹一场。大夫一边给他看病，他一边评论时事，没完没了。

塔鲁他们听见房顶上有脚步声。老太太发现塔鲁注意到这个情况，便解释说，有些女邻居在上面的平台上。他们同时还得知，从平台看出去，景色不错，而且本街区有些家的平台互相连接，妇女们可以足不出户就互相探访。

"没错，"老人说，"你们上去看看，那上面空气很好。"

他们发现平台上杳无一人，只放了三把椅子。从一边望出去，目力所及，只见一个个平台连绵伸展到黑压压的一大堆石头边，他们认出来那里是本城的第一座山冈。从另一边望过去，目光越过几条大街和看不见的海港，可以远眺那海天一色、波光隐约的地平线。比他们知道是悬崖的地方更远些，一缕微光时隐时现，很有规律，但他们不知道那光线的来源。原来那是航道上的灯塔，从今年初春到现在，它一直在为改道开往别的港口的船只旋转领航。在风吹云散、明净如洗的天空，星光闪烁，遥远的灯塔微光宛如尘埃，不时掠过星空。微风吹来香料和石头的气味。周围是一片深沉的寂静。

"天气真好，"里厄坐下来时说，"就好像鼠疫从没有来过这里一样。"

塔鲁背对着他，正在眺望大海。片刻之后，他说：

---

① 意指什么事干久了总得倒霉。

"不错，天气很好。"

他走过来坐到里厄身边，然后仔细地端详他。微光在天际又出现了三次。一阵餐具的碰撞声从街道深处一直传到他们耳里。屋子里有一道门砰的一声关上了。

这时，塔鲁毫不做作地问里厄：

"里厄，您难道从不想打听我究竟是谁？您把我当朋友看吗？"

"是的，"里厄回答说，"我是把您当朋友看，但到目前为止，我们一直没有时间。"

"那好，我这就放心了。您愿不愿在此时此刻和我共享友情？"

里厄微微一笑作为回答。

"那就这么着……"

在相隔几条街的地方，有一辆汽车好像在湿漉漉的路面上滑行了很长时间，随后才开走了，接着，远远传来一阵模糊的惊叫声，再度打破周围的静寂。后来静谧恢复了，更加衬托出天空和星星此刻对这两个男人的重要性。塔鲁站起身，走过去靠在平台的护栏上，面对着一直躺坐在椅子里的大夫。一眼看上去，只有他魁梧的身影显现在天空的背景下。他讲了很长时间，下面是他的讲话复原之后的大致内容：

里厄，我就长话短说吧，在认识这个城市和这次瘟疫之前，我早已患上鼠疫了。应该说我同大伙儿一样早已在受鼠疫的折磨。但有些人不明白这一点，或者说他们安于那种状况，另一些人则对此一清二楚，并且力图摆脱现状。至于我，我始终希望摆脱。

我年轻时，在生活中一直头脑简单，也就是说，毫无头脑。我不是那种自寻烦恼的人，我开始进入社会时过得还相当体面。我一帆风顺，应付自如，和女人相处甚笃，即使偶尔有些忧虑，这忧虑也来去匆匆。直到有一天，我开始思索问题。现在……

应该说，我当时没有您那么穷。我父亲是代理检察长，当时的社会地位就不算低了。但他天性善良，从不摆架子。我母亲很淳朴，遇事让人，我一直很爱她，但我现在宁愿不谈这个。我父亲对我很亲切，时常照顾我，我甚至相信他曾试图理解我。他在外边拈花惹草，现在我可以肯定这点，但我一点不感到气愤。他在这方面的行为一向合乎分寸，从不引人反感。扼要说来，父亲不是一个有独特见解的人。现在他既然已经作古，我才体会到，他这一辈子活得既不像圣人，也不是坏人。他介乎两者之间，就这么回事。他那种类型的人能让人感到亲切，而且这种适度的亲切感可以一直保持下去。

不过，他也有他的特点：《谢克斯旅游指南》是他最爱读的书。他并不常出门旅行，除非在假期去布列塔尼，他在那里有一座小别墅。但他可以向你准确地说出巴黎—柏林列车的出发和到达时间、从里昂去华沙中途换车的时刻表，以及你选定的任何两个大都会之间的行车里程。您能说清从布里扬松到沙莫尼怎么走吗？连火车站站长恐怕也会弄糊涂，我父亲却能说得头头是道。差不多每个晚上他都进行练习，以增进这方面的知识，而且他为此感到自豪。这事儿让我很开心，我经常向他提问，然后对照《谢克斯旅游指南》核实他的答案，当我确认他毫无差错时，我非常高兴。那些小小的练习使我们的关系更为密切，因为我给他提供了我这个听众，而他对我的诚意也很珍惜。我呢，我认为他在铁路行车时刻方面的优势不亚于其他方面的优势。

不过我越讲越远了，我恐怕太重视这位老实人了，因为说到底，我下决心时受他的影响只是间接的。他充其量给我提供了一个机会。原来，在我十七岁时，我父亲邀请我去听他讲话。那是刑事法庭审理的一起重大案件，他当时肯定寻思自己会在法庭上大出风头。我现在也认为他当时是想依靠那次隆重的开庭审案仪式来激发年轻人的想像力，以推动我下决心继承父业。我接受了他的邀请，因为那会讨他喜欢，也因为好奇心促使我去看看、去听听他在家庭中的角色之外扮演什么样的角色。除此之外，我没有想得更多。在此之前，我一直认为法庭里进行的一切，跟7月14日的国庆检阅或颁奖仪式一样正常和不能回避。我当时对审案只有抽象的概念，而且一点儿没有为此感到不安。

然而，那天审案在我记忆里留下的惟一印象乃是罪犯的模样。我相信他确实有罪，是什么罪，那无关紧要。然而，那个红棕色头发、一副可怜相的三十来岁的矮小男人招供一切的决心显得那样坚定，他对自己过去所做的一切和法庭即将对他的判决害怕得那样真切，以至不一会儿我的视线就完全被他吸引了。他看上去活像一只突然被强光吓得魂不附体的猫头鹰。他的领结歪在一边。他只顾用牙齿咬一只手的指甲，是右手……总之，我不想讲下去了，您已经了解，那是一个活生生的人。

可是我呢，我到那一刻才陡然意识到这一点，而此前我只在"被告"这个简单的范畴之内来想这类人。我不能说我当时把我父亲忘记了，但我只感到一阵心酸，因此我的注意力便全部集中在那刑事犯身上了。我几乎什么也没听，我只感到有人想杀死那个活生生的人，于是，一种奇怪的本能，带着顽固的盲目性，像浪潮一样把我推到他那一边。我真正清醒过来是在我父亲宣读公诉状的时候。

红袍使我父亲变了样，他显得既不善良，也不亲切，他满嘴空话大话，不着边际的长句子像蛇一般不断从他嘴里蹿出来。我明白，他在以社会的名义要求判这个人死刑，甚至要求砍他的头。的确，他只说了："这个头应该掉下来。"但归根结底，这两句话没有什么区别，而且实质上是一回事，因为他得到了这颗头颅。只不过并非他自己去执行罢了。我一直听到案件的结尾，而我却单单对这个不幸的人抱有一种亲切感，这种亲切程度之深厚，我父亲永远也望尘莫及。不过，按习惯，父亲还得到场观看那美其名曰最后的时刻——应该叫最卑鄙的谋杀时刻——发生的事。

从那天起，我一看见那本《谢克斯旅游指南》就极端反感。从那天起，我开始带着憎恶关注司法、死刑和处决。我十分震惊地发现，我的父亲显然参加了多次这样的谋杀，而且正是他起得很早的那些日子去参加的。是的，每逢这样的日子他都把闹钟上好。我不敢把这事告诉我母亲，但我开始更仔细地观察他，我这才明白，他们之间已毫无感情，母亲是在过一种被遗弃的生活。这个发现有助于我原谅她，正如我说过的那样。后来我才知道，对她谈不上什么原谅，因为她在结婚前一直过着贫穷的生活，正是穷困使她学会了逆来顺受。

您一定在等我说出"我马上离家出走"这句话。不，我留下来了，又待了好几个月，将近一年吧。但我内心十分苦恼。一天，父亲又在找闹钟，因为他需要早起。我一夜都没有合眼。第二天，他回家时，我已经出走了。我应该马上承认，我父亲派人去找过我，我也去看过他，我没有作任何解释，只冷静地对他说，如果他强迫我回家，我就自杀。他最后还是答应了，因为他天性比较温和，但他仍旧发表了一通关于享乐生活的愚蠢性（他就这样理解我的行为，但我并没有阻止他）之类的议论，接着是千叮咛万嘱咐，还忍住了涌上他眼睛的真诚的眼泪。后来，不过那也是很久以后了，我定时回家看望我母亲，当然也会见到他。我认为，有这些接触于他也就够了。至于我，我对他并没有敌意，只不过内心有些伤感罢了。父亲去世时，我把母亲接到我家，如果她后来没有离开人世，她还会住在那里。

　　我把我踏进社会的开始阶段说得这么细，是因为这的确是我一切的开端。现在我准备说得快些。我在十八岁时离开了富裕生活，尝到了贫穷的滋味。为了糊口，我什么行当都干过。而且行行都干得有声有色。不过我最感兴趣的还是死刑问题。我要替红棕色头发的猫头鹰算账。结果，我搞起了人们所谓的政治。我不想成为鼠疫患者，就这么回事。我曾认为，我生活的这个社会是建筑在死刑基础上的，我只要同社会作斗争，就意味着同谋杀作斗争。我曾这么认为，别人也对我这么说，结果说明，这大体正确。于是，我就和我热爱的而且一直爱着的人们站在一起，我在那个队伍里坚持了很久。在欧洲，无论哪个国家有斗争，我都去参加过，就不详谈了。

　　当然，我也知道，我们偶尔也宣判死刑。但当时他们对我说，为了实现没有人杀人的世界，死那几个人是必要的。从某种意义上说，这是对的，不过，无论如何，我恐怕都不可能坚持这样的真理了。有一点可以肯定，那就是，我当时很犹豫。但我还一直想着那猫头鹰，所以还能坚持下去。直到我再一次亲眼目睹执行死刑（那是在匈牙利），我孩提时经历过的使我头晕眼花的场景又在我成年时使我两眼发黑。

　　您从没有见过枪毙人吧？不，您当然没有见过，在场的人一般都是邀请来的，公众也都在事先经过挑选。所以在这方面您只停留在图画和书本知识里。蒙眼的布条、木柱、远处的几个士兵。嘿，才不是这么回事呢！您知道吗？事实恰恰相反，行刑队是站在离犯人一米五的地方。您知道吗？犯人如果往前走两步，他的胸口就会触到枪口。您知道吗？在那么近的距离，行刑队员集中射击犯人的心脏部位，那么多人，那么多的子弹，足可以在犯人胸膛开一个碗大的窟窿，人的拳头都可以伸进去。不，您不知道，因为那都是人们讳莫如深的细节。对于鼠疫患者来说，人的睡眠比生命更神圣不可侵犯。善良人们的睡眠不应当受到妨碍，否则就是低级趣味。而谁都知道，趣味就在于不固执。但我呢，从那时起，我一直睡不好，一直品尝那低级趣味，而且一向很固执，即是说，不停地去想它。

于是，我明白了，这么多年以来，至少我自己一直是一个鼠疫患者，而这些年我却全心全意地相信我是在与鼠疫作斗争。我得知我曾间接赞同几千个人的死亡，我甚至促成了那些死亡，因为我认为必然导致死亡的那些行动和原则十分正确。别的人似乎并没有为此而感到不安，或者说，他们至少从没有自动谈起过。而我，却一想到那些事喉咙就哽得说不出话。我跟他们在一起，但我却很孤独。有时我向他们谈到我的思虑，他们说必须考虑当前胜败攸关的事，他们还提出许多常常给人深刻印象的理由，让我相信我难以相信的东西。然而，我回答他们说，在那种情况下，那些身穿大红袍的大鼠疫患者也会讲出许多令人信服的道理，如果我同意小鼠疫患者提出的有分量的理由和必要性，我就不可能否定大鼠疫患者提出的理由。他们提醒我说，要承认穿红袍的人有理，最好的办法是给他们判刑的专营权。但我琢磨，如果让一次步，那就没有理由让他们住手。历史似乎认同了我的想法，今天，他们都在杀人场上争第一。他们全都杀红了眼，而且也欲罢不能了。

不管怎么说，我自己的事并不是进行辩论。我关心的是那红褐色头发的猫头鹰，是那个肮脏的偶然事件：那时，几张臭嘴向一个戴脚镣手铐的人宣布他即将死去，他们做好一切安排让他死，是的，让他在一个接一个眼睁睁等待被谋杀的极度苦恼的不眠之夜后死去。我关心的，是那胸脯上的窟窿。我思忖，在此期间——起码我是这样——，我决不会认为那种令人憎恶的屠杀有丝毫，您听见了吗？丝毫的道理！是的，在我还没有看得更清楚之前，我选择了这种顽固的盲目态度。

自那以后，我一直没有改变。长久以来，我为我也曾当过杀人凶手——哪怕是间接的，是出于善良的愿望——而感到羞愧，感到极端羞愧。随着时间的流逝，我只意识到一点：在今天，即使比别人优秀的人们也免不了去杀人，或听任别人去杀人，因为这符合他们的生活逻辑。我还意识到，在当今世界，我们的一举一动都可能导致别人的死亡。不错，我一直在感到羞愧，这一点我心中有数，当时我们所有人都处在鼠疫的包围中，我因此而失去了内心的安宁。到今天我还在寻找安宁，我试图理解所有的人，试图不成为任何人的死敌，从而找回我的安宁。现在，我只知道必须做该做的事，只有这样才不至于再成为鼠疫患者，只有这样我们才有希望找回安宁，或者在找不到安宁时，平静地死去。只有这样做才能减轻人们的痛苦，即使不能拯救他们，起码可以使他们尽量少受折磨，有时甚至会带给他们些许快乐。为此，我决定拒绝接受促人死亡的，或认为杀人有理的一切，不论它是直接的或间接的，不论它有理无理。

这也说明为什么在这次鼠疫里，除了学会同您并肩向瘟神开战，我没有学到别的什么。凭我可靠的学识，我清楚知道(是的，里厄，我深谙生活中的一切，这您也看见了)，人人身上都潜伏着鼠疫，因为，没有人，是的，世界上没有任何人能免受其害。我也知道，必须自我检点，毫不懈怠，否则，稍不留神，就可能往别人脸上呼气，把鼠疫传给人家。只有细菌是天然形成的。其余的东西，如健康、廉正、纯洁，可以说都是意志作用的结果，而这种意志作用是永远不该停止的。老实人，几乎不把疾病传染给别人的人，他们总是尽最大可能不走神。要想从不走神，就需要意志力，需要精神高度集中！对，里厄，当鼠疫患者是非常累人的。但要想不当鼠疫患者更累人。因此，所有的人都显得很疲劳，因为，在今天，人人都多少有些患鼠疫之嫌。也正因为如此，那些不愿意继续当鼠疫患者的人正在经历一种极度的疲劳，只有死亡能够使他们摆脱这种高峰状态的疲劳。

从现在到那个时刻到来时，我深知我对这个世界本身已没有价值，从我放弃杀人那一刻起，我已经自我宣判永远流放。该由别的人来创造历史了。我也知道，我不可能从表面上去判断那些人。我缺乏当有理性的杀人凶手的某种素质。这当然不是什么优点。不过我还是愿意像我现在这个样子。我学会了谦逊。我只不过想说，当今世界上有祸患，也有牺牲品，必须尽可能避免站在祸患一边。这一点，在您看来也许比较简单，但我知道这是正确的。我听见过太多的道理，那些道理差点弄得我晕头转向，而且确实蛊惑了许多人的心，使他们同意去杀人，我这才明白，人们的不幸都源于他们说话不清晰。于是，我决定无论言语或行动都明明白白，这样才能走上正道。因此我才说有祸患也有牺牲品，如此而已。如果我在这样说时，我自己也变成了祸患，起码我不是心甘情愿的。我试图当一个无辜的凶手，您瞧，这不算过分的奢望吧。

　　当然，也需要有第三种人，那就是真正的医生，但在现实里这样的医生很少，也很难遇到。因此我决定在任何情况下都站在受害人一边，以限制损失。在受害者当中，我至少可以探索怎样才能达到第三种人的境界，即是说，怎样才能获得安宁。

　　谈话结束时，塔鲁摆动着腿，用脚轻轻敲着平台。静默片刻之后，大夫稍稍挺挺身子，问塔鲁是否考虑过走什么道路才能得到安宁。

　　"考虑过，就是要有同情心。"

从远处传来两下救护车的铃声。适才还很模糊的惊叫声在城市的边缘地带聚合起来，就是在石头山冈的附近。他们同时还听到一声类似爆炸的巨响，然后重归于寂静。里厄看见灯塔又闪了两次。微风似乎吹得更有劲了，与此同时，一股风刮来一阵海洋的咸味。他们现在可以清晰地听见海浪拍打悬崖的低沉的声音。

"总之，"塔鲁直率地说，"现在我关心的，是怎样才能变成一个圣人。"

"可是您并不相信上帝。"

"正是。不信上帝是否可以成为圣人，这是我今天遇到的惟一的具体问题。"

突然，在响起惊叫声的那边升起一片闪闪烁烁的光，一阵模糊的喧闹声随风传到他们俩的耳里。闪烁的光随即熄灭，于是，在远处，在那一溜平台的边缘，只剩下了淡红色的余光。在风声暂息的时候，他们清晰地听见人的喊叫声，接着是射击声和人群的喧哗。塔鲁起身倾听，却再也听不见任何声音了。

"城门哨卡那里又干仗了。"

"这会儿已经结束了。"里厄说。

塔鲁喃喃说，根本结束不了，还会有牺牲品，这很正常。

"也许吧，"里厄回答说，"但您知道，我觉得自己同失败的人比同圣人更能患难与共。我想，我对英雄主义和圣人之道都没有什么兴趣，我感兴趣的是怎样做人。"

"说得对，我们俩目标一致，不过我没有您那么大的雄心壮志。"

里厄以为塔鲁在开玩笑，便看了他一眼。但借着天上模糊的微光，他看到的是一张忧伤而又严肃的脸。风又刮了起来，里厄觉得这风吹在脸上很温暖。塔鲁打起精神说：

"为了我们的友情，您知道我们现在该做什么吗？"

"该做您愿意做的事。"里厄说。

"去洗个海水浴。哪怕是未来的圣人，也会认为这个乐趣是同他的身份相称的。"

里厄笑笑。

"我们有通行证，可以去防波堤。说到底，只在鼠疫圈子里生活实在太愚蠢了。当然，人应该为受害者而斗争，但如果他除此就别无所爱，他斗争又有什么意思？"

"说得对，"里厄答道，"那我们就去吧。"

片刻之后，汽车在海港栅栏旁边停下来。月亮早已升起。乳白色的天空向各处投下淡淡的阴影。在他们身后是倚山而建层层叠叠的市区房屋，从那里刮来一阵带病菌的热风，促使他们赶快往海边走。他们向一个卫兵出示证件，卫兵仔细端详了很久才放他们通过。他们从他身边走过去，再穿过放满了木桶、到处散发着酒味和生鱼味的土堤，然后朝防波堤的方向走去。快到达目的地时，一股碘和海藻的气味告诉他们大海就在前面。接着他们听见了涛声。

大海在防波堤的巨大石基脚下发出轻柔的嘘嘘声，他们攀登大堤时，无垠的碧波展现在他们眼前，像丝绒般厚重，像兽毛般柔滑。他们去面对深海的岩石上坐下。海水涨起来，再缓缓退下去。大海舒缓的起伏使海面时而波光粼粼，时而平稳如镜。他们面前是无边无际的夜。里厄感觉到了手掌下是凸凹不平的岩面，一种罕有的幸福感充溢着他的心田。他向塔鲁转过身来，从他朋友诚实而平静的脸上猜出他也有同样的幸福感，但这种幸福感并不能使他忘却什么，甚至不能忘却他思虑的谋杀问题。

他们脱了衣服。里厄先跳下去。一开始水很凉，等他再钻出水面时，他倒感觉水是温热的了。游了一会儿蛙泳之后，他这才明白，今晚的海水之所以是温热的，是因为秋天的大海接受了陆地好几个月储存起来的热量。他以匀称的动作往前游着，双脚拍打水面，在他身后掀起白色的浪花，海水沿着他的双臂流下去，直到他的双腿。他听到一声很沉的"扑通"声，知道塔鲁也下水了。他翻转身平躺在水面上，一动不动，脸朝着月光皎洁、群星璀璨的天空。他深沉地呼吸着，越来越清晰地听到拍打海水的声音，这声音在寂静的夜晚显得格外响亮。塔鲁正在朝他游过来，很快就听到了他的呼吸。里厄翻转身，以同样的节奏与他的朋友并肩而游。塔鲁游得比他有劲，他不得不加快速度。一时间，他俩以相同的节奏、相同的力量齐头并进，他们终于摆脱了那座城市和鼠疫，终于能够远离尘嚣，闲云野鹤般优哉游哉。里厄首先停下，接着慢慢往回游，只是有几分钟他们游进了一股冰凉的水流，在这股海水出其不意的袭击下，他们不声不响地加快了速度。

他们穿好衣服，往回走时没有说一句话。但他们现在已是推心置腹的朋友，这个夜晚也将成为他们美好的回忆。当他们远远瞥见疫城的哨兵时，里厄知道，塔鲁也同他一样在想，瘟疫一时间曾把他们忘却，这很不错，但现在又该重新投入战斗了。

不错，是需要重新投入工作，而且鼠疫也不会把什么人遗忘得太久。整个十二月里，这家伙在同胞们的胸膛火烧火燎，它使焚尸炉闪闪发光，使隔离营挤满闲得无聊的人影，总之，它还在以它坚忍不拔时松时紧的步履不断前进。市政当局曾希望借助寒冷的冬天以煞住它蔓延的气势，但它竟然度过了初冬的严寒，毫不停步。还需要继续等待下去。然而，大家等得太久，也就不想等了，于是，全城的居民都在绝望中打发着日子。

至于里厄大夫，那昙花一现的安宁和友谊的瞬间已一去不复返了。市里又开设了一家医院，从此以后，他只能和病人朝夕厮守。不过，他注意到，在瘟疫发展的现阶段，鼠疫越来越以肺鼠疫的形式出现，在某种程度上病人似乎更能与医生配合。他们不再像一开始那样听任自己一味地沮丧或狂躁，他们看上去好像对自己的利益有了正确的认识，所以主动要求得到于他们最有好处的东西。他们不停地要求喝水，谁都希望得到热情的照料。尽管里厄同过去一样劳累，但在这种新情况下，他感觉没有以前那么孤独了。

大约十二月底，里厄接到预审法官奥东先生从隔离营写来的一封书信。信上说，他在隔离营的期限已经超过，但营管处找不到他入营时间的资料了，所以仍错误地把他关在里面。他的妻子前不久已离开隔离病房，她为此曾去省政府抗议，但在那里受到了冷落，省府的人说他们从没有出过差错。里厄请朗贝尔出面干预此事，几天之后，他便见到了奥东先生。原来真出了差错，里厄为此感到些许义愤。但消瘦了许多的奥东先生却抬起他那无力的手字斟句酌地说：谁都可能出错嘛。大夫只感到事情有了些变化。

"您准备做什么呢，法官先生？"里厄说，"您那些卷宗还等着您去处理呢。"

"哦，不，"预审法官说，"我想请假。"

"真的，您是该休息休息了。"

"不是这个意思。我是想回隔离营。"

里厄感到吃惊，说：

"可您刚从那里出来呀！"

"我刚才没有说明白。有人告诉我，这个营有志愿管理人员。"

预审法官转了转他的圆眼睛，竭力把一绺头发压平。

"您也知道，我在那边可能有事可干。此外，说起来有点荒谬，在那里我会感觉离我的小男孩更近一些。"

里厄注视着他。在这双严厉而呆滞的眼睛里没有可能突然出现温柔的表情，但这双眼睛已变得比原来浑浊，已失去了昔日金属般的清亮。

"那当然，"里厄说，"既然您有这个愿望，就由我去张罗。"

大夫果然把事情办成了。疫城的生活又恢复了原状，一直到圣诞节。塔鲁同过去一样到处用他的宁静有效地感染人。朗贝尔悄悄告诉大夫，在两个年轻卫兵的帮助下，他已与他的妻子建立了一个秘密通信渠道。如今每隔一段时间就可以收到她寄来的一封信。他建议里厄也利用这个渠道，里厄同意了。好多个月以来，他这是第一次写信，遇到的困难也最大。有一种语言他已找不回来了。信发了出去，但却迟迟不见回音。至于柯塔尔，他可真是春风得意，投机倒把的小买卖做得红红火火，从中发了横财。格朗呢，即使在几个节日期间，他也不可能有什么进展。

这一年的圣诞节与其说是福音节，倒不如说是地狱节。无论是空空如也、暗淡少光的店铺，还是橱窗里假冒伪劣的巧克力或空盒子，无论是电车乘客们阴沉的脸还是别的什么，都无法与昔日圣诞节的热闹气氛同日而语。以往的圣诞节，家家户户，不论贫富，都欢聚一堂，但今年却只有少数有特权的人在积满污垢的店铺后间以高价寻开心，既不热闹，也不光彩。响彻教堂的不是感恩的歌唱而是悲哀的呜咽。在这座死气沉沉、寒冷彻骨的城市里，还可以看到几个孩子在奔跑嬉戏，他们哪儿知道他们的生命正在受到威胁！没有人敢向他们通报昔日的那位神人正在到来，那背着礼物的神，像人类的苦难一般老迈，又像青年的希望一般新奇。人人的心都只能盛下一个十分古老十分暗淡的希望，正是这个希望阻止人们坐以待毙，而这个希望也无非是单纯而顽强的求生愿望罢了。

头天晚上，格朗没有赴约。里厄感到忧虑，一大早便去到他家，但没有找到他。所有的人都得到了这个警报。大约十一点钟，朗贝尔来到医院通知里厄大夫，说他曾远远看见格朗在大街上踯躅，整个脸都变了样，过一会儿便再也看不见他了。于是，大夫和塔鲁一道开上汽车去找他。

到了中午，天寒地冻，里厄从车上下来，远远瞥见格朗正紧紧靠在摆满粗制滥造的木雕玩具的玻璃橱窗上。这位老公务员的脸上竟不停地淌着眼泪。这眼泪使里厄大为震惊，因为他很理解眼泪里蕴涵着什么，而且他自己也感到喉咙里哽着泪水。他这时也想起了圣诞夜不幸的格朗在一家店铺橱窗前订婚时的情景，那时，让娜仰着身子对他说，她很高兴。此刻，她那忘情的声音又越过遥远的年代清脆地在格朗耳边回响，这是肯定的。里厄知道这哭泣着的老家伙在想些什么，因为他也有同样的感慨：这个没有爱情的世界真好比死人的世界，总有一天人们会厌倦监狱、工作和勇气，去找回可人的面庞和柔情似水的心曲。

这时，格朗也在玻璃上看见了里厄。他转过身，背靠橱窗，看着大夫走过来，却并没有停止哭泣。

"啊！大夫，啊，大夫。"他哭着说。

里厄说不出话，只好点头表示回应。他也处在和格朗一样的困境。在这一刻使他心如刀绞的是在众人遭受的痛苦面前无能为力的人特有的那种无边的愤怒。

"是我，格朗。"他说。

"我想腾点儿时间给她写一封信，让她知道……让她在幸福时不感到愧疚……"

里厄有点粗暴地拽着格朗往前走。格朗几乎是让他拖着走下去，嘴里咕咕哝哝地说一些断断续续的话。

"这事拖得太久了。我想听天由命，命是躲不过去的。哦，大夫！我表面上显得平静，是这样。其实我连保持常态都得花很大的力气。到现在，我可真受不了啦。"

他停下来，从头到脚浑身哆嗦，眼神显得狂乱。里厄抓住他的手。手热得烫人。

"您必须回家。"

但格朗挣脱里厄的手，跑了几步，然后停下来，张开双臂，身子前后摇晃起来。他就地旋转，随即倒在冰凉的人行道上，不断流淌的泪水弄脏了他的面孔。过路的行人远远看到他的情况，骤然停住脚步，不敢再往前走了。里厄只好将老人抱起来。

现在格朗已躺在他的床上，呼吸极端困难：他的肺部已经遭殃了。里厄在沉思。这个公务员没有家室，又何必把他送走？就由他和塔鲁来照顾算了……

格朗将头深深埋进枕头窝里，面色发青，眼睛无神。他死死盯住塔鲁用木箱碎片在壁炉里点燃的微弱的火。"情况不妙"，他再三说。从他火烧火燎的肺部深处发出一种奇特的啪啪声，这声音一直干扰着他说话。里厄嘱咐他别说话，还说他很快会恢复健康。病人脸上出现一抹古怪的笑意，笑意里透出一种亲切的柔情。他用劲挤了挤眼，说："如果这次我大难不死，大夫，我向您脱帽致敬！"但话音刚落，他就坠入虚脱状态。

过了几个钟头，里厄和塔鲁再来看他时，发现他半坐在床上，但里厄从他脸上看出煎熬着他的病情正在恶化，因而感到心惊肉跳。格朗自己倒显得比先前清醒，见到他们，他立即用粗沉得出奇的声音请他们把他放在抽屉里的手稿取出来给他。塔鲁把稿纸递给他，他看也不看便把稿纸贴在胸口，随后他把稿纸交给大夫，用手势请他念一念。那是五十来页的短手稿。里厄翻了一翻才明白，那些稿纸上写的都是同样一句话，不过是抄抄改改、增增减减而已。五月、女骑士、林中小径几个字以各种不同的方式不断进行对比、排列。作品还包含了许多注释和不同的写法，有的注释长得无以复加。然而在最后一页的末尾，作者专心写下了这个墨迹未干的句子："我最亲爱的让娜，今天是圣诞节……"在上面，是以工整的书法写就的那个句子的最后版本。格朗说："念吧。"里厄念道：

"在五月的一个晴朗的早晨，一位苗条的女骑士，跨一匹华贵的栗色牡马，在花海里穿过一条条林中小径……"

"是不是该这样写？"老家伙用充满渴望的声音问。

里厄没有抬眼看他。

"噢！"格朗焦躁不安地说，"我明白。晴朗，晴朗，这个词用得不恰当。"

里厄握住病人放在被子上的手。

"算了，大夫，我没有时间了……"

他吃力地鼓起胸脯，一下子喊出了这句话：

"把手稿烧了！"

大夫很犹豫，但格朗重复他的命令时语气是那么骇人，声音是那么痛楚，里厄只得把手稿扔进即将熄灭的炉火里去。房间顿时明亮起来，一股短暂的热气给屋里增添了暖意。里厄回到病人身边时，他早已背过身子，他的脸险些触到墙壁。塔鲁望着窗外，好像是这个场景的局外人。里厄给病人注射了血清之后，对他的朋友说，格朗活不过今夜。塔鲁自告奋勇为他守夜，里厄答应了。

整个夜晚，里厄一直没有摆脱格朗即将死去的想法，可是翌日清晨，他发现格朗正坐在床上和塔鲁闲聊。烧已经退了，只剩下全身衰竭的征兆。

"噢！大夫，"职员说道，"昨天我错了，不过我要重起炉灶。我什么都记得，您瞧着吧。"

"等等看再说。"里厄告诉塔鲁。

然而，到了中午仍没有什么变化。到晚上，可以认为格朗已经得救了。但里厄对这种起死回生的现象莫名其妙。

不过，大约与此同时，有人给里厄送来一个女病人，里厄当时也认为她的病情不可救药，所以病人一到医院就被隔离起来。那位年轻的女病人成天高烧谵语，表现出肺鼠疫的一切症状。但翌日清晨，姑娘却退烧了，里厄以为那又是和格朗一样的早晨的暂时缓解，而且根据他的经验，他认为这种缓解不是好兆头。然而到了中午，姑娘的体温并没有回升上去，到晚上也只升了十分之几度，到第二天早上，热度竟然全退了。姑娘虽然还很虚弱，躺在床上却可以自由呼吸了。里厄告诉塔鲁，那姑娘死里逃生完全不符合规律。然而，就在那一个星期里，有四个相同的病例出现在里厄的诊所里。

那周的周末，患风湿病的老人接待里厄和塔鲁时显得格外激动。

"好了，"他说，"它们又出来了。"

"谁出来了？"

"嘿，老鼠呗。"

从四月份到现在，没有发现过一只死老鼠。

"是不是又要流行起来了？"塔鲁问里厄。

老人搓着手说：

"真该瞧瞧它们奔跑！那是乐趣。"

他曾看见两只活老鼠经过大门回到他家里。几个邻居也告诉他，他们家也一样，又见到老鼠了。从一些人家的房梁上，又传出了好几个月没有听到的闹声。里厄等着每周伊始发表的全市统计总数，数字表明，鼠疫势头正在减弱。

第五部

　　尽管疫病的突然消退是始料未及的，同胞们仍没有急着庆幸。过去的几个月虽然增强了他们得到解脱的愿望，但也教会了他们小心谨慎，何况他们已习惯于越来越不指望短期内结束瘟疫。不过，大家都在谈论这个崭新的现象，而且在每个人的内心深处都产生了迫切而又难以明说的希望。其他的一切都退到次要地位了。死亡统计数字下降了，在这个压倒一切的事实面前，那些刚死于鼠疫的人就算不了什么了。种种迹象显示，虽然没有人公开表明希望重睹健康时代，但人人都在悄悄等待，迹象之一：从那一刻起，同胞们虽然装出一副无所谓的模样，其实都很乐意谈论鼠疫结束之后如何重新安排生活的问题。

　　大家得出的共识是，疫前那种舒适的生活不可能在朝夕之间得到恢复，因为破坏容易重建难。不过谁都认为，食品供应可能会得到些许改善，那样一来，人们就可以从最窘迫最操心的问题里解脱出来。然而，事实上，在那些不疼不痒的谈论背后，一种毫无理性的愿望像脱缰的野马似的奔了出来，显得那么一致、那么强烈，有时连我们的同胞都意识到了这一点，于是，他们急忙断言说，无论如何，解脱并不是明天就可以实现的。

果然，鼠疫并没有在第二天停止，不过，表面看来，它消退的速度还是超过了人们合情合理的期望。元月初那几天，严寒以不寻常的态势持续下去，而且仿佛在城市上空凝结起来了。但天空却从未有过的湛蓝。连日来，晴朗而冰冷的天空使我们的城市沐浴在从不间断的阳光里。这样的新鲜空气似乎使三周以来接连打退堂鼓的鼠疫精疲力竭了，这瘟神把尸体一字排开，数量却越来越少。在短短的时间里，它几乎耗尽了几个月积攒下来的全部力气。眼看鼠疫没能抓牢它本已猎获的牺牲品，如格朗或里厄诊所里那位姑娘；眼看它在一些街区变本加厉地再肆虐三两天，同时在另一些街区彻底绝灭；眼看它周一繁殖了更多的尸体，而周三又放走了几乎所有的病人；眼看它如此这般地气喘吁吁，或气急败坏，人们会说，是它的神经紧张和厌倦情绪使它乱了方寸，它在自我失控的同时，正在失去它力量之所在的极为灵验的精确效率。卡斯特尔血清陡然获得一系列的疗效，而此前却得不到这类疗效。过去，医生采取的每项措施都毫无结果，如今，那些措施却似乎突然弹无虚发了。如今好像已轮到瘟神受围剿了，它的骤然衰弱似乎成了过去抵抗它的钝刀子变得锋利的力量源泉。不过，鼠疫时不时也会咬牙顶住，它胡乱鼓鼓劲便能夺去三四个有望痊愈的病人的生命。这些人都是在瘟疫中不走运的人，因为他们是在充满希望的时刻被鼠疫杀死的。预审法官奥东就是其中的一例，人们只好把他撤出隔离营。塔鲁谈到奥东先生时，说他命途多舛，不过，不知塔鲁指的是他的死亡，还是他的生活。

然而，总的说来，这传染病是在全线退却，省政府的公报起初使人产生一种胆怯的、隐秘的希望，最后终于在公众的心里肯定了他们的信心：疫病已放弃阵地，幸存者已稳操胜券。实际上，还是很难断定那就是胜利，但也应该看到，疫病的确像它来到时那样退去了。人们采取的对策并没有改变，但那些对策以前毫无效果，今天看上去却疗效喜人。不过在大家的印象里，鼠疫是自我衰竭的，或许可以说，它是在大功告成之后自动退隐的。应该说，它扮演的角色已经结束了。

可是，也有人会认为城里并没有起什么变化。街面上，白天还是那么安静，到了晚上，才有跟以前一样的人群拥上街头，只不过大都穿上了外衣，围上了围巾。电影院和咖啡馆照常营业。但仔细一观察，就不难发现，人们的面容显得更轻松了，有时甚至露出些许笑意。这时人们才注意到，在此之前，大街上找不出一个人面带笑容。事实上，几个月来一直蒙住这个城市的不透光的帷幔已出现了缝隙，每周周一，人人都可以通过广播新闻得知，这个缝隙正在扩大，到最后大家便可以自由呼吸了。不过，这种宽慰还只是消极的，还没有人公开而又充分地表达出来。但如果在过去听到有火车出城或有船到港，或汽车又将获准通行之类的消息，恐怕没有人会轻易相信，然而在一月中旬宣布这类大事却不会有任何惊诧的反响。当然，这还算不得什么，但这种极细微的差别事实上表明了我们的同胞在希望的道路上有了长足的进步。此外，我们还可以说，从当地居民有可能怀抱最微小的希望那一刻起，鼠疫的实际淫威业已结束。

但也还有这样的情况：在整个一月份，同胞们对那一切的反应都充满矛盾。确切地说，他们经历了兴奋与沮丧交替的心路历程。因此，有必要记载以下的事实：甚至在疫情统计数字最令人振奋的时刻，也有人重蹈覆辙，企图逃亡。此事令当局大为震惊，由于大多数逃亡者都获得成功，所以连守卫的士兵也颇为震动。但实际上，那个时期的逃亡者是受正常感情支配的。其中有的人被鼠疫吓得摆脱不了根深蒂固的怀疑情绪，希望早已与他们无缘了。甚至在鼠疫时期已经过去时，他们仍然按照疫期的规则生活。他们显然跟不上形势。另外一些人则相反，他们属于此前一直被迫与所爱之人分离的群体，经过如此长时间的幽禁和心灰意冷，那平地刮起的希望之风便使他们狂热、急躁到无法自控的程度。他们一想到自己可能功败垂成，先行死去，再也见不到至爱的人，长期吃的苦头也会竹篮打水一场空，便惶惶不可终日。在鼠疫肆虐的那些月份里，他们不屈不挠，不惧监禁和流放，苦苦等待，如今，一线希望的曙光便足以摧毁连恐惧和绝望都未能毁损的一切。为了抢先，他们来不及跟随鼠疫的步伐直到它的末日，就像疯子一般急急忙忙冲在前头。

此外，有些自发的乐观主义迹象也同时显露出来，因此而出现了不可忽视的降价风。从纯经济学观点看，这种波动是无法解释的：困难照样存在，本市依旧被隔离为孤城，食品供应还远远没有改善。看来这纯粹是一种精神现象，仿佛鼠疫的消退到处引起了回响。与此同时，乐观主义也感染了那些过去一直过着集体生活但鼠疫迫使他们分居的人们。市里的两座修道院重新组建起来，又可以恢复集体生活了。军人也一样，他们又回到了人去楼空的军营，重新开始平时的守备生活。这些微不足道的现象乃是重大事件的征兆。

本市的居民就生活在这种悄悄的兴奋状态之中，一直到1月25日。在那一周，死亡统计数字大幅度下降，因此在咨询了医疗委员会之后，省政府宣布，可以认为瘟疫已得到了控制。公报补充说，当然，出于市民可以认同的谨慎，各城门还须再关闭两周，现有的预防措施还须维持一个月。在此期间，一旦发现鼠疫有死灰复燃的险情，"就应继续维持现状，诸项措施也应实行更长的时间"。不过，全体市民都一致认为，补充说明无非是官样文章，因此1月25日晚上，举市欢腾，热闹非凡。为了配合狂欢的气氛，省长命令恢复疫前的照明。在寒冷晴朗的苍穹之下，同胞们成群结队拥向灯火辉煌的大街小巷，喧嚷、嬉笑之声不绝于耳。

诚然，许多房屋还紧闭着门窗，有些家庭正在静默中度过这欢声雷动的夜晚。但是很多沉浸在哀伤中的人内心深处也同样感到宽慰，或者因为他们再也不必惧怕看见亲人被鼠疫夺去生命；或者因为他们再也不必为自身的安全而忧心忡忡。然而，同这种举市欢腾的气氛最格格不入的家庭，毫无疑问，乃是尚有病人住院，或尚有亲人住隔离营或在家被隔离的家庭，他们此刻都在等待这场疫祸真正离开他们，就像离开其他家庭一样。这些家庭当然也怀抱希望，但他们把这种希望储藏在心底，在证实自己真正有权实现它之前，他们禁止自己去从中吸取力量。他们感到，这种等待，这种处于死亡和欢乐之间的默默的夜守，在万众欢腾的气氛中格外令人痛苦。

然而，这些例外的情况对其他人的满意心情毫无影响。当然，鼠疫还没有销声匿迹，而且它还会证明这一点。但所有人的思想都已超前了几个星期，在他们的头脑里，列车已在没有尽头的铁路上呼啸着频频远去，轮船已在波光粼粼的海面上破浪前行。也许再过一天大家的头脑会冷静一些，还可能会重新产生疑虑，但就当前而言，整个城市都动起来了，它已走出了它曾经打下石头地基的封闭、阴暗、毫无活力的地方，同劫后余生的人们一道迈开了脚步。那天晚上，塔鲁、里厄、朗贝尔等也在人群中步行，他们也有踩不实地面的感觉。离开林阴大道很久以后，塔鲁和里厄沿着家家都关门闭户的僻静小巷往前走，就在这一刻，他们还能听见那普天同庆的声音。由于他们十分疲劳，所以无法辨别这紧闭的窗户后面无尽的愁云惨雾和远处大街上那凫趋雀跃的情景。解脱的时刻临近了，但解脱带来的却是几家欢乐几家愁。

在欢声笑语越来越响亮时，塔鲁停下了脚步。一个黑影在阴暗的路面上轻快地迅速跑动。是一只猫，是从春天疫情发生以来见到的第一只猫。它在街道中间停下来，犹豫着，舔舔爪子，再用爪子飞快地挠挠右耳，随即静静地奔跑起来，刹那间消失在黑夜里。塔鲁微微一笑。那矮小的老头一定也很高兴。

然而，正当鼠疫似乎已启程回它悄悄出走的不为人知的老巢时，据塔鲁笔记的记载，城里至少有一个人为它的离去而惊慌失措，那就是柯塔尔。

老实说，从统计数字开始下降那一刻，塔鲁的笔记就变得相当古怪了。也许是疲劳使然，笔记的字迹很难辨认，而且内容老是东拉西扯。更有甚者，那些笔记首次变得不够客观，而且字里行间充满个人的私见。在连篇累牍介绍柯塔尔情况的同时，也有一段关于玩猫老人的记述。据塔鲁说，无论是疫前还是疫后，他对这位老先生都十分敬重，十分关注，可惜今后他再也无法关心他了，尽管这并非因为他塔鲁缺乏善意：原来他曾设法寻找过他。在 1 月 25 日那个晚上过去之后几天，他曾在那条小巷的街角守望过，那些猫并未失约，已经回到原地，正在一片片阳光下取暖。但在老人平时出现的时刻，窗户仍旧紧闭着。在随后的日子里，塔鲁再也没有看见窗户打开过。塔鲁因此而得出一个奇怪的结论，认为矮个儿老人在生闷气或者已经去世了。如果他在生闷气，那是因为他相信自己有理，是鼠疫坑害了他；如果他已去世，那就应当像考虑老气喘病人的情况一样考虑他是否是一位圣人。塔鲁不认为他是圣人，但认为从他的情况可以得到一种"启示"。笔记里写道："也许人只能成为亚圣，果真如此，那就应当满足于做谦逊而又仁慈的撒旦。"

在笔记里还可以看见许多评论，但这些评论老和对柯塔尔的看法混杂起来，而且常常很分散，有些涉及格朗，说他业已康复，而且已若无其事地重新投入工作，另一些则涉及里厄大夫的母亲。塔鲁暂住在里厄家里，所以有机会同里厄的母亲聊天。他们之间的谈话、老太太举手投足的姿态、她的微笑以及她对鼠疫的看法都认真地记录了下来。塔鲁还着重描写了里厄老太太的谦让、她讲话时简洁的表达方式以及她对一扇窗户的偏爱：那扇窗户面朝宁静的街道，每到傍晚，她都坐在窗户后面，略微挺直身体，双手平平稳稳，目光十分专注，就这样一直坐到暮色袭入她的房间，把她的黑影从灰色的光线里衬托出来，灰色光线渐渐变成黑色，于是她那一动不动的剪影便融入黑暗里。塔鲁还谈到她在各房间来来往往时步履显得如何轻盈；谈到她的善良，她从未在塔鲁面前明确表现过这种善良，但塔鲁在她的言行中可以隐约体会出来；最后还谈到这样一个事实：他认为老太太能不假思索就弄懂一切，她虽然那样沉静、谦让，却能看透包括鼠疫在内的任何事物的本质。写到这里，塔鲁的笔迹显出了歪歪扭扭的奇怪痕迹。接下去的几行已很难辨认了。最后几行首次牵涉到他个人，但也歪歪扭扭，这再一次证明他已指挥不了自己的笔："我的母亲也是如此，我喜欢她内心那同样的谦逊，我一直想再见到的人正是她。那是八年前的事，我不能说她已经去世。她只不过比平时更不愿出头露面罢了，可我一回头，她已经不在那里了。"

现在应该再谈谈柯塔尔。自从鼠疫统计数字下降以来，柯塔尔就以各种不同的借口多次造访里厄。但实际上，他每次造访都是为了请里厄对疫势进行预测。"您认为鼠疫会不会就这样不哼不哈一下子停掉了？"他对此表示怀疑，至少他口头上是这么说的。但他一再提出这类问题似乎说明他的信心比口头说的更不坚定。在元月中旬，里厄就相当乐观地回答了他的问题，但每次的回答不仅没有使柯塔尔高兴，反而引出他各种反应，反应随日子的不同而有所变化，但却是从情绪不高变得心灰意冷。后来，里厄只好对他说，尽管统计数字说明有停止的迹象，但现在最好别欢呼胜利。

"换句话说，"柯塔尔提醒道，"现在还弄不清楚，那东西什么时候都可能卷土重来？"

"是的，同样，治愈的速度也可能越来越快。"

这种变化不定的局面对谁来说都值得焦虑，但柯塔尔却显然松了一口气。他当着塔鲁的面同他街区的买卖人聊天，竭力宣传里厄的观点。的确，他干这类事不费吹灰之力，因为对最初胜利的狂热过去之后，许多人脑子里又升起了疑团，这疑团停留的时间想必会比省府公告引起的激动心情更长。这疑虑再起的情景使柯塔尔大为放心。但跟屡次发生的情况一样，他也有泄气的时候。他常对塔鲁说："对啊，城门迟早会打开。到那时，您瞧吧，谁也不会管我！"

在1月25日之前，谁都注意到了他情绪变化无常。他曾日复一日地下功夫赢得所在街区居民的好感，改善同他们的关系，之后，他又接连好几天向他们寻衅吵架。至少从表面上看，他正在退出社交场合，而且转眼之间便过起了离群索居的生活。再也见不到他去饭店、去剧院或他喜欢的咖啡馆，不过，他似乎也并没有重新过上他在鼠疫之前过的那种有节制的、默默无闻的生活。他完全隐居在自己的套房里，让邻近的一家饭馆给他送饭。只是在晚间，他才悄悄走出房门去购买必需品，一出商店便急忙走进一些僻静的街道。塔鲁在那段时间的确碰见过他，但从他嘴里也只捞到几个单音节的词句。后来，人们发现他又突然喜欢与人交往了，连过渡阶段都没有。他口若悬河地谈论鼠疫，恳求每个人提意见，每天晚上还欣然投身于潮涌般的人群之中。

省府发布公告那天，柯塔尔突然从来来往往的人群里失去了踪影。两天之后，塔鲁碰见他正在大街上游荡。柯塔尔请求塔鲁陪他去一趟近郊区，塔鲁一天工作下来感到格外疲乏，所以有点儿犹豫。但那一位坚持要他去。柯塔尔看上去十分烦躁，他说话很快，声音很大，还胡乱打着手势。他问塔鲁是否认为省府的公告真能结束鼠疫。当然，塔鲁认为，一份政府公告本身是不足以阻止一场灾祸的，但人们完全有理由相信，瘟疫即将停止，除非偶有不测。

"不错，"柯塔尔说，"除非偶有不测。不测总是有的嘛。"

塔鲁提醒他说，省里规定两周以后才开城门，这也说明政府在某种程度上已预见到可能发生的不测。

"省政府干得不错，"柯塔尔说，神情依然阴郁而烦躁，"因为照一般的做法，省府很可能在空口说白话。"

塔鲁以为这不是不可能，但他想，最好还是考虑城门不久会开放，生活会转入正常。

"就算您说得对，"柯塔尔答道，"就算您说得对吧，那么，生活转入正常是指什么呢？"

"指电影院里有新片放映，"塔鲁笑道。

柯塔尔可没有笑。他想知道是否可以认为鼠疫不会使城市起任何变化，一切都将照原样重新开始，即是说，就像什么也没有发生过一样。依塔鲁之见，鼠疫会使城市发生变化，也不会使城市发生变化。当然，同胞们最强烈的愿望过去是，将来也是做到好像一切如常，因此，从某种意义上说，什么也不会变化；但从另一方面看，谁都不可能忘记一切，即使有必要的意志力也做不到。鼠疫会留下痕迹，起码会在人们心灵上留下痕迹。那个小笔年金收入者干脆宣称他对心灵不感兴趣，心灵甚至是他最不担忧的问题。他感兴趣的是，组织机构本身是否会改组，比如，所有的办事机构是否会像过去一样运转。塔鲁只好承认自己对此一无所知。不过，他认为可以设想，那些在瘟疫期间被扰乱了的办事机构重新启动会遇到一些困难。还可以认为，今后出现的大量问题至少会促使原先的机构改组。

"噢！"柯塔尔说，"这很可能，其实，谁都得一切重新开始。"

他们俩一路散步过来，已到了柯塔尔家附近。柯塔尔先有些兴奋，后来又竭力使自己变得乐观。在他的想像里，这个城市已经有了新生活，为了从零开始，过去的一切都不复存在了。

塔鲁说：

"对呀，不管怎么说，您的情况恐怕也会好转起来。可以说，新生活就要开始了。"

他们来到大门前，握了握手。柯塔尔显得越来越激动，他说：

"您说得有道理，从零开始，这是件好事。"

但这时有两个男人突然从走廊的阴影里蹿了出来。塔鲁刚听见他的同伴问那两个家伙究竟想干什么，就听见那两个盛装的公务员模样的人问他是否真叫柯塔尔。柯塔尔压低嗓音叫了一声，转身便朝黑暗里冲了过去，那两人和塔鲁都没来得及作出任何反应。惊诧过去之后，塔鲁问那两人想干什么。他们以谨慎而又礼貌的态度说，是想了解情况，随即朝柯塔尔逃走的方向从容不迫地走了。

塔鲁回到家里便记下了刚才那一幕，而且立即（有笔迹作充分证明）提到他很疲劳。他补充写道，他还有许多事需要做，但不能以此作为理由让自己不作准备，他还问自己是否真正做好了思想准备。最后，他回答说，无论日间还是夜里，人总有一个时辰是怯懦的，他怕的正是这个时辰，他的笔记到此也就结束了。

两天过后，也就是开启城门的前几天，里厄大夫在中午回了一趟家，想看看他是否能收到他等待的电报。尽管他那时的工作同鼠疫高峰时期一样累死人，期盼彻底解放的心情却消除了他全部的疲劳。他现在也抱着希望，并为此而心花怒放。人总不能永远朝乾夕惕，把神经绷得太紧，能在抒发感情时终于把为战胜鼠疫而高度集中的精力束解开，这是幸事。倘若那朝思暮想的电报能带来好消息，里厄就有可能一切重新开始。他也认为所有的人都会重新开始。

他经过门房小屋时，新来的看门人贴着窗玻璃向他微笑。里厄上楼时，还在回想门房那张被疲劳和缺衣少食折磨得十分苍白的脸。

是的，当撇开一切的时期过去之后，他会重新开始，而且还有几分幸运……他刚一开门，就见母亲迎了过来，她告诉儿子，塔鲁先生身体不适。他早上起了床，但无力走出房门，便又上床睡下了。她有些担忧。

"也许并不严重。"她的儿子说。

塔鲁直挺挺地躺在床上，他那转动不灵的头深深陷在长枕头里，几床被子虽厚，还是能看见他那结实胸脯的轮廓。他正在发烧，头疼。他告诉里厄，他的症状不清晰，也有可能是鼠疫。

里厄给他作了检查，说：

"不，现在还没有任何明确的迹象。"

但塔鲁渴得厉害。在过道里，大夫对他母亲说，很可能是鼠疫的初期症状。

"哦！"她说，"这不可能，不该在这会儿发病！"

她随即说：

"咱们把他留下吧，贝尔纳。"

里厄想了想说：

"我无权这么干，不过城门马上要开了。如果你不在这里，我坚信留下他会是我要行使的第一个权利。"

"贝尔纳，"母亲说，"把我和他都留下吧。你很清楚，我刚才又打了预防针。"

大夫说，塔鲁也接种了疫苗，但他可能太疲劳，错过了最后那次血清注射，而且忘了采取某些预防措施。

里厄回到自己的房间。他再走进塔鲁的房间时，病人看见他手上拿着好几只盛满血清的细颈瓶。

"噢！就是这个病。"塔鲁说。

"不，这只不过是预防措施。"

塔鲁没有回答，只伸出手臂接受没完没了的注射，他自己就曾在别的病人身上作过这类注射。

里厄正面看着塔鲁，说：

"我们今晚再看看情况怎么样。"

"那么隔离的事呢，里厄？"

"目前还完全不能肯定你得了鼠疫。"

塔鲁费劲地笑了笑。

"我还第一次看到光注射血清而不下令隔离。"

里厄转过身去，说：

"我母亲和我照顾您。您在这里更舒服些。"

塔鲁不言语，正在整理细颈瓶的里厄想等他说话再转过身来。结果，里厄还是走到他床边。病人注视着他。他的脸显得十分疲倦，但他的灰色眼睛仍然很沉静。里厄朝他微微一笑。

"您要是能睡就睡，我一会儿再来看您。"

他走到门前却听见塔鲁叫他，他转身朝他走去。

但塔鲁似乎在犹豫该怎样表达他想说的话。

"里厄，"他终于清晰地说了出来，"应该把一切都告诉我，我需要这样。"

"我答应您的要求。"

塔鲁笑了笑，微笑使他那张宽大的脸显得有点歪。

"谢谢。我并不想死，我还要斗争。但如果仗已经打输了，我就愿意有一个好的终结。"

里厄俯下身，紧紧按住塔鲁的肩膀，说道：

"别这么说。要想成为圣人,就得活下去。斗争吧!"

到了白天,严寒稍微缓解了些,但中午时分又下起了瓢泼大雨和冰雹。暮色降临时,天空略微转晴,但寒冷却更刺人骨髓了。里厄在晚间回到家里。他顾不得脱下外衣便径直来到朋友的房间。他母亲正在织毛衣。塔鲁似乎没有挪过位置,但他那因高烧而发白的嘴唇说明他正在坚持斗争。

"怎么样?"大夫问道。

塔鲁耸一耸他露在外面的厚厚的肩膀。

"怎么样,"他说,"我正在成为输家。"

大夫朝他俯下身去。在病人烧得烫人的皮肤下面已经有成串的淋巴结,他的胸脯发出像地下炼铁炉那样的呼噜声。奇怪的是,塔鲁竟同时呈现出两种不同鼠疫的症状。里厄抬起身来时说,血清还没有来得及发挥全部的效力。这时,塔鲁想说点儿什么,但一阵热浪滚到他的喉咙,堵住了他的话。

晚饭过后,里厄和他的母亲到病人身边坐了下来。对塔鲁来说,黑夜将在战斗中开始,而里厄也明白,同瘟神打的这场硬仗会延续到黎明。在斗争中,塔鲁五大三粗的体格并不是他最精良的武器,最精良的武器应该是他刚才在大夫的针头下冒出的血液,和血液里比灵魂更为内在的东西,而这种东西是任何科学都无从解释清楚的。他里厄只该在朋友身边观战。他马上要做的事是促使脓肿成熟,给病人输滋补液,几个月反复的失败教会了他如何估价那些措施的效果。实际上,他惟一的任务是给偶然性提供机会,而这类偶然性往往需要人去促进才起作用。现在就得让偶然性起作用,因为他面对的是瘟神的另一副使他困惑的嘴脸。这家伙又一次变着法儿使人们对付它的战略受挫，它从看似已经定居的地方溜走，又去谁都想不到的地方粉墨登场。它再一次处心积虑地让人感到震惊。

塔鲁一动不动，还在战斗。整个夜晚，在病魔的多次冲击面前，他没有一次显得焦躁不安，他只以自己健全的体魄和沉默背水一战。他也没有说过一句话，只以他特有的方式告诉里厄他们，他再也不可能分心。里厄只能从朋友的眼睛里了解战斗的各个阶段，那双眼睛时而睁开，时而闭上；眼皮时而紧贴眼球，时而相反，舒张放松；目光时而盯住某物，时而回到大夫和他母亲身上。大夫每次遇上病人的目光时，病人都要费大劲冲他微微一笑。

一时间，从街上传来急促的脚步声。行人好像听见了远处的雷鸣逐渐逼近因而四处逃跑，雷声最终变成了满街的哗哗水声：原来又下雨了，雨声连带冰雹的劈啪声立即打在了人行道上。大幅的帷幔在窗前波浪般起伏着。里厄站在房间的暗影里，他的注意力曾一度被雨声吸引，现在又转过来重新注视床头灯照射下的塔鲁。他母亲还在织毛衣，她时不时抬起头来仔细观察病人。到现在，大夫已经把该做的事做完了。大雨过后，房间里显得更为肃静，只有那场看不见的战争发出的听不见的厮杀声。被失眠折磨得心烦意乱的里厄在想像里仿佛听见从寂静之外传来一种柔和而均匀的呼啸声，在整个瘟疫期间，这种声音一直伴随着他。他用手势招呼母亲去睡觉，老太太摇头表示拒绝，她的眼睛显得更亮了，她随即仔细看了看她织得没有把握的一针。里厄起身给病人喂水，然后返身坐下。

外面的行人利用阵雨暂停的刹那在人行道上快步往前走。他们越走越远，脚步声也愈来愈小。里厄大夫第一次意识到，这个夜晚游人如织，却听不见救护车的铃声，这跟鼠疫之前的夜晚已经十分相似了。这是一个摆脱了瘟疫的夜晚。那被寒冷、灯火和人群驱赶的病魔仿佛已从城市阴暗的深处逃逸，现在来到这间温暖的寝室里，在塔鲁已失去活力的身体上作最后的冲刺。祸乱已不在这个城市的上空兴风作浪了，但却在这个房间沉闷的空气里轻轻地嘘嘘作响。原来里厄几个钟头前就听到的声音正是它的呼叫。现在需要等待的，是呼叫声也在这里停下来，是鼠疫也在这里宣告失败。

黎明前不久，里厄俯身对他母亲说：

"你应当去睡一会儿，好在八点钟来接替我。睡觉前先滴注药水。"

里厄老夫人站起身，放好毛线活，然后朝床边走去。塔鲁闭上眼睛已经好一阵了。汗水使他的头发卷成环形贴在他倔强的额头上。老夫人叹了口气，病人闻声睁开了眼睛。他看见她俯下来的温和的面庞，于是，在高烧起伏的煎熬下，他那顽强的微笑再一次出现在嘴边，但他的眼睛又立即闭上了。母亲一走，里厄坐进她刚离开的扶手椅。此刻，外面的街道杳无人声，死一般寂静。屋里已经感觉到清晨的寒意了。

大夫打起盹来，但黎明时的第一辆车又将他从半睡眠状态中惊醒。他打了个寒战，再看看塔鲁，这才明白现在正是间歇时刻，病人也在睡觉。那辆马车的铁木车轮正在往远处滚滚而去。从窗户望出去，天还黑沉沉的。大夫朝床前走过去时，塔鲁正用他那毫无表情的眼睛望着他，好像还睡意浓浓。

"您睡觉了，是吗？"里厄问。

"是的。"

"呼吸舒畅些了吗？"

"稍微舒畅些。这有意义吗？"

里厄默不作答，片刻过后，他说：

"没有，塔鲁，这没什么意义。您跟我一样明白，这无非是早上的缓解。"

塔鲁表示同意。

"谢谢，"他说，"您就一直这样确切地回答我吧。"

里厄在床脚边坐下。他感觉到身边的病人两条腿又长又僵直，就像死人的肢体。塔鲁的呼吸更粗重了。他喘息着问：

"又要发高烧了，是吗，里厄？"

"是的，不过要到中午才能肯定。"

塔鲁闭上眼睛，好像在养精蓄锐。在他的面部呈现出一种疲乏而厌倦的表情。他等着体温上升，其实体温已经在他体内的什么地方蠢蠢欲动了。他睁开眼睛，目光却十分黯淡。只是在看到里厄俯下身来时，他的眼睛才清亮了些。

"喝吧。"里厄说。

塔鲁喝完后，头又往后一倒。

"拖得真长。"他说。

里厄抓住病人的手臂，但病人转过眼去，再也没有什么反应。突然，高烧好似冲破了他体内的某个堤坝，眼看着就涌上了他的额头。塔鲁的目光再回到大夫身上时，大夫将脸凑过去鼓励他。塔鲁还试图露出笑容，但笑容已冲不出他那咬紧的牙关和被白沫封住的嘴唇。不过，在他僵硬的脸上，一双眼睛仍然闪耀着勇敢的光芒。

里厄老夫人在上午七点回到病房。里厄回诊疗室打电话给医院，安排别人替他值班。他还决定推迟门诊，所以去书房的沙发上躺一会儿，但刚躺下就立即站了起来，回到病房。塔鲁正把眼光转到里厄老夫人身上，他望着她那矮小的身影，她正躬着背坐在他身边一张椅子里，两手合着放在大腿上。见他那样专注出神地望着自己，她连忙将一个手指放在嘴唇上让他别说话，随即站起来关掉他的床头灯。但日光很快穿过窗帘透进了屋里，不一会儿便把塔鲁的轮廓从黑暗中突出出来，老太太这才发现他一直在注视着自己。她朝他俯下身，替他整理了一下枕头，直起身来时，又把手在他潮湿蜷曲的头发上放了一会儿。这时她听到："谢谢，现在还可以。"这低沉的声音仿佛是从远处传来的。待她重又坐下时，塔鲁早已合上了眼睛，尽管他嘴唇紧闭，在他疲乏衰弱的脸上好像又出现了一抹微笑。

中午，高烧达到了顶点。一阵阵出自脏腑深处的咳嗽震得病人的身子不停地摇动，就在这一刻，他开始咯血。淋巴结已停止继续肿大，但仍然存在，硬得像拧在关节上的螺帽，里厄断定已不可能动手术切开治疗了。在高烧和咳嗽的间歇，塔鲁还偶尔看看他的两个朋友，但紧接着，他的眼睛便越来越睁不开了，他那遭到病魔蹂躏的面容每次经日光照亮都变得更加惨白。暴风雨般的高烧使他时而惊跳，时而抽搐，但间歇中清醒的刹那越来越少了。他已经慢慢漂流到风暴的谷底。里厄眼前的塔鲁只剩下了一个再也没有生气的面具，微笑永远从那里消失了。这个曾与他那么亲近的人的形体现在正被瘟神的长矛刺穿，被非人能忍受的痛苦煎熬，被上天吹来的仇恨的风扭曲，他眼看着这个形体沉入鼠疫的污水，却没有任何办法对付这次险情。他只能停在岸边，两手空空，心如刀绞，没有武器，没有救援，在灾难面前再一次束手无策。最后，竟是他那无能为力的眼泪使他未能看见塔鲁猛然转过身去，面对墙壁，仿佛体内某处的主弦断了似的，低沉地哼了一声便与世长辞了。

接下来的夜晚已没有斗争，只有肃静。在这间壁垒森严的房屋里，里厄感到一种令人吃惊的静谧笼罩着这业已穿好衣服的尸体，好多天以前的一个晚上，在有人冲击城门之后，正是这样的静谧重新降临在躲过了鼠疫的那一连串平台上边。在那个时期，他已经想到过这种静谧气氛，当时，也是这种静谧笼罩着他无法拯救的人们的灵床。到处都是同样的暂时缓解，同样庄严的间歇，战斗之后同样的平静，那是战败的肃静呀。然而，现在包围着他朋友的静谧却那样深沉，这种静谧和街上的安静，和摆脱了鼠疫的城市的安静是那样珠联璧合，因此里厄深切感到这一次是最后的失败，是结束战争的失败，这个失败使和平本身成了永远治愈不了的伤痛。里厄不知道塔鲁是否终于找到了安宁，但至少在此刻，他相信自己跟失去了孩子的母亲或掩埋了朋友的成人一样，永远不可能再找回安宁了。

外面，寒夜依旧，群星在晴朗冰冷的天空仿佛冻僵了。在半明半暗的房间里，里厄和他的母亲感到窗外寒气袭人，像极地之夜那样的朔风凄楚地呼啸着。老太太以大家熟悉的姿势坐在床边，床头灯照着她的右侧。在远离灯光的房间中央，里厄坐在扶手椅里等待天亮。他不时想到自己的妻子，但每次都立即打消了这种思念之情。

在夜幕初临时，寒夜里还能听见清晰的行人脚步声。

"一切都安排妥帖了吗？"老太太问。

"安排好了，我已经打了电话。"

说罢，他们继续默默地守灵。里厄老夫人不时望望自己的儿子，儿子一遇上母亲的目光便对她笑笑。大街上熟悉的夜声此起彼伏。虽然还没有正式允许车辆通行，街上已经又出现车水马龙的景象了。车辆飞快地掠过路面，来来往往，络绎不绝。说话声、呼叫声过去后，安静了一会儿，又传来马蹄声、两辆电车转弯时吱嘎刺耳的声音、模糊的喧闹声，接下去又是夜风的呼啸。

"贝尔纳。"

"噢？"

"你累吗？"

"不累。"

他知道母亲在想什么，这会儿她是在心疼他，他也明白，爱一个人算不了什么，或者至少可以说，爱永远不可能有自己确切的表达方式。因此他母亲和他今后也只能默默地相濡以沫。总有一天会轮到她或他离开人世，可是在生前他们之间谁也未能进一步倾诉母子之爱的衷情。同样，他曾生活在塔鲁身边，但这天晚上塔鲁去世了，而他们却没有来得及真正体验他们之间的友谊。正如塔鲁自己说的，他输了。但他里厄呢？他赢了什么？他认识了鼠疫，可以回忆鼠疫；他感受过友谊，可以回忆友谊；他正在体验亲情，今后可以回忆亲情，这就是他赢得的东西，如此而已，岂有他哉。在鼠疫和生活两种赌博中，一个人能够赢得的，也就是认识和记忆。也许这正是塔鲁所谓的"赢了"吧！

又有一辆汽车驶过去了，里厄老夫人在椅子上动了动。里厄对她笑笑。她对他说，她不觉得累，紧接着又说：

"你应该去山里休息休息，就去那边。"

"当然要去，妈妈。"

不错，他要去那里休息。为什么不去？兴许这也是充实记忆的机会呢！但如果"赢了"就意味着自己能了解和回忆一些事物，同时却被剥夺了自己愿意得到的东西，这样活着该有多苦！塔鲁一定是这样生活过来的，他已意识到失去幻想的生活有多么枯燥无味。没有希望就没有安宁，塔鲁不承认人有权判别人死刑，但他也知道，任何人都禁不住去判别人的刑，连受害者有时都可能成为刽子手，因此他一直生活在极大的痛苦和矛盾之中，从不知道希望为何物。是否正因为如此，他才寻求神圣，试图在为别人服务中获得安宁？其实里厄对此一无所知，而且这点也无关宏旨。今后留在他记忆里的塔鲁惟一的形象将是他双手紧握汽车方向盘为他开车的模样，或现在躺在这里一动不动的他的魁梧的躯体。生活的热情和死后的形象，这就是认识。

想必正因为如此，里厄大夫那天清晨才以平静的心态接受了他妻子去世的噩耗。他当时还在他的诊所，他母亲几乎是跑过来把电报交给他，然后又赶快出去给邮差付小费。她回来时，见儿子手上还握着打开了的电报。她看看他，他却固执地在窗口出神地观赏海港壮丽的晨景。

"贝尔纳。"老太太叫他。

大夫心不在焉地端详着她。

"电报呢？"她问道。

"是那事儿，一个星期前。"

里厄老夫人把头转到窗户那边。大夫静默片刻之后，劝他母亲不要哭，说他早已料到了，但这毕竟难以忍受。不过他知道，在谈及此事时，自己虽然痛苦但并不感到意外。几个月以来，尤其是两天以来，同样的悲伤一直在折磨着他。

在二月的一个晴朗的早晨，各道城门终于在黎明时分打开了，这个举措受到本市居民、报纸、电台以及省府公报的欢呼致意。尽管像笔者这样的人大多不能全身心投入欢庆的行列，我仍然应该把开放城市之后的狂欢时刻记入编年史。

盛大的庆典活动不分昼夜。与此同时，火车站的列车开始冒烟，远航的船只也已朝本港驶来，并以它们特有的方式表明，对那些天涯海角望穿秋水的离人而言，这个日子乃是大团聚的日子。

说到这里，谁都不难想像折磨了多少同胞的离情别绪如今该是怎样的情景。白天，进城的列车与出城的列车同样拥挤。在暂缓撤销禁令的两个星期里，人人订的都是这一天的火车票，因为他们提心吊胆，生怕省府的决定在最后一刻又被取消。有些回城的旅客在火车接近本市时，还没有完全摆脱他们的惧怕心理，因为，虽然他们大体了解亲人的命运，对其他人的情况和这座城市本身，他们却一无所知，他们以为阿赫兰一定还面目狰狞呢。不过，这种心态只属于那个期间没有被情欲煎熬过的人们。

事实上，那些多情的人始终执著于他们固定的想法。对他们来说，只有一样东西起了变化：在离别期间，他们多么想推动时间，让它朝前赶；在这个城市已经进入他们的视野时，他们还热切盼望时间加快脚步；但在火车到站前开始刹车时，他们却反而愿意时间放慢脚步，乃至终止前进。对几个月的爱情生活遭到损失的模糊而又敏锐的感觉，使他们隐隐约约产生一种要求补偿的愿望，通过补偿，他们相聚的欢乐时间也许会比苦苦等待的时间流逝得慢两倍。那些在房里或在火车站等候的人们，比如朗贝尔（他的妻子几个星期前就得到了通知，已经作好到达这里的一切准备），也同样心急火燎，忧心忡忡，因为他们正诚惶诚恐地等着与有血有肉的亲人——爱的支柱——共同检验被几个月的鼠疫化成抽象概念的爱情或亲情。

朗贝尔真希望重新变成鼠疫初期时的自己，那时，他曾想一鼓作气跑出城外，飞奔着迎接心爱的人儿，但他明白这已不再可能。他已经变了，鼠疫已使他分了心，他曾试图摆脱，但这种心态却像隐忧一般纠缠着他。从某种意义上说，他感到鼠疫结束得太突然，使他摸不着头脑。幸福来得太快，这样的结局超过了人们的预想。朗贝尔明白，他会一下子重新获得所有失去的东西，这样的欢乐是烫人的，是无法细细品尝的。

此外，所有的人都自觉不自觉地与朗贝尔相似，所以应该谈谈大家的情况。这些人在火车站上开始了他们的个人生活，但大家在以目光和微笑互致问候时，还留有原来那种唇齿相依的感觉。然而，当他们看见冒着白烟的火车时，他们的流放感就在如痴如醉的快乐骤雨般的冲击下倏忽之间消失了。列车一停，那通常也在这个站台开始的遥无尽期的分离便在瞬间结束，在这一瞬间，他们在狂喜中伸出手臂贪婪地拥抱那已经有点生疏的身体。至于朗贝尔，他还没来得及看看那奔过来的人儿的体态，她已经扑到他的怀里了。他伸出双臂搂着她，把她的头紧紧贴在胸前，但他只能看见熟悉的头发，这时，他听任自己热泪奔流，却不知道哭的是眼下的幸福还是压抑太久的痛苦，但他至少可以肯定，眼泪能够阻止他去核实，埋在他心窝上的是他望眼欲穿的伊人的脸，还是什么陌生女人的脸。他过一会儿便能释疑。但此刻他要和周围的人一样行动，那些人看上去似乎相信鼠疫可来可去，但人不会因此而变心。

于是，亲人们紧紧依偎着回到家里，他们已无暇瞻顾外面的世界，只沉醉在战胜鼠疫的表面现象里；他们忘记了所有的苦难，也忘记了还有同车到达的人没有找到亲人，正准备回家核实长期的杳无音信在他们心里引起的恐惧。那些只能与新愁做伴的人，还有此刻正在缅怀亡人的人，他们与前者情况之差异，何止于霄壤，他们的离愁已达到了顶点。这些人——母亲、夫妻、情人——如今已没有欢乐可言，因为他们的亲人已散落在无名的墓坑里，或混融在大堆的骨灰里，无法辨认，对他们来说，鼠疫依然没有过去。

但又有谁会想到这些人的孤苦？中午，太阳战胜自清晨便在空中与它搏斗的寒气，向城市不断倾泻着恒定的光波。这一天仿佛静止下来了。山顶炮台的大炮在一览无余的天空下不住地轰鸣着。男女老幼倾城出动，庆祝这令人激动得透不过气的时刻，在这一刻，痛苦时光正在过去，而遗忘时节还没有开始。

各个广场都有人跳舞。转眼之间，交通流量大增，越来越多的汽车在拥挤的大街上艰难地行进。整个下午，城里钟声齐鸣，在金色的阳光下，悠远的泛音响彻蔚蓝的天空。原来各教堂都在举行感恩仪式。但与此同时，娱乐场所也人满为患，咖啡馆已无后顾之忧，所以尽情倾销白酒的最后存货。在各咖啡馆的柜台前都挤满了同样兴奋的人群，在他们当中有不少搂搂抱抱的男女在大庭广众面前毫无顾忌。人人都在开怀笑闹。他们把今天当作他们幸存的日子，所以准备在这一天把过去几个月里小心翼翼积攒下来的生命力一股脑儿消耗出去。真正的、顾前顾后的生活明天才会开始。此时此刻，出身迥异的人们都亲密无间、称兄道弟，连死亡的存在都未能真正促成的平等，倒在解放的欢乐中实现了，至少有几个小时是如此。

但这种普遍的热情洋溢的举动还不能说明一切，傍晚时分，大街上有一些走在朗贝尔身边的人就常常以冷静沉着的姿态来掩盖他们更微妙的幸福感。原来，许多双双成对的人，不少举家出行的看上去都只不过正在安详地散步。实际上，其中大多数的人都对他们受过痛苦的地方进行充满温情的朝拜。他们是在向新来乍到的人介绍鼠疫明明暗暗的征貌和它留下的肆虐历史的遗迹。在有些情况下，人们装作向导，或见多识广的人，或鼠疫的见证人，对别人大谈当时的险情，却从不提人们的恐惧。这样的乐趣当然没有害处。但也有另外的情况，那时，参观的路线更激动人心，一个情人沉浸在甜蜜而忧心的回忆里时，可能会对他的伴侣说："当时就在这个地方，我好想和你睡觉呀，你却不在我身边。"这类情意缠绵的参观者很容易认出来：一路上，他们在喧闹的人群里总有自己的小天地，在小天地里喁喁私语，互吐衷情。他们比十字路口的乐队更生动地体现了真正的解放。那一对对心醉神迷的男女紧紧依偎在一起，话虽不多，却以他们得意扬扬、惟我独乐的神情在一片喧闹声中表明，鼠疫已经结束，恐怖时期已一去不复返了。他们不顾明显的事实，若无其事地否认我们曾在这样疯狂的世界生活过：在那里，人被屠杀就像打死苍蝇一样天天发生；他们还否认我们经受过绝对意义上的野蛮行径和有预谋的疯狂行为的摧残，否认我们曾受到监禁并由此而目睹昔日的传统受到肆无忌惮的摧毁，否认我们闻到过使所有尚未被杀的人目瞪口呆的死人气味；他们最后还否认我们曾是被吓呆了的百姓：我们当中每天都有一部分人被成堆地扔进焚尸炉，烧成浓浓的黑烟，而另一部分人则背着无能为力和恐怖的枷锁等着厄运到来。

总之，以上的情景是里厄大夫亲眼看见的，他在傍晚独自上路后，正在钟声、炮声、乐曲声和震耳欲聋的欢呼声中设法到达近郊区。他还在继续行医，病人是没有假日的。沐浴在纯净霞光里的城市，处处都能闻到昔日熟悉的烤肉和茴香酒的香味。在他周围到处都有仰天欢笑的人。男男女女，搂搂抱抱，面色绯红，欲火中烧。不错，鼠疫连同恐怖都结束了，那些紧缠在一起的手臂说明，在深层意义上，鼠疫本来就意味着流放和分离。

几个月来，里厄看见路上的行人老有一种亲如一家的神气，今天他才第一次明白那是怎么回事。他只需看看自己周围就足够了。人们熬到鼠疫结束时，由于生活艰苦，缺衣少食，他们不得不穿上在长期移民生活中穿过的衣服，首先是他们的脸，其次是他们现在穿的衣服说明他们不是土生土长的本地人，他们的祖国在遥远的地方。从鼠疫迫使城门关闭那一刻起，他们一直在离别状态下生活，他们已远离了可以使人忘记一切的人间真情。在城市的每个角落，这些男人和女人都程度不同地渴望过团聚，对每个人来说，团聚的性质不一定相同，但对所有的人来说，团聚都是不可能的。其中大多数人都曾全力呼唤远方的亲人，想望温热的肉体、甜蜜的柔情，或共同的习惯。其中有些人被排除在人的友情之外，他们再也不能通过诸如信件、火车、船只等正常途径与友人交往，他们为此而苦恼万分，虽然往往并不自觉。还有少数人，也许可以举出塔鲁吧，他们也曾希望重新得到某种东西，他们说不清是什么，但他们认为那似乎是他们惟一想得到的东西。既然没有别的名称，有时他们就管它叫安宁。

里厄还在走路。他越往前走，周围的人越多，闹声也越大，他感到自己想去的近郊区似乎因此而在往后退。后来，他渐渐融入了这个高声喧嚷的庞然大物，他在其中也越来越清楚地意识到，他们的喧嚷至少部分代表了他的心声。是的，所有的人都曾在肉体和精神上一起经受过痛苦：难以忍受的空虚、无可挽回的分离、不能满足的欲求。在堆积如山的尸体中间，在救护车的铃声里，在约定俗成叫做命运的提醒声中，在摆脱不了的恐怖和内心反抗的可怕氛围里，从未停止散布一个举足轻重的传闻，传闻警告那些惊恐万状的人们，说他们必须重返自己真正的故乡。而他们的真正故乡全都在被封锁的疫城城墙之外，在芬芳的荆棘丛中，在山冈上，在大海岸边，在自由的国度里，在有分量的温柔之乡。他们想去的地方正是他们的故乡，正是他们幸福之所在，而对其余的一切，他们都嗤之以鼻。

至于这种被迫分居和希望团聚可能有什么意义，里厄却一无所知。他继续走着，四面八方都有人挤他，吆喝他，后来，他渐渐走进了一些不那么拥挤的街道。他想，这类事情有没有意义都无伤大雅，只要符合人们愿望的东西看得见摸得着就够了。

他这才明白了什么东西符合人们的愿望，踏入郊区冷冷清清的街道后，他就看得更清楚了。有些人不思进取，只想回到他们爱情的安乐窝里，这种人有时也能得到报偿。当然，他们当中也有人因失去了朝思暮想的亲人，还在城里孤零零地踯躅。有些人没有受过两次离别之苦还算是幸运的，不像某些人，在瘟疫之前很久并没能旗开得胜赢得爱情，后来又年复一年地盲目维持勉强的结合，到头来情人变了夫妻反成仇。这些人像里厄本人一样犯了轻率的毛病，总想依靠时间解决问题，结果离别竟成了永诀。也还有些人毫不迟疑地找回了他们以为失去了的亲人，比如朗贝尔，这天早晨在离开他时，里厄就曾对他说："勇敢些，从现在开始就该靠理智行事了。"起码在一定的时期内他们会感到幸福。他们现在才明白，如果说世上还有什么东西值得永远想望而且有时还能得到，那就是人间的真情。

相反，那些想超越人类而去寻求连他们自己都想不清楚的东西的人，谁都没有找到答案。塔鲁似乎找到了他谈到过的难以寻觅的安宁，但他是在死神那里找到的，是在安宁对他已毫无用处的时刻找到的。如果说别的一些人，如里厄看见许多站在大门口，在夕阳下紧紧搂在一起，痴迷地互相凝视的人，如果说他们实现了想望，那是因为他们想望的是惟一取决于他们自己的东西。里厄在转入格朗和柯塔尔住的街道时，他想，那些自满自足、对自己可怜而又可厌的爱情生活津津乐道的人获得，起码有时获得，欢乐的奖赏，这是合理而又公正的。

这部记事性编年史即将结束。是时候了，里厄大夫承认自己是书的作者。但在叙述最后一些事件之前，他至少希望对自己涉足写书作些说明，并敦促读者理解，他一直坚持以见证人的客观口吻进行记述。在整个鼠疫期间，他的职业使他有机会见到大多数同胞并记录他们的感受。因此他有条件报道自己的所见所闻。总的说来，他努力避免记述他未曾亲眼目睹的事情，避免将自己杜撰的想法强加给鼠疫期间的工作伙伴，而且尽量只利用由于偶然性或不幸事件落到他手里的资料。

由于他是在为某种犯罪行为作证，他像一切有诚意的证人一样，作了某些保留。但他同时又受良心的指使，曾毫不犹豫地站在受害者一边，而且心甘情愿与人们、与他的同胞们在共同拥有的惟一的可靠性方面协调一致，那可靠性就是爱，是痛苦和被迫的离散。因此可以说，他分担了同胞们全部的忧患，而且把他们的处境当成自己的处境。

作为忠实的证人，他必须首先记录的是人的行为、有关的资料和传闻。而他个人需要说的话、他的期待、他受到的各种考验，都应当避而不谈。如果说他曾利用过这方面的材料，那也只为了解他的同胞或让别人了解他们，只为以最准确的形式把他们往往模糊感觉到的东西表现出来。说实在的，这种理性的努力并没有让他付出什么代价。当他恨不得直接向千百个呻吟着的鼠疫患者吐露心声时，他会想到自己的痛苦无一例外都同时是别人的痛苦，在一个往往由自己独自承担痛苦的世界，这种患难同当的情况已经很了不起了，于是他即刻忍住。的确，他应当为所有的人说话。

然而，至少有一个同胞，里厄大夫不能为他说话。那就是塔鲁有一天向里厄谈到的那个人，塔鲁说："他惟一的真正罪行，就是从心底里赞成置儿童和成人于死地的那东西。其余的事我都能理解，但对这一点，我只能说不得不原谅他。"那人内心愚顽、孤独，此书以他为结束恰到好处。

当里厄大夫从喜庆喧闹的大街挤出来，正想转到格朗和柯塔尔居住的那条小街时，他被一道警戒线拦住了去路。这是他始料未及的。远处传来的欢声笑语使这个街区显得格外寂静，里厄早已料到这种既偏僻又无闹声的状况。他出示了他的证件。

"不行，大夫，"警察说，"有个疯子在朝人群开枪。不过您得留下，您可能派上用场。"

这时，里厄看见格朗正朝他走过来。格朗也是一问三不知。有人不让他通过，他听说子弹是从他住的那幢楼房射出来的。从远处望过去，那幢房屋的正面正笼罩在没有热度的太阳的最后一道金色的霞光里。房屋周边是一片空旷的场地，一直伸展到对面的人行道。在街道中央，可以清楚看见一顶帽子和一块肮脏的布片。里厄和格朗远远望去，只见街的另一头也有一道警戒线，和挡住他们的这根绳子平行，有几个本街区的居民正在绳子后面匆匆走来走去。他们再仔细一看，又发现一些手持左轮手枪的警察蹲在这幢房屋对面一些楼房的大门内，而这幢房屋的所有窗户都关上了，只有三楼的一扇百叶窗似乎还半开着。街上一片沉寂，只能听到从城中心传来的断断续续的音乐声。

刹那间，从那幢房屋对面的一幢楼房下面传来两声枪响，那扇半开的百叶窗立即破成碎片四处乱飞。接着又是一片沉寂。里厄在白天目睹了远处热闹非凡的场景之后，眼下的一幕于他似乎有点似梦非梦。

"那是柯塔尔的窗户！"格朗突然说道，看上去激动万分，"但柯塔尔早就不知去向了呀。"

里厄问警察：

"为什么开枪？"

"这是在转移他的注意力。我们正在等汽车运来必要的装备，因为这人朝想进那幢房屋的所有人开枪，已经有一个警察被击中了。"

"那个人为什么开枪呢？"

"我不知道。当时大家正在街上玩儿，听见第一声枪响，谁都不明白是怎么回事。第二枪一响大伙儿就叫起来，有一个人受伤，其他人全逃了。是个疯子，就这么回事！"

再一次静下来时，一分一秒似乎都拖得很慢。突然，他们看见从街那头跑出来一条狗，那是好久以来里厄见到的第一条狗，一条脏兮兮的西班牙长毛猎狗，大概是主人们一直窝藏到现在才放出来的吧。只见它沿着墙根一路小跑，来到大门前时犹豫片刻，然后蹲在地上，仰过头去咬跳蚤。警察吹了几声哨子唤它，它抬起头，然后下了决心，慢慢穿过街道去嗅那顶帽子。就在这一刻，从三楼传来一声枪响，只见那条狗像翻烙饼一般翻倒在地，爪子猛烈地晃动，最后侧身瘫在地上，浑身抽搐了很长时间。作为还击，从对面大门里射出五六发子弹，把那扇百叶窗打得粉碎。接着又恢复了平静。太阳更偏西了，夜影开始爬上柯塔尔的窗户。在里厄大夫身后传来轻轻的刹车声。

"他们来了！"警察说。

几个警察在他们背后下了车，手上拿着几条绳子、一个梯子、两个狭长的油布包。他们走进一条围绕这片房屋的小街，在格朗那幢房屋对面停下。片刻过后，大家与其说看见，不如说猜出那片楼房大门内有一些响动。接着，人们开始等待。那条狗已经不动弹了，它躺在一摊暗黑的液体里。

突然，一阵冲锋枪射击声从警察们占据的那排房屋里传出来。随着射击声，那扇仍然被瞄准的窗户不折不扣地彻底粉碎，从而露出一个大黑洞，但里厄和格朗从他们的位置辨不出黑洞里的任何东西。这边射击一停，从隔一幢楼的另一个角落又射出一排子弹。子弹显然已经进入那扇窗户，因为有一颗子弹已打下一块砖头的碎片。就在这一刹那，三名警察跑着穿过马路，冲进了大门。另外三名警察几乎同时冲了进去，射击戛然停止。大家又开始等待。从格朗那幢楼里远远传来两声爆炸声。接着是一片喧闹。只见一个穿衬衫的大喊大叫的矮小男人被人半抱着拖出楼房。全街紧闭的百叶窗奇迹般同时打开了，窗前站满了好奇的人，还有些人干脆走出大门，去封锁线后面挤来挤去。片刻之后，那矮小男人来到街道中央，脚终于着了地，胳膊仍然反剪着。他还在叫喊。一个警察走到他身边，稳、准、狠地给了他两拳。

"是柯塔尔，"格朗嗫嚅着说，"他成了疯子！"

柯塔尔倒在地上。只见那个警察又以迅雷不及掩耳之势抬腿朝躺在地上的东西踢了几脚。接着，一伙人吵吵嚷嚷地朝里厄和他的老朋友这边走来。

"别停在这儿！"警察说。

那伙人经过他们面前时，里厄转过眼去。

格朗和里厄在苍茫的暮色中离开了那里。这个事件好像把整个街区从昏睡中惊醒了，狂欢的人群重又闹哄哄地挤满了僻静的大街小巷。格朗走到自己住房门口时，向大夫告别说，他还得工作。但在上楼时，他又说已经给让娜写了信，他现在活得很滋润。接着，他又背了一遍他的句子，说："我把所有的形容词都删去了。"

他随即调皮地笑笑，摘下帽子，过分隆重地向里厄鞠了一躬。但里厄还在想柯塔尔，在他朝老气喘病人家走去时，那铁拳打扁柯塔尔面孔的重浊声音一直回响在他的耳际。也许想到罪人比想到死人更令人难以忍受吧。

里厄来到老病人家里时，天已经完全黑下来了。从房间里可以听到远处传来的欢呼自由的喧嚷声，老头的脾气没有变，仍在倒腾两个小锅里的鹰嘴豆。他说：

"他们做得对，该玩玩了。样样都有才成为世界呢。大夫，您的同事呢，他怎么样啦？"

一阵阵爆炸声一直传到他们耳里，不过那是祥和的爆炸：是孩子们在放鞭炮。

大夫一边用听诊器听他呼噜呼噜响的胸部，一边回答说：

"他去世了。"

老头"哦！"了一声，有点发愣。

"死于鼠疫。"里厄补充道。

愣了一会，老头似乎意识到什么，说：

"是呀，最优秀的总活不长。这就是生活。他可是个明白人。"

大夫边收拾听诊器边问：

"您为什么这么说？"

"不为什么。他从不说废话。总之，我喜欢他。不过，事情就是这样。别人说：'那是鼠疫呀，我们经历过鼠疫。'再进一寸，他们就得要求授勋了。可鼠疫究竟是怎么回事？那就是生活，如此而已。"

"您得按时熏蒸呼吸道。"

"啊！别怕。我的命长着呢。我要看见那些人一个个死光。瞧我，我可会活啦。"

作为对他的回答，远处传来了欢乐的尖叫声。里厄走到房间中央。他说：

"我去平台，不打扰您吧？"

"当然不。您是想去上面看他们，是吧？随便去吧。不过，那些人跟先前没什么两样。"

里厄往楼梯走去。

"您说说，大夫，他们要为死于鼠疫的人立碑，是真的吗？"

"报纸上这么说过。一座石碑，或一个金属牌。"

"我早就相信会这样，还有人演讲呢。"

老头笑得上气不接下气。

"我在这儿就听到他们演讲了：'我们那些死者……'说罢就去大吃大喝。"

里厄已经在上楼梯了。

寒冷的星空悠远而深邃，俯瞰着房舍闪闪烁烁。山冈那边，星星像坚硬的燧石散发着冷光。今夜与他和塔鲁到此暂时忘记鼠疫的那一夜十分相似，但今天的大海在悬崖之下却比那时更为喧嚣。淡淡的空气仿佛停止了流动，它已卸去了温暖的秋风带来的咸咸的气息。不过城市的闹声却像波涛击岸一般冲击着平台的墙基。然而，今夜并非反抗之夜，而是解放之夜。远处，黑红相间的闪光标志着灯火辉煌的林荫大道和广场的所在地。在这摆脱了桎梏的夜晚，欲求像脱缰的野马，正是它低沉的吼声传到了里厄这里。

第一批显示万众欢腾的官方的礼花从黑暗的港口升腾起来。全城的百姓争相观赏，欢呼声经久不息。柯塔尔、塔鲁以及里厄失去的所有他爱过的男人和他的妻子，无论是去世的抑或犯罪的，此刻都被遗忘了。那老头说得对，人永远是一个样。但不变的是他们的精力和他们的无辜，而正是在这里，里厄超越了一切痛苦，感到自己和他们心心相印了。这时，越来越响亮越来越持久的欢呼声在城市回荡，一直传到平台脚下，空中的火树银花流光溢彩、千变万化。里厄大夫正是在这一刻下决心编写这个故事，故事到此为止，编写的初衷是不做遇事讳莫如深的人；是提供对鼠疫受害者有利的证词，使后世至少能记住那些人身受的暴行和不公正待遇；是实事求是地告诉大家，在灾难中能学到什么，人的内心里值得赞赏的东西总归比应该唾弃的东西多。

不过，里厄也明白，这本编年史不可能是一本最后胜利的编年史，它无非显示了人们在当时不得不做了些什么，并指出今后如遇播撒恐怖的瘟神凭借它乐此不疲的武器再度逞威，所有不能当圣贤、但也不容忍灾祸横行的人决心把个人的痛苦置之度外，努力当好医生时，又该做些什么。

在倾听城里传来的欢呼声时，里厄也在回想往事，他认定，这样的普天同乐始终在受到威胁，因为欢乐的人群一无所知的事，他却明镜在心：据医书所载，鼠疫杆菌永远不会死绝，也不会消失，它们能在家具、衣被中存活几十年；在房间、地窖、旅行箱、手帕和废纸里耐心等待。也许有一天，鼠疫会再度唤醒它的鼠群，让它们葬身于某座幸福的城市，使人们再罹祸患，重新吸取教训。

图书在版编目(CIP)数据

鼠疫／(法)加缪(Camus, A.)著；刘方译. 一上
海：上海译文出版社，2013.8(2025.10重印)
(加缪作品)
ISBN 978-7-5327-6175-3

Ⅰ.①鼠…　Ⅱ.①加…②刘…　Ⅲ.①长篇小说-法
国-现代　Ⅳ.①I565.45

中国版本图书馆 CIP 数据核字(2013)第 075706 号

Albert Camus
La Peste

鼠疫
〔法〕阿尔贝·加缪　著　刘　方　译
责任编辑／冯　涛　装帧设计／张志全工作室

上海译文出版社有限公司出版、发行
网址：www.yiwen.com.cn
201101　上海市闵行区号景路159弄B座
山东韵杰文化科技有限公司印刷

开本787×1092　1/32　印张8.75　插页5　字数148,000
2013 年 8 月第 1 版　2025年10月第28次印刷
印数：486,001—516,000 册

ISBN 978-7-5327-6175-3
定价：45.00 元